Bibliografische Information der Deutschen Nationalbibliothek:
Die Deutsche Nationalbibliothek verzeichnet diese Publikation in
der Deutschen Nationalbibliographie; detaillierte bibliografische
Daten sind im Internet über dnb.d-nb.de abrufbar.

TWENTYSIX – Der Self-Publishing-Verlag
Eine Kooperation der Verlagsgruppe Random House
und BoD – Books on Demand

Herstellung und Verlag:
BoD – Books on Demand, Norderstedt

ISBN: 978-3-7407-4537-0

microman3

gamma vs justice

von

Lisa Darling

Cover

Franz Müller

Kapitel 1

Das Jubeln der Menge dröhnt in meinen Ohren und mein Puls steigt ins Unermessliche. Mittlerweile weiß ich ganz sicher, wo ich bin.

Der Moderator steht mittlerweile am Rande des Spielfeldes. Hinter der Regenwand. Seine Stimme dröhnt durch alle Boxen, als er ruft: «Ladies and Gentleman, auf geht's, in die dritte Runde der Helendespieleeee!» Und dann ertönt das Signal, das den Start der Spiele ankündigt.

Mein Puls ist mit einem Schlag auf 180 als mir auffällt, was ich hier ausgesetzt worden bin.

Einem Heldenkampf. Einem Kampf zwischen Genträgern. Zwischen Genträgern mit Superkräften. Nur, dass ich keine solche Kräfte besitze.

Ehe ich blinzeln kann, hat dieser Gravitus bereits die Hände erhoben, um irgendetwas damit zu machen. Seine Kraft leite ich einfach mal von seinem Namen ab und schau daher in die Luft. Ich gehe nämlich nicht davon aus, dass er die Gravitation komplett aufheben kann.

Über mir ist nichts, aber aus den Augenwinkeln nehme ich war, wie von der Seite ein großer Ast auf mich zu fliegt. Und zwar ein wirklich großer Ast. Ich folge meinem Instinkt und schmeiße mich auf den Boden. Die einzige Chance, die mir hier bleibt, ist der Nahkampf. Darin bin ich gut. Sogar super gut. Ich muss nur nahe genug an ihn ran kommen und hoffen, dass er mir kampftechnisch nicht das Wasser reichen kann.

Gerade will ich aufstehen, da fliegt hinter mir der nächste Ast an. Dieses Mal tiefer. Ich drücke meinen Kopf auf den Boden und spüre, wie ein Windhauch meine Haare streift. Das war knapp.

«Steh auf», höre ich eine Frauenstimme in meinem Kopf. Etwas irritiert schaue ich mich um. Dann erinnere ich mich an den Ohrstöpsel, den mir die Frau in den Katakomben der Arena gegeben hat. Darüber werde ich meine Anweisungen hören, hat sie mir gesagt. Wie es aussieht, gibt sie mir diese.

Da ich eh vor hatte aufzustehen, damit mit der nächste Ast nicht platt machen kann, leiste ich ihrem Befehl ohne große Umschweife Folge. Gerade rechtzeitig, wie ich merke. Denn es fliegt schon wieder etwas von hinten auf mich zu. Dieses Mal jedoch Ziegelsteine. Wow. Fuck.

Ich frage mich, warum zur Hölle das Publikum so jubelt. Das sind verdammte Ziegelsteine, die da mit vollem Karacho auf mich zu rasen!

Mit einem großen Satz zur Seite weiche ich ihnen gerade noch so aus. Glücklicherweise folgen sie mir nicht, sondern fliegen direkt auf Gravitus zu. Vor seinen Füßen bleiben sie liegen. Genauso wie die Äste. Anscheinend kann er das Zeug nur bei sich abladen und mir nicht hinterher schicken.

«Steh nicht einfach bloß da, mach etwas! Unterhalte das Publikum!», dringt es harsch an meine Ohren. Ich rolle mit den Augen. Ich bin weder sonderlich fit, nach all der Farce in diesem vermeintlichen Gefängnis, noch habe ich eine Kraft. Da ich aber auf die Stromstöße verzichten kann, die man mir schickt, wenn ich nicht gehorche, sprinte ich auf Gravitus zu. Dabei missachte ich eventuell umher fliegende Gegenstände und werde bestraft. Kurz bevor ich meinen Gegner erreiche, trifft mit irgendetwas Hartes im Kreuz, sodass ich ruckartig zu Boden fliege. Ich beiße die Zähne fest zusammen vor Schmerzen und versuche, mich wieder nach oben zu drücken. Es dauert einen Moment, denn ich spüre jeden einzelnen Wirbel meiner Wirbelsäule.

«Drück die Knöpfe an deinen Handschuhen», ertönt es wieder in meinen Ohren. «Und ziele mit der Hand auf Gravitus.» Ich überlege nicht groß, denn das würde mich nur wieder Zeit kosten, und tue wie mir geheißen. Ich richte meine linke Hand auf den Kerl in schwarz, mit seinen bunten Galaxie Punkten darauf und drücke den Knopf. Mit einem Mal ist alles bunt. Gelber, roter, blauer und grüner Nebel fliegen aus einem der Röhrchen hervor, die meine Einweiserin vorhin an mir befestigt hat.

Natürlich. Deswegen heiße ich Holiman. Etwas verdrehe ich die Augen, weil das echt dumm ist. Aber gleichzeitig grinse ich, weil ich froh bin, mich wenigstens dahingehend wehren zu können, auch wenn es nichts ist, im Gegensatz zu der Kraft der ich mich stellen muss.

Ich sehe gut, denn der Nebel fliegt vor mir herum. Gravitus allerdings muss völlig eingehüllt sein davon. Denn er hustet ununterbrochen und wedelt mit den Armen herum.

Den Moment nutze ich aus, um ihm einen Tritt in die Eier zu verpassen. Dafür höre ich Buhrufe aus dem Publikum. Tritte in die Weichteile kommen wohl nicht so gut an. Das ist mir aber ziemlich egal. Als er zu Boden sinkt, verpasse ich ihm noch einen weiteren Tritt. Dieses mal allerdings in die Rippen. Die Buhrufe werden etwas weniger, sind aber trotzdem noch vorhanden.

«Was tust du denn?», ruft die Stimme in meinem Ohr aufgebracht. «Der Kampf soll fair aussehen. Vergiss nicht, für das Publikum ist es ein Showkampf!»

«Für mich aber nicht und ich lasse mich hier ganz sicher nicht von Ziegelsteinen umhauen!», knurre ich wütend zurück. Anscheinend hat sie meine Worte gehört, denn gleich darauf bekomme ich einen Stromstoß versetzt, der mich zu Boden sinken lässt. Ob ich für das Publikum einfach nur erschöpft aussehe?

Der bunte Holinebel hat sich längst wieder gelichtet und Gravitus funkelt mich von oben aus an. Seine Hände sind bereits wieder erhoben und als ich mich umdrehe, sehe ich, wie eine Tür auf mich zu fliegt. What the fuck? Ich frage mich echt, wie dumm so ein Publikum sein kann, dass es ernsthaft glaubt, es handle sich hier um einen Showkampf. Dann muss ich allerdings zugeben, dass ich vor Kurzem noch dazu gehörte.

«Nette Show», grinst Gravitus. «Aber nicht sonderlich beeindruckend.»

Er lacht höhnisch und ich weiche gerade noch ein paar neuen Ziegeln aus. Fast hätten sie mich erwischt, weil mich seine Stimme stutzen lässt. Irgendwoher kenne ich sie. Unsicher schaue ich ihn an, zögere aber nicht, mit dem Arm nach ihm auszuholen, um ihm einen Fausthieb zu versetzen. Darauf schien er nicht vorbereitet, denn er taumelt mit überraschtem Gesichtsausdruck zurück.

«Was ist? Sag bloß, du kannst nicht zurück schlagen» spotte ich. Das bringt ihn in Rage. Er rast auf mich zu, holt aus und fliegt der Länge nach auf die Nase, weil ich ausweiche.

Dieses Mal johlt das Publikum. Scheint ihnen jetzt besser zu gefallen. Jetzt, wo es fair und nach Slapstick aussieht.

«Na warte du...», murmelt Gravitus als er sich aufrappelt und wieder auf mich zu rennt. Erneut trete ich einfach nur zur Seite und ernte Jubelrufe vom Publikum.

«Warum so jähzornig, Gravitus?», frage ich. «Willst du mich ernsthaft verprügeln?»

Ich vermute, dass auch er eine Stimme im Ohr hat, die ihm Befehle erteilt. Jedoch kann ich mir nicht vorstellen, dass er wirklich... na gut, vielleicht doch. Immerhin sind vermutlich nur brutale Verbrecher Teilnehmer dieser Spiele. Ich versuche es trotzdem. «Ich habe dir nichts getan. Die sind das!»

Sofort sacke ich zu Boden, weil ein Stromstoß mich durchfährt. Fuck. Ich habe vergessen, dass die mich hören können.

«Halt deine Klappe und kämpfe weiter!», zischt die Frau mir zu. Ich drücke mich erschöpft vom Boden ab und schaue Gravitus an, dessen Brust sich stark hebt und senkt. Vielleicht vor Wut oder Kampfeslust.

«Aber an dir kann ich meine Wut auslassen, an denen nicht», grinst er mich mit einer großen Pferdefresse an und auf einmal weiß ich, woher ich seine Stimme kenne. Natürlich. Jetzt, wo ich seine ganze Haltung sehe, wie er sich bewegt und wie er spricht. Vor mir steht kein Geringerer als Rudy McSherman. Einer der ehemals größten und gefährlichsten Drogendealer Parondons, bevor er von den Gammas geschnappt wurde. Und den ich einst ordentlich vermöbelt habe, als ich Kräfte hatte und er nicht. Scheint fast so, als räche es sich jetzt. Wenn er überhaupt weiß, wer ich bin. Ich könnte die Aussage, dass ich ihm nichts getan habe jetzt zurücknehmen. Aber ich will nicht noch mehr Zorn in ihm hervorrufen. Lieber nutze ich die Gelegenheit, um ihn nochmal eine Abreibung zu verpassen.

Doch ehe ich Aufstehen kann und zum Nächsten Gegenzug komme, fliegt mir wieder etwas Hartes ins Kreuz und drückt mich zu Boden, bevor es weiter zu Rudy fliegt. Eine mit Steinen gefüllte Flasche. Mir tut der ganze Rücken weh und auch der Stromstoß sitzt mir noch etwas in den Knochen. Ich frage mich, ob Rudy schon einen bekommen hat.

Um Rudy herum hat sich das ganze Zeug mittlerweile angesammelt. Doch jetzt nutzt er seine Gunst als ich am Boden liege und nimmt wieder Abstand zu mir. Wie es aussieht, kann er die Gegenstände wirklich nur zu sich rufen und nicht gezielt durch die Gegend fliegen lassen. Dieses Wissen muss ich irgendwie für mich nutzen und mich möglichst außerhalb seiner Schussbahn halten. Wenn ich allerdings nah genug an ihn heran will, um mit den Fäusten etwas gegen ihn ausrichten zu können, gerate ich automatisch in die Schusslinie. Mist. Das ist eine einzige Zwickmühle und ich weiß nicht, wie ich hier einen ordentlichen Kampf hinlegen soll. Entweder riskiere ich Ziegelsteine und Äste, die mich niederstrecken oder Stromstöße, weil ich defensiv bin. Ich frage mich, ob das berechnet war, als man beschloss, mich hier mit Rudy rein zu schicken. Und ob sie von unserer Vergangenheit wissen oder es lediglich Zufall ist, dass ich mit ihm hier festsitze.

Ich checke Rudys neuen Standpunkt ab und die Orte, an denen sich noch Gegenstände befinden. Dann bringe ich mich außerhalb des Radius' und blicke mich um. Vielleicht kann ich wenigstens irgendetwas werfen und so tun als sei ich total stark. Das Publikum muss mich doch für einen Loser halten. Farben schießen. Also bitte!

Dann entdecke ich einen Ast ganz in meiner Nähe. Nicht so groß wie die, die Rudy bisher auf mich gehetzt hat. Aber wenigstens so groß, dass ich ihn auch hoch heben kann. Rudy scheint die gleiche Idee gehabt zu haben, denn der Ast bewegt sich in meinen Händen plötzlich von alleine auf ihn zu. So, so. Er will mich also durch die Gegend schleudern. Kann er haben. Er grinst mich an, während ich am Stock näher an ihn heran fliege und ich grinse zurück. Während des Flugs bereite ich mich auf einen Kick vor und als ich ankomme, schleudere ich mich mit Hilfe des Astes einmal im Halbkreis und versetze ihm einen Kick mitten auf die Wangenknochen. Das Publikum johlt und Rudy geht zu Boden, wo er erstmal reglos liegen bleibt. Vielleicht habe ich ihn so schlimm erwischt, dass er ohnmächtig geworden ist.

Als er sich immer noch nicht rührt, ertönt die Hymne und der Moderator verkündet, dass jetzt Halbzeit wäre. Das Publikum johlt immer noch und ich nehme an, dass es mir gilt. Es schüttelt mich überall und es will mir einfach nicht in den Kopf, dass die das tatsächlich für inszeniert halten.

«Verbeuge dich!», befiehlt die Frauenstimme in meinem Ohr.

«Wie bitte?», entfährt es mir ungläubig und im nächsten Moment zwingt mich ein kleiner Stromschlag in die Knie, den ich etwas holprig und unter Schmerzen in eine Verbeugung umwandle. Ich verneige mich in alle Richtungen und schiele dabei hinauf auf die ersten Ränge.

Dann richte ich mich wieder auf und schaue direkt in Blitzlichter hinein. Die Leute auf den Rängen fotografieren mich. Und vorne steht eine Fotografin, die sich langsam von ihrer Linse löst und zu mir hinunter starrt. Mir klappt die Kinnlade herunter. Sie ist weit weg von mir, aber ich erkenne sie trotzdem ganz eindeutig. Dafür kenne ich sie einfach zu lange und zu gut. Jeden ihrer Gesichtszüge. Sowohl aus der Nähe als auch aus der Ferne.

«Cora», murmle ich.

Ich hebe meine Hand und winke ihr zu. Falls sie mich noch nicht erkannt hat, muss ich ihr irgendwie klarmachen, dass hier nicht einfach nur irgendein Gen-Loser steht, der sich in dieser Arena prostituiert, sondern dass ich es bin! Und dass ich dazu gezwungen werde!

Ein paar Leute aus dem Publikum winken zurück. Aber ich ignoriere sie und winke jetzt mit beiden Händen wild in Coras Richtung.

«Was machst du da?», zischt es in meinem Ohr. «Es ist Halbzeit. Komm zurück.»

«Cora!», rufe ich. Aber es ist unmöglich, durch das Getöse hindurch zu dringen. Eine Kamera fängt mich ein und bringt mich auf die Leinwand. Als ich das bemerke, forme ich hoffnungsvoll mit den Lippen: «Cora!» Damit umgehe ich einen weiteren Stromschlag und eile danach schnell zurück in die Katakomben, bevor meine Befehlshaberin es sich anders überlegt.

Dabei spüre ich bei fast jedem Schritt meinen Rücken. Die Schläge auf mein Kreuz haben doch mehr gewirkt, als zunächst vermutet.

Kapitel 2

«Wenn du dich in der nächsten Runde genauso oft meinen Befehlen widersetzt oder zu lange zögerst, dann gibt es ab jetzt mehr Volt.«

Bei einem Blick auf ihre Bluse stelle ich fest, dass sie *Friday* heißt. Vorhin hatte ich nur Blicke für ihre Titten, da ist mir das Namensschild nicht aufgefallen.

Neben mir sitzen eine andere Frau und ein Mann in Sanitätskleidung und checken mich durch. Sie misst meinen Puls und checkt anhand des Chips in meinem Unterarm meine Vitalwerte. Er macht eine Spritze bereit.

«Wie groß sind die Schmerzen?», will er wissen. Ich schaue ihn nur von der Seite her an. Ich hab keine Lust mit jemandem zu reden. Da mein Rücken aber nach wie vor schmerzt, deute ich auf diesen. Auch wenn das nicht direkt seine Frage beantwortet. Er nickt knapp und rammt mir eine Spritze rein.

«Morphin. Das wird die Schmerzen für die nächste Runde unterdrücken.»

«Du hast Gravitus gut zugesetzt», lobt mich Friday. Ich schnaube nur. Schließlich blieb mir nichts anderes übrig. Fertig machen oder fertig gemacht werden. Das ist hier die Devise und es gibt keine Möglichkeit, mich dem zu entziehen.

«Geh nur nicht ganz so viel auf Nahkampf. Gerade mag es dem Publikum gefallen, aber es soll nach wie vor wie ein Showkampf wirken.»

Dann rede ich doch. «Was soll die Scheiße? Ihr wisst genau, dass ich keine Kräfte mehr habe und schickt mich dennoch in diese verfickte Arena?!»

«Natürlich. Deshalb haben wir dir extra das Holipulver mitgegeben.»

«Oh. Wahnsinnig toll», schnaube ich sarkastisch.

«Beschwer dich nicht. Es hat sich schließlich bewährt. Außerdem hoffen wir ja darauf, dass die Realsituation deinen Körper so unter Stress setzt, dass dein Gen wieder hervorgerufen wird.»

Ich lache auf.

«Euer Ernst? Eure Tests bringen einen Scheiß und die finden auch unter reellen Bedingungen statt!» Waterboarding ist schließlich nicht nur gefaked. Mein Körper war wirklich der Verzweiflung nahe! So wie ich.»

Zwar glaub ich nicht, dass man das, was mir widerfahren ist, so leicht vergessen kann. Aber für all die fucking Idiots da draußen, die ihren Kopf vor allem Gewalttätigen verschließen, hier nochmal eine Zusammenfassung, was ich erlebt habe: Die ganze beschissene Folter, die ich in dem angeblichen Hochsicherheitsgefängnis in Welkenhein über mich ergehen lassen musste in den letzten Wochen. Welkenhein. Die

Einrichtung, die eigentlich ein geheimes Forschungslabor ist. Und die kriminellen Genträger werden als Testobjekte missbraucht. Dort hatte man mich hin verschleppt, nachdem jemand der Polizei gesteckt hat, dass ich das Killer vor zwei Jahren in Brand gesteckt und den Gnom und seine Crew aus wahnsinnigen Ischen getötet habe.

Die Blondine lacht und winkt ab. «Ach was. Das ist alles nur halb so wild. Wir lassen euch schon nicht sterben. Aber hier in der Arena ist euer Gegner unberechenbar. Wir kontrollieren euch nur insoweit, dass ihr dem Publikum etwas bietet und euch nicht einfach nur sinnlos fertig machen lasst. Die haben immerhin Eintritt bezahlt und wollen dafür unterhalten werden. Und es soll doch nach Showkampf aussehen, nicht echt. Da braucht man zwei aktive Teilnehmer.» Sie lächelt mich süßlich an. Ich bemerke, dass mein Rücken gar nicht mehr weh tut, als der Sanitäter seinen Spritzenkoffer wieder verschließt.

«Das hindert allerdings niemanden daran, euch in der Arena wirklich umkommen zu lassen», fügt Friday lächelnd hinzu. Meine Augenbrauen schießen nach oben.

«Und wie erklärt ihr dem Publikum eine Leiche?»

«Fake, mein lieber 378. Für das Publikum ist alles nur Fake.»

Ich schnaube wieder sarkastisch, dann kommt der Security rein, der bis eben vor der Tür stand. Er zerrt mich unsanft hoch und schubst mich raus.

«Es geht weiter», erklärt Friday gelassen und überprüft noch schnell meine Holi-Vorrichtung.

«Und denk daran: Biete dem Publikum eine Show. Das Ende der ersten Halbzeit war ja schon recht viel versprechend.»

Die Hymne ertönt als wir das Tor zum Spielfeld erreichen. Der Security schubst mich hinaus und ich stolpere auf das Feld.

Auf der gegenüberliegenden Seite kommt auch Rudy wieder heraus. Er sieht wieder total fit aus. Er muss auch Morphin injiziert bekommen haben. Ansonsten kann ich mir das nicht erklären. Das Publikum muss denken, dass es uns die ganze Zeit super ging, so sicher und fit, wie wir wieder auftreten.

Mein Blick wandert automatisch hinauf auf die Tribüne, wo ich vorhin Cora entdeckt habe. Doch sie ist weg. Ich finde sie auch nicht, als ich hektisch die Ränge absuche, bevor das Startsignal wieder ertönt.

Sofort renne ich auf Rudy zu. Im Ersten Moment scheint er darüber etwas überrascht, reagiert aber dennoch schnell genug, um ein paar Ziegelsteine an sich zu ziehen, bevor ich ihn erreiche. Ich springe rechtzeitig aus der Schusslinie und sprinte weiter auf ihn zu. Aus der Menge höre ich meinen Namen. Besser gesagt *Holiman*. Als ich nah genug an Rudy dran bin, strecke ich meine Hände aus und drücke beide Knöpfe. Eine riesige bunte Wolke umhüllt ihn und mir bleibt Zeit, ihm aus dem Sprint heraus meinen Körper mit voller Wucht gegen die Brust zu werfen. Ich sehe ihn nicht, spüre aber, dass ich ihn mit mir zu Boden reiße. Dort setze ich mich auf ihn, während der bunte Nebel sich wieder lichtet und prügle auf ihn ein. Wie damals in seinem Garten. Eine links, eine rechts, eine links und so weiter. Ich werde ihn außer Gefecht setzen, bevor er oder Stromstöße das mit mir machen. Außerdem winkt mir ein kleines Festmahl, wenn ich siege. Wenn Friday da nicht gelogen hat, bevor sie mich in diese Arena schickte.

Als meine Fäuste schon bluten, aber Dank des Morphins nicht sonderlich weh tun, und Friday mir befiehlt, von ihm abzulassen, springe ich auf. Ich sprühe ihn wieder mit Farbe ein und suche Abstand.

Fuck. Ich war gerade so schön in Rage, da stört Friday. Verkacktes *Spiel*.

Rudy erholt sich erstaunlich schnell und hetzt mir gleich sämtliche Gegenstände auf den Hals, die er finden kann. Da sie aus allen Richtung vom Rand aus auf ihn zugerast kommen, bleibt mir kaum eine Möglichkeit auszuweichen, denn so würde ich automatisch in die Schussbahn des nächsten Gegenstand geraten. Mir fällt nichts besseres ein, als mich wieder flach auf den Boden zu legen und zum Rand der Arena zu robben, damit ich nicht mehr zwischen ihm und all diesen Gegenständen stehe. Um nicht mehr sein Zielobjekt sein zu können..

Wie schon vorhin fegt ein Windstoß durch meine Haare, als eine Tür darüber hinweg zischt. Gleich darauf verliere ich mein Bewusstsein, weil mich etwas Hartes am Hinterkopf trifft.

Als ich wieder zu mir komme, liege ich noch am gleichen Fleck. Die Massen jubeln immer noch. Das Spiel wurde nicht unterbrochen. Ich muss also nur ganz kurz weg gewesen sein. Lang genug allerdings für Rudy, damit er sich neu positionieren konnte. Er steht nun hinter mir, sodass ich genau zwischen ihm und all dem Holz, den Ziegeln und Flaschen liege.

Das Morphin unterdrückt zwar meine Schmerzen im Rücken und in den Fäusten, ist aber nicht stark genug, um meinen Brummschädel und den Schwindel auszuschalten. Es fällt mir also mega schwer, mich wieder aufzurappeln. Ich sehe schon die geballte Masse auf mich zu fliegen und hinter mir höre ich Rudy lachen.

Ein bisschen fühle ich mich zurückversetzt an den Tag, als ich gegen den Gnom und meine Ex-Affären gekämpft habe. Da war ich genauso hilflos ausgeliefert wie jetzt.

Ich blinzle ein paar Mal, aber das hilft natürlich rein gar nicht gegen das Schwindelgefühl. Als ich endlich aufstehen kann, taumle ich so sehr, dass ich gleich wieder zu Boden gehe. Mir bleibt keine Zeit mehr auszuweichen und auf den Boden legen wird mir dieses Mal auch nicht helfen, denn die Gegenstände rasen in allen Höhen und tiefen auf mich zu. Rudys Lachen dröhnt in meinen Ohren. Ich versuche mich noch zur Seite zu rollen, aber es ist zu spät. Eine Flasche voller Steine und ein Kanister erwischen mich. Fegen mich ein paar Meter rollend über das Feld und lassen mich regungslos auf dem Rücken liegen.

Über mir strahlt der blaue Himmel. Ich höre Jubelschreie, Anfeuerungsrufe, Rudys Lachen und Friday brüllt irgendwas in mein Ohr. Weil ihre Worte nicht bis in mein Gehirn vordringen, durchzucken meinen Körper im nächsten Moment Stromstöße. Gleich darauf sitzt Rudy auf mir und verpasst mir grinsend den letzten Knockout. Dann wird wieder alles schwarz. Irgendwie habe ich ein Déjà-Vue.

Kapitel 3

Jemand drückt mir auf die Brust. Immer und immer wieder. Ich gehe davon aus, dass mir jeden Moment eine Rippe gebrochen wird, wenn sie nicht schon gebrochen sind. Spüren würde ich es wohl kaum. Ich muss so viel Morphin intus haben, dass ich mich total benommen fühle. Fast wie im Rauschzustand.

«378?» Ich schlage blinzelnd die Augen auf und blicke in das verschwommene Gesicht des Sanitäters, der mir in der Halbzeit das Morphin gespritzt hat.

«'s is' der absolute Wahnsinn, wie viele von euch da mit drin stecken in der Scheiße», lalle ich benommen

«Er ist wieder bei Bewusstsein!», verkündet der Sani, dann wird mir Wasser eingeflößt, das links und rechts an meinen Mundwinkeln heraus läuft und ich verschlucke mit hustend. «Trink», fordert der Kerl mich auf und ich versuche, zu trinken.

Es rumpelt immer mal wieder. Wir sind in einem fensterlosen Transporter, stelle ich fest. Dieses Mal kein Auto. Werde ich etwa tatsächlich in ein Krankenhaus gebracht? Ich kann es gar nicht fassen.

Der Sanitäter nimmt mir die Wasserflasche wieder weg und ich huste nochmal, weil ich mich verschlucke. Mein Schädel brummt und die andere Sanitäterin von vorhin spritzt mit etwas in die Venen. Kurz danach wird wieder alles schwarz.

Als ich das nächste Mal erwache, befinde ich mich alleine in einem fast leeren Raum. Ich liege auf einem Bett, neben mir piept der Lautsprecher eines Bildschirms und eine Neonröhre flackert penetrant direkt über mir.

Blinzelnd sehe ich mich um. Der Raum kommt mir nicht bekannt vor. Er sieht aber auch aus wie jeder stinknormale Raum. Rechteckig, weiße, kahle Wände, ein Fenster mit geschlossenen, grauen Jalousien. Den Gerätschaften zu Folge, an die ich und der piepende Bildschirm angeschlossen sind, könnte ich mich wirklich in einem Krankenhaus befinden. Auch wenn das Zimmer eher sporadisch eingerichtet aussieht.

Ich fühle mich nicht mehr ganz so high wie vorhin in diesem Transporter. Oder gestern?

Auch meinen Schädel spüre ich kaum noch. Das Morphium muss echt stark gewesen sein.

Ob Rudy gerade ein Festmahl genießt? Oder wurde er bestraft, weil er die Show so schnell beendet und dem Publikum so wenig Show geboten hat?

Langsam versuche ich, mich auf meine Ellenbogen zu stützen und bemerke dabei, dass eine meiner Hände mit Handschellen am Bett festgemacht ist. Fluchend sehe ich mich um. Einen Notruf-Knopf gibt es nicht. Auch kein Telefon.

«Hallo?», probiere ich es auf die herkömmliche Weise. Vielleicht ist jemand vor der Tür und hört mich. «Hey, ist da jemand?»

Ich will gerade wieder zurück ins Kissen sinken, da öffnet sich die Tür. Dr. Foster betritt den Raum.

«Ah, 378», lächelt er. «Wie schön, du bist endlich wieder bei uns.»

Misstrauisch schaue ich ihn an. «Wo bin ich hier?», will ich wissen.

Der Forscher lacht, als hätte ich einen Witz gemacht. «Und immer noch der Alte. Im Gefängnis natürlich, wo denn sonst?»

Stöhnend lasse ich mich zurück ins Kissen fallen. Im Gefängnis also. Wäre ja auch zu schön gewesen, hier heraus zu kommen.

«Was ist mit Rudy?», frage ich und schaue zu ihm hoch. Vielleicht bilde ich es mir nur ein, aber einen winzigen Moment sieht er überrumpelt aus. Als hätte er mit dieser Frage nicht gerechnet.

«Rudy?», fragt er dann irritiert. «Wer soll das sein?»

Ach richtig. Es weiß ja niemand, dass ich die Identität meines Gegners kenne.

«Gravitus», erkläre ich deshalb, ohne den Blick von ihm abzuwenden. «Ich weiß, wer hinter der Maske steckt. Spar dir also blöde Spielchen, falls du vor hast, dich dumm zu stellen.»

Dr Foster lacht auf. «Ich sehe schon, ein Junkie erkennt seinen Dealer wohl in jeder Maskerade wieder.»

«Ich bin kein Junkie!», knurre ich.

«Natürlich, das sagen sie alle.» Er macht eine weg wischende Handbewegung und blickt auf den piependen Bildschirm neben mir. Er drückt irgendeinen Knopf, dann ist es ruhig. «Dein Ex-Dealer wurde für 48 Stunden in die Isozelle gebracht», erklärt er bereitwillig.

Ich muss lachen. Es ist ein sarkastisches Lachen. War so klar. Läuft die kleinste Kleinigkeit nicht so, wie sie laufen soll, muss man dafür büßen. Fast bin ich ein wenig froh, verloren zu haben. Sonst wäre ich jetzt vielleicht in dieser Zelle. Aber Rudy gönne ich es. Er hat es verdient. Was er Cora angetan hat, habe ich ihm nie verziehen. Und auch ansonsten ist er ja kein unbeschriebenes Blatt.

«So, wenn du jetzt wieder wach bist, können wir dich ja zurück in die Zelle bringen. Hardy, Randy.» Die Tür öffnet sich und der Fette und der Pornobalken kommen herein. So heißen die also.

Sie kommen schnurstracks auf mich zu und lösen die Handschelle am Bett, um sie gleich darauf an meine freie Hand zu legen.

Ungläubig lachend stehe ich vom Bett, während Dr. Foster die Injektionsnadel aus meinem Handrücken zieht und die paar Elektroden entfernt.

«Witzig seid ihr», spotte ich. «Hängt mich an diese Maschinerie, als wolltet ihr ernsthaft, dass ich genese und dann steckt ihr mich zurück in die kalte Zelle. Wo man sich `ne tödliche Grippe holt. Grandios.»

Dr. Foster packt das ganze Zeug weg, das er mir gerade vom Körper genommen hat und die Wärter halten mich - trotz Fesseln - an den Oberarmen fest.

«Na jetzt übertreib aber mal nicht, 378», tadelt der Arzt. «Eine Grippe holt ihr euch da schon nicht. Schon gar keine Tödliche. Außerdem untersuchen wir regelmäßig eure Vitalwerte. So ganz egal ist uns eure Gesundheit also nicht. Aber nur weil ihr kränkelt, können wir euch nicht dauerhaft Freigang und Sondererlaubnisse gewähren.» Er blickt auf und grinst mich an. «Ihr seid immerhin allesamt trotzdem noch Schwerverbrecher.»

Ich schnaube verächtlich und reiße mich zusammen, ihm nicht vor die Füße oder auf den Kittel zu spucken. Solange dieser Hardy und dieser Randy mit Schlagstöcken hinter mir stehen, muss ich das nicht riskieren.

«Lieber ein lebendes Versuchsobjekt als ein Totes?», spotte ich.

«Du hast es erkannt!», lächelt Dr. Foster und gibt den Wärtern ein Handzeichen, woraufhin sie mich hinaus führen. Der Gang sagt mir nichts. Hier bin ich noch nicht gewesen. Auch als wir den Zellentrakt erreichen, kommt er mir nicht bekannt vor. Obwohl die Gänge mit den Zellen alle gleich aussehen. Ob ich jetzt auch in Isohaft komme? Weil ich in ihren Augen mit daran Schuld trage, dass das Spiel viel zu kurz ausgefallen ist?

Als hätte der Pornobalken meine Gedanken gelesen, murmelt er brummig: «Wenn man mich fragt, hätte ich dir ja Isohaft aufgebrummt.»

«Aber dich fragt keiner», entgegne ich. Dafür kassiere ich einen finsteren Blick und einen Stoß mit seinem Stock in die Rippen. Der soll mir mal diesen beschissenen Stock geben. Ich weiß damit durchaus Besseres an ihm anzufangen, als er an mir.

«Dafür haste aber eine neue Zelle bekommen.»

Jetzt grient er und schließt eine große, schwere Tür auf sowie eine schmalere dahinter.

«Krankenhauskleidchen aus», fordert er.

Ich drehe mich um und mustere ihn. «Gibt's dann wieder pinke Klamotten?»

«Heute nicht. Schließlich sollst du für deine Loser-Aktion nicht auch noch belohnt werden. Nicht wahr?»

Widerwillig ziehe ich das Hemd aus, in dem ich durch den offenen Schlitz am Rücken eh schon halb nackt bin und reiche es ihm. Der Pornobalken befreit mich von meinen Handschellen. Beide schauen zwanghaft in mein Gesicht, um nicht meinen nackten Schwanz sehen zu müssen. Das bringt mich zum Grinsen.

«Ihr dürft ruhig schauen, um eure Minderwertigkeitskomplexe zu steigern.»

Zur Antwort stößt mich der Pornobalken mit seinem Schlagstock in den Raum und verriegelt die erste Tür hinter mir. «Gibt's auch was zu Essen?», rufe ich.

«Gab's Intravenös», ertönt es dumpf durch die Tür, dann höre ich nichts mehr.

Ich drehe mich um, um mein neues zu Hause abzuchecken. Da der Fußboden nicht kalt und steinig ist, wie in der letzten Zelle, scheint diese hier anders zu sein. Und tatsächlich. Ich trete auf Plastik herum. Und als ich mich umsehe stelle ich fest, dass der gesamte Raum aus einer Art halb durchsichtigem Kunststoffs besteht. Als sähe man durch Eis hindurch. Auch die Tür. Zumindest die Innenseite der Tür. Nur oben an der Decke, in der Ecke zwischen Decke und Wand, ist ein langer Spalt frei. Vermutlich kommt dadurch Frischluftzufuhr. Muss ja.

Mir kommt wieder in den Sinn, was mir der eine Insasse erzählt hat. Dass es den Forschern gelungen ist, Wasser in ein kunststoffartiges Material zu formen. Das hier könnte solch ein Material sein. Weshalb sonst sollte man mich in eine Plastik Zelle einsperren? Ich lasse den Blick noch einmal um 360° durch den Raum schweifen.

«Die haben aber noch keinen richtigen Plan, wie sie das Zeug sinnvoll einsetzen sollen», hatte er Kerl Schultern zuckend erklärt.

Tja, sieht ganz so aus, als hätte ich es gerade heraus gefunden. Nämlich, in dem man darin eingesperrt ist. Liegt ziemlich offen auf der Hand irgendwie. Schließlich kann es einen nicht nass machen.

Seufzend lasse ich mich auf den Boden sinken. Wenigstens gibt es hier drin einen Plastiktopf. Vermutlich für den Toilettengang. Und immerhin ist es hier drin nicht ganz so kalt wie in der anderen Zelle. Keine Ahnung warum das eine Strafe sein soll. Im Gegensatz zu den letzten Wochen, ist das hier sogar eher das Paradies.

Habe ich gerade Wochen gesagt? Wow. Seht ihr? So lange fühlt sich der Aufenthalt in dieser Anstalt schon an. Wie lange ich wirklich hier bin weiß ich nicht. Aber da ich Teilnehmer der dritten Heldenspiele war, müssen schon mindestens ein paar Wochen vergangen sein. Angedacht waren ein bis zwei Spiele im Monat.

Seufzend lasse ich mich auf dem Boden nieder. Das Bild, wie Cora auf der Tribüne steht, schiebt sich vor mein inneres Auge. Ich frage mich immer noch, ob mein Gehampel und Gewinke etwas gebracht hat. Ob sie mich erkannt oder einfach nur für einen dummen Genträger gehalten hat, der hofft, durch diese Spiele berühmt zu werden. Was er durch seinen uncoolen Auftritt vermasselt hat.

Was ihr wohl durch den Kopf ging, falls sie mich erkannt hat? Ich hoffe, sie hat dann gecheckt, dass hier etwas schief läuft und ich keinen Sinneswandel vollzogen habe, den ich um Himmels Willen nie, niemals vollziehen würde! Das müsste sie wissen.

Ein Klacken holt mich aus meinen Gedanken. Mein Blick geht zur Tür, aber die bleibt geschlossen. Ich habe Hunger. Scheiß auf intravenös. Fühlt sich nicht so an. Und wer versichert mir, dass er sich das nicht ausgedacht hat?

Das Klacken ertönt erneut. Es kommt von oben. Ich lege meinen Kopf in den Nacken und schaue an die Decke. Zu sehen ist jedoch nichts. Kein Nieselnebel wie beim ersten Mal. Vielleicht klingt das so, wenn hier frische Luft rein gepumpt wird. Mittlerweile müssten sie ja auch kapiert haben, dass von mir keine Gefahr ausgeht. Zumindest Kräftetechnisch. Im Nahkampf bin ich immer noch gut. Nahkampf. Das ist es. Ich muss mich in Form halten und meine Langeweile hier drin vertreiben. Also stehe ich mit Schwung wieder auf und beginne mit ein paar Dehn- und Aufwärmübungen, wobei es bei jedem Sprung zwischen meinen Schenkeln klatscht.

Nach nicht mal einer halben Stunde schwitze ich wie sau und muss aufhören, weil ich das Gefühl habe, gleich zu hyperventilieren. Außerdem rutsche ich ständig auf meinem

Schweiß aus. Mein Körper ist schweißnass, mein Mund ist staubtrocken und leichter Schwindel macht sich in mir breit. Was ist mit mir los? Bin ich so ein Waschlappen geworden? Oder haben sie mir wieder irgendetwas injiziert, während ich ohnmächtig war? Oder sind das noch die Nachwirkungen der Heldenspiele?

Erschöpft sinke ich an der Wand zu Boden, wobei ich unsaft mit meinem nassen Körper am Wasserplastik herunter schubber. Wie die das Zeug wohl nennen werden?

Als ich endlich sitze, lege ich meinen Kopf zur Seite und atme schwer. Er ist verdammt warm hier drin. Ich gehe ein. Ohne, dass ich noch irgendwelche körperlichen Tätigkeiten vollführe, rinnt mir der Schweiß die Stirn hinunter. Tritt aus all meinen Poren heraus. Unter den Achseln, am Bauchnabel, an meinem Sack, in den Kniekehlen.

«Durst», murmle ich vor mich hin und blicke mich um. Nichts. Nur der Plastiktopf.

Warum ist mir so heiß?

Als es wieder klackert, blicke ich erneut auf, aber es ist rein gar nichts zu sehen. Schicken sie mir vielleicht warme Luft rein? Ich versuche aufzustehen, um mir diesen Spalt genauer anzusehen. Nur schwerlich gelingt mir das und ich ziehe mich mit meinen schwitzigen Fingern irgendwie an der kunststoffartigen Wand herauf. Nachdem ich mehrmals abegerutscht bin, stehe ich endlich und strecke meinen Arm nach oben aus. Selbst auf Zehenspitzen gelange ich nicht ganz an die Decke, aber es reicht, um einen warmen Luftzug von dort oben auszumachen. Einen sehr warmen. Verfluchte Forscher!

Erschöpft sinke ich wieder zu Boden. Der Schweiß strömt unaufhaltsam und mein Durst wird immer größer.

«Wasser», bettle ich und komme mir erbärmlich vor. Aber mir bleibt nichts, außer der Hoffnung, dass sie mich hören. Und ich hoffe, dass sie mich hören! Schließlich hat Dr. Foster vorhin erst gesagt, dass sie uns hier drin schon nicht sterben lassen.

Ich weiß wirklich nicht, was mir am Liebsten ist. Waterboarding, in der Steinzelle frieren, mit Verrückten im drei Meter tiefen Wasserbecken um Nahrungsmittel zu kämpfen oder hier drin fast zu dehydrieren. Oder in die Arena gesteckt zu werden.

Ich frage mich ja, ob das eher eine Strafe oder eher neue Forschungsmethoden sein sollen. Und warum sie mich in eine Zelle aus diesem neuartigen Material stecken. Anscheinend rechnen sie immer noch damit, dass meine Kräfte jeden Moment zurückkehren. Idioten.

Ich fluche leise und erschöpft vor mich hin und gehe zu Boden. Ich hab keine Ahnung, ob das in dieser Situation das Richtige oder Falsche ist, aber ich kann mich nicht mehr aufrecht halten. Der Prozess geht wahnsinnig schnell voran und ich könnte nicht mal schätzen, wie viel Grad ich hier drinnen habe.

Plötzlich öffnet sich endlich die Tür und ich weiß nicht, ob ich jemals so froh war, den Wärter mit der Monobraue zu sehen. Er trägt eine große Wasserflasche bei sich und grinst mich an. Statt mir die Flasche zu geben, tritt er in den Raum, auf den Plastiktopf zu.

Die Tür ist einen Spaltbreit offen und am liebsten würde ich versuchen zu fliehen. Doch wohin? Irgendjemand würde mich wieder einfangen und bestrafen, ehe ich den Saftladen verlassen kann. Außerdem bin ich gerade eh viel zu langsam.

Deshalb schaue ich lieber ungläubig zu, wie die Monobraue das Wasser aus der Flasche in den Topf kippt.

«Alter, hast du den Arsch offen?», röchle ich. Der Kerl lacht.

«Mir geht's bestens. Danke der Nachfrage. Hab gehört dir nicht so. Und der kleine 378 will Wasser.»

«Jasper», knurre ich. Er ignoriert das.

«Also bin ich so gnädig und bringe Wasser. Bevor du uns noch abkratzt. Guten Durst.»

Er kommt zu mir, bindet meine Hände auf dem Rücken fest und marschiert zurück zur Tür. Fassungslos sehe ich vom Plastiktopf mit dem Wasser drin zu ihm.

«Handschellen? Dein Ernst jetzt? Hier drin?» Ich blicke zum Topf. «Und ich soll jetzt aus dem Napf saufen wie ein Tier?», frage ich fassungslos.

«Natürlich!» Er dreht sich um und grinst mich mit gelben Zähnen an. Ekelhaft.

«Wisst ihr eigentlich, wie erniedrigend das ist?», frage ich und huste, weil mein Hals so trocken ist. In seiner Hand befindet sich die Flasche mit dem restlichen Wasser. Gierig schaue ich diese an.

«Natürlich», antwortet die Monobraue wieder. «Aber mit deinen Taten hast du jeglichen Anspruch auf eine würdevolle Behandlung verloren.»

Den Satz hat hier drin schon einmal jemand gesagt. Wieder würde ich gerne jemanden hier bespucken. Aber mein Mund ist zu trocken.

«Gib mir die Flasche und binde mich los», fordere ich ihn auf. Da ich aber immer noch am Boden liege und nach wie vor schwach klinge, hat meine Forderung nicht die erzielte Wirkung. Das lässt den Kerl lachen. Er schüttelt nur den Kopf, dann verschwindet er wieder.

So gerne würde ich trotzdem und einfach aus Prinzip nichts trinken, um mich nicht erniedrigen zu lassen. Aber der Durst ist zu groß.

Nur widerwillig robbe ich zum Napf hinüber und schaue eine Weile stumm hinein. Ganz im Ernst? Ich könnte gerade heulen wie ein Schlosshund. Weil man mich hier gefangen hält. Mich so unwürdig behandelt. Mit mir anstellt, was man will, ohne dabei auf Gefühle zu achten. Mich unter Wasser taucht, unter echten Kampfbedinungen kräftelos gegen Genträger kämpfen, mich fast verhungern und verdursten lässt. Weil niemand hier drin nur einen Funken Respekt für mich übrig hat. Für menschliche Wesen. Weil ich nach Hause will, weil ich Cora und Jeremy vermisse und auch Chloe. Weil ich befürchte, hier nie wieder raus zu kommen und elendig zu verrecken. Mit irgendwelchen Nadeln im Arm. Vollgepumpt mit Rausch verursachenden Mitteln.

Hoffend, dass es hier drin keine versteckten Kameras gibt, über die mich die Wärter und Forscher jetzt lachend beobachten können, beuge ich mich ausgetrocknet über den Plastiktopf und beginne das Wasser mit der Zunge zu schlecken wie ein Tier. Das flüssige Nass ist wie eine Erlösung, auch wenn es anfangs nur ein paar Tropfen sind. Gierig verschlinge ich so viel, wie ich aus dem Topf heraus kriegen kann und vergieße dabei widerwillig ein paar Tränen.

Kapitel 4

Bestimmt zwei Tage habe ich in dieser Zelle gehockt. Die Temperatur wurde stetig rauf und runter gefahren. Nie so weit, dass ich gefroren hätte. Die Temperaturschwankung hat mich dennoch ziemlich mitgenommen. Es gab etwas zu Essen und ich durfte die nächsten Male normal trinken. Aus der Flasche. Der fette Wärter hat mir das Trinken gebracht und war nicht ganz so herablassend. Vielleicht hat die Monobraue gegen eine Auflage im Bezug auf Insassen-Behandlung verstoßen und wurde gekündigt. Ich hoffe es so sehr.

Mittlerweile bin ich auch zu dem Entschluss gekommen, dass ich Waterboarding bevorzuge.

Als sich die Tür endlich wieder öffnet und ich schon erwarte, eine neue Flasche Wasser zu bekommen, zieht mich der fette Wärter in den Stand hinauf.

«378» Er klingt nicht ganz so abwertend und kalt wie die anderen Wärter. Sein Gesicht sieht wieder einmal weich aus. Muss am Fett liegen, dass überall Hautwürste hervorpresst. Und ich kann kaum fassen, was er dann verkündet. «Du wirst gleich abgeholt zum frisch Machen. Du kriegst Besuch.»

Das erste Mal seit Langem fühle ich mich wieder wie ein Mensch. Beinahe zumindest. Ich darf duschen und Haare

waschen. Mit heißem Wasser und Seife. Zähne putzen.
Bekomme etwas ordentliches zu Essen und einen klassischen
orangefarbenen Overall mit festen Schuhen und Socken.

Ich werde in die Eingangshalle geführt, die ich bisher erst
wenige Male gesehen habe. Dort bekomme ich wieder einmal
Handschellen um und einen Sack aufgesetzt. Ich werde
erneut in ein Auto gelotst und fortgefahren. Wie es aussieht
darf Cora mich nicht hier besuchen, sondern wo anders.
Keiner soll wissen, wo wir zu finden sind. Ich tippe zumindest,
dass es Cora ist, die mich besucht. Hoffe darauf!

Unterwegs betet ein gelangweilter Wärter die Regeln
herunter.

«Es wird die ganze Zeit jemand dabei sein, wenn ihr euch
trefft. Wir kriegen also alles mit. Ein Wort an deinen Besuch,
wo du die ganze warst und was dort mit dir gemacht wurde
und du bekommst mindestens zwei Wochen Isohaft.» Ich weiß
schon, was das bedeutet. Unterbreche ihn aber nicht, als er es
mir nochmal erklärt. «Das heißt keine warmen Mahlzeiten,
keine Orientierung an Tageszeiten, keine Geräusche, kein
Besuch und keinen Anzug. Es werden keine geheimen
Zeichen oder Codes gewechselt, keine Mitbringsel
ausgetauscht und du sagst, dass es dir gut geht. Dass du die
ganze Zeit in dem Gefängnis warst, in das wir dich jetzt
bringen und man dich dort einem Verbrecher entsprechend
behandelt. Du bekommst täglich drei Mahlzeiten und hast eine

halbe Stunde Ausgang im Gefängnis Park. Ihr habt anständige Duschen und Toiletten, die ihr selbstständig nutzen dürft und niemand misshandelt euch. Gen-sicher sind eure Zellen, in dem an allen Wänden fließendes Wasser hinunter läuft. Da ihr eure Kräfte durch Wasser hindurch nicht nutzen könnt, ist es euch nicht möglich, sie in diesem Gefängnis einzusetzen. Die Wärter sind regelmäßig unterwegs und besprühen euch mit Wasser, sollte jemand gegen die Regeln verstoßen. Verstanden?»

Ich nicke stumm unter meinem Jutesack. «Aye», murmle ich. Dieses Mal versuche ich nicht, mir den Weg zu merken.

Nach einer Ewigkeit kommen wir endlich an. Man schubst mich aus dem Auto in ein neues Gebäude hinein. Dort bekomme ich den Sack wieder abgenommen und werde in eine Zelle geführt. Eine stinknormale Gefängniszelle. Dort sitze ich bis mein Besuch eintrifft. Ich werde in den Empfangsraum gebracht, in dem bereits zwei andere Gefangene mit ihrem Besuch sitzen. Jeder Tisch wird überwacht. Ich erkenne einen der Insassen aus meinem *Schwimmkurs* wieder. Der Forschungskurs, in dem sie einige von uns Insassen in einem Pool gegeneinander ausspielen lassen, in dem sie mit etwas zu Essen und Getränken locken.

Ich suche mir einen leeren Tisch und lege meine gefesselten Hände darauf ab. Eine ein Meter hohe Plexiglasscheibe trennt unseren Raum von dem der Besucher ab. Neben jedem Platz hängen Telefonhörer zur Verständigung. Unten an der Plexiglasscheibe ist eine kleine Öffnung, wie bei Kassenhäuschen.

Kurz darauf wird die Tür auf der anderen Seite geöffnet und Cora kommt herein. Ihr Gesicht sieht besorgt aus und sie kommt sofort an meinen Tisch gerannt und schiebt ihre Hand durch die kleine Öffnung in der Scheibe, um meine zu drücken. Doch der Wärter, der bei uns aufpasst, schiebt unsere Hände sofort auseinander.

«Keine Berührungen!», sagt er scharf und sieht uns streng an. Wir lösen unsere Hände wieder und Cora setzt sich endlich hin. Beide nehmen wir die Hörer ab und schauen uns an. Neben mir greift der Wärter zu einem dritten Hörer, um uns zu belauschen.

«Du hast abgenommen», stellt sie besorgt fest und mustert mich. Ich nicke knapp.

«Gibt nich' das geilste Essen hier.»

«Dachte ich mir fast», sagt sie lächelnd und holt eine Tüte hervor. «Deshalb habe ich dir etwas mitgebracht.»

«Keine Mitbringsel. Auch kein Essen», fährt der Wärter dazwischen. Meine beste Freundin schaut mich fragend an. Anscheinend kann sie ihn nicht hören. Ich leite die Worte deshalb an Cora weiter.

Sie wirft dem Wärter kurz einen finsteren Blick zu, zieht den beutel mit Essen wieder zu sich heran, dann schaut sie zu mir.

«Wie gehts dir?» Sie legt ihre Hand an die Scheibe, als würde sie mich berühren wollen. Ich lege meine an ihre, lasse sie aber gleich darauf wieder sinken.

«Gut», lüge ich. Wobei es auf diesen Moment bezogen nicht mal gelogen ist. Cora ist da. Direkt vor mir. Nicht nur aus der Ferne.

Das ist das erste Mal seit gefühlten Wochen, dass es mir irgendwie gut geht.

«Weißt du schon, wann der Prozess stattfinden wird? Hast du einen Anwalt?»

Falls sie mich in der Arena erkannt hat, dann lässt sie es sich nicht anmerken.

Ich schiele zum Wärter hoch, der mich finster anstarrt. «Ein Anwalt wurde mir besorgt», lüge ich wieder. «Bis zum Prozess wird es noch eine Weile dauern.»

Ich habe kein Problem damit, andere anzulügen. Aber es tut mir weh, meine beste Freundin anzulügen. Deshalb habe ich ein furchtbar schlechtes Gewissen. Dieses Gefühl ist mir fremd und es ist unangenehm. Das letzte Mal hatte ich zu Joes Beerdigung ein schlechtes Gewissen. Weil ich mich schuldig an seinem Tod fühlte. Schuldig, seine Leiche allein zurückgelassen zu haben, um meinen Arsch in Sicherheit zu bringen.

Coras Blick sagt mir, dass sie mir nicht glaubt.

«Sicher?», fragt sie daher nach. Ich nicke. Sie hakt nicht weiter nach. Vielleicht ahnt sie, dass sie das nicht tun sollte. «Wir vermissen dich, Jas... Emmas Bauch ist ganz schön gewachsen, weißt du?» Ich will nachfragen, welches Datum wir haben. Allerdings befürchte ich, dass das schon zu viel sein könnte. Soll ich die Isohaft einfach riskieren und Cora sagen, was hier vor sich geht? Sie bitten, mir zu helfen? Vielleicht kann sie ja die Gammas rekrutieren, auch wenn sich in mir alles sträubt, bei dem Gedanken daran. Aber Wendy ist doch immer so auf Gerechtigkeit aus, vielleicht bekäme sie ein schlechtes Gewissen, wenn sie erführe, was mir wirklich widerfährt, statt der erwarteten Gefängnisstrafe. Garantiert würde sie ihr Gewissen bereinigen müssen.

«Jasper?» Hochgerissen aus meinen Gedanken, schaue ich Cora wieder an. «Hörst du mir überhaupt zu?»

«Sorry», murmle ich. «Bin nur etwas müde. Hab die Nacht nich' so gut geschlafen.»

Cora schließt die Augen und atmet tief ein und wieder aus. Ich sehe ihrem verkrampften Körper an, dass sie mir am liebsten um den Hals fallen würde.

«Ich werde mich mal wegen deines Prozesses erkundigen. Wer ist denn dein Anwalt?»

«Sie haben mir den Namen nicht gesagt», lüge ich wieder.

Unentwegt starre ich Cora an. Sauge alles von ihr auf. Die Geborgenheit. Ihren besorgten Blick, der mir aus einem grünen und einem blauen Auge heraus entgegen sieht. Das lange blonde Haar, das ihr schmales Gesicht umrandet. Den Duft ihres Parfums, der dezent in der Luft liegt. das Piercing in ihrer Zunge, mit dem sie immer mal unbewusst herum spielt.

Ich beiße die Zähne fest aufeinander und atme tief ein und aus. Wenn möglich, sieht Cora mich jetzt noch besorgter an.

«Jasper», sagt sie jetzt leise und schaut mir intensiv und ernst in die Augen. «Was machen die hier mit dir?» Ohne aufzusehen, spüre ich den scharfen Blick der Wärters auf mir. «Jas, bitte!» Meine beste Freundin klingt flehend und ihre Stimme ist so leise, dass ich fast nichts hören kann. Ich muss es ihr sagen. Ihr einen Hinweis geben. Damit sie im Bilde ist. Damit sie weiß, was mit mir passiert und damit sie mir helfen kann. Irgendwie.

In der Hoffnung hier bald wieder heraus zu kommen, wenn ich etwas erzähle, nehme ich die mehrwöchige Isolationshaft auf mich.

«Hilf mir», forme ich mich den Lippen. Die unterschiedlichen Augen meiner Freundin weiten sich kaum merklich.

«Was?», formt sie langsam mit den Lippen und ihr Blick sagt mir, dass sie etwas geahnt hat.

Der Wärter bewegt sich unruhig, weil wir für seine Ohren zu lange schweigen.

«Sie forschen an uns herum», sage ich schließlich leise. Der augenblicklich folgende Klapps in den Nacken sagt mir, dass der Wärter es gehört hat. Ich rede weiter. «Sie behandeln uns wie Dreck und foltern uns. Sie schicken uns in-- Au!» Ein weiterer Schlag in den Nacken und der Wärter zerrt mich vom Stuhl. Der Hörer gleitet mir aus der Hand.

«Besuchszeit ist vorbei», sagt er harsch und Cora springt so heftig vom Stuhl, dass dieser umfällt.

«Das hier ist Fake, Cora», brülle ich, damit sie mich über die Plexiglas Absperrung hinweg dennoch hören kann. «Das ist nicht unser Gefäng-- Ahh!» Der Kerl tasert mich und mein ganzer Körper verkrampft sich. «Welken...hein...», bringe ich unter Schmerzen hervor und hoffe, dass sie das Wort noch verstanden hat. Erneut verpasst der Wärter mir einen Elektroschock.

Er zerrt mich unsaft hinter sich her. Ich spüre die Widerhaken in meiner Haut ziehen. Um mich herum herrscht Aufruhr bei den anderen Besuchern und mehrere Polizisten und Wärter stürmen den Besucherraum.

Alles läuft wie durch einen Schleier um mich herum ab, einen Schleier aus Schmerzen. Kurz danach werde ich noch einmal getasert und aus dem Gebäude geschleift.

Kapitel 5

Blinzelnd schlage ich die Augen auf. Meine Muskeln
schmerzen bei jeder Bewegung. Nur langsam nehme ich
wahr, dass ich mich wieder in dieser Wasserplastikzelle
befinde. Wie es aussieht, habe ich also schon vor Coras
Besuch in Isolationshaft gesessen.

Wieder bin ich nackt und wieder habe ich den Pinkeltopf
hier drinen. Sonst nichts.

Ich habe alles verpasst. Wie ich vom anderen Gefängnis
am Rande Parondons wieder hierher zurück gebracht wurde.
Irgendwann muss ich wohl wieder weg gekippt sein. Vielleicht
hat man mir auch etwas verabreicht. Daran würde ich nach all
dem, was mir hier widerfahren ist, keinen Moment zweifeln.

Das Spielchen mit den Temperaturschwankungen geht
dieses Mal nicht sofort los. Sie lassen sich Zeit damit. So viel
Zeit, dass ich nicht mal weiß, ob schon ein Tag vergangen ist
oder nicht. Dadurch hatte ich allerdings Zeit genug
festzustellen, wo die Beleuchtung her kommt. Hinter den leicht
durchsichtigen Wasserwänden scheinen unangenehm
kaltweiße Lampen durch. Nur schwach, aber genug, um
sehen zu können. Und zwar dauerhaft. Ich habe also keine
Ahnung, wann es Tag oder Nacht ist.

Als die Temperatur-Spielchen dann wieder beginnen, machen sie mich fix und fertig. Es ist ein krasses Hin und Her. Nicht von Raumtemperatur zu heiß. Sondern auch noch zu kalt. Hin und wieder wird über den Schlitz sogar kaltes Wasser hinein gepumpt.

Für mich sind diese Psychos einfach nur Sadisten und keine Forscher. Selbst wenn sie mit dieser Bestrafung echte Forschungsabsichten haben sollten.

Anfangs verfluche ich sie noch, wenn jemand Essen und Trinken bringt. Irgendwann aber liege ich einfach nur noch apathisch in der Ecke und hoffe, dass diese zwei Wochen Isolationshaft endlich zu Ende gehen.

Ich bin ein Wrack als sie mich endlich raus holen. Kein Spruch, keine Widerworte. Einfach nur Ergebung. Zu etwas anderem bin ich nicht mehr fähig. Sport habe ich auch keinen mehr gemacht. Mir fehlte die Kraft dazu.

Niesend folge ich ihnen durch den Gang und werde - immer noch nackt - in den Raum geschleift, in dem sie immer meine Werte überprüfen.

Sie legen meinen zitternden Körper auf den Stuhl. Legen die Schnallen und Elektroden an. Der Gen-Nazi grinst mich unentwegt an, während die Monobraue die ganze Zeit böse drein blickt. Man hat ihn also nicht entlassen für seine Erniedrigung an mir. Schade.

«Na? Wo ist denn die große Klappe geblieben?», höhnt der Gen-Nazi. Ich erwidere nichts.

Dr. Foster betritt den Raum und erzählt mir irgendetwas. Aber ich höre nicht zu. Zittere nur. Die letzte Tortur in der Wasserplastikzelle bestand aus einer Kältefolter. Ich niese wieder. Irgendwann wird mir diverses Zeug in die Venen gespritzt. Was genau es ist, weiß ich nicht. Auch wenn Foster mir das vermutlich wieder erzählt.

Noch jemand betritt den Raum. Er stellt sich neben Foster und blickt mich an. Erzählt mir etwas. Ich höre auch Stimmen, aber die Worte dringen nicht bis zu mir durch. Er wendet sich Dr. Foster zu und dann wird wieder alles schwarz.

Als ich erneut aufwache, liege ich wieder in einer normalen Zelle. Aus kaltem Stein, mit den Türen, die Luken haben. Und den drei winzigen Fenstern.

Überraschenderweise liegt eine Decke auf meinem Körper. Auch wenn sie nicht sonderlich dick ist, bin ich dennoch froh, endlich wieder eine Decke zu sehen. Zu spüren.

Neben mir springt mir etwas Pinkes ins Auge. Ein frisch gewaschener Thermoanzug. Sofort schlüpfe ich hinein und verkrieche mich wieder unter die Decke. Mir ist immer noch kalt. Aber nicht mehr so sehr wie in meinem letzten Wachkoma.

Das erste Mal wieder bei klarem Verstand, schweifen meine Gedanken zurück von Cora.

Sorge macht sich in mir breit. Habe ich jetzt ihre Freiheit riskiert, in dem ich ihr verraten habe, was hier vorgeht? Haben sie sie eingefangen, um sie daran zu hindern, etwas an die Öffentlichkeit zu tragen?

Ich ramme meinen Kopf gegen die Wand, um mich zu bestrafen. Dass ich so dumm war. So leichtsinnig. So egoistisch.

Mein Schädel brummt von der Selbstbestrafung und ich beiße vor Schmerz fest die Zähne zusammen. Etwas Warmes rinnt langsam von der linken Ecke meiner Stirn herab. Blut.

Dann entdecke ich etwas zu Essen an der Tür. Dampf steigt aus der Plastikschüssel. Das muss die Suppe sein, die es alle paar Tage gibt. Suppe. Früher habe ich fast nie Suppe gegessen. Weil sie mich nicht satt macht und nicht unbedingt weit oben in der Kette meiner Lieblingsnahrungsmittel steht. Hier jedoch habe ich diese Suppe zu schätzen gelernt. Besonders jetzt.

In der Zeit in der Isolationszelle gab es nur trockenes Brot und Wasser.

So schnell ich kann eile ich zur Tür und pfeife mir die Suppe rein. Sie ist noch warm und es fühlt sich fantastisch an als sie meine Kehle hinunter rinnt. Wärme breitet sich in meinem Magen aus und auch meine Hände werden warm als ich die Schüssel halte.

Ich muss auch nicht mehr niesen. Vielleicht hat man mir irgendeine Medizin gespritzt vorhin. Oder gestern. Oder wie lange ich auch immer geschlafen habe.

Nach einiger Zeit öffnet sich die Tür und ich blicke dem fetten Wärter entgegen. Hardy oder Randy. Ich weiß immer noch nicht, welcher Name zu ihm gehört. Es interessiert mich aber auch nicht sonderlich.

Ausdruckslos blickt er mich an und deutet mir mit der Hand, aufzustehen. Die Decke muss ich hier lassen.

Wie jedes Mal legt er mir die Handschellen an bevor er mich hinaus führt. Stumm folge ich und hoffe, dass nicht die nächste Folter-Forschung auf mich wartet. Ich kann nicht mehr. Auch wenn sie mich mit irgendwelcher Medizin und Morphium immer wieder aufpäppeln, habe ich nicht das Gefühl, dass ich nicht lange durchhalten werde.

Ich werde in einen Raum gebracht, den ich bisher nur einmal gesehen habe. Dort gibt es ebenfalls einen Stuhl mit Fesseln. Welch eine Überraschung. Allerdings liegt man dort nicht. Der ist sogar wirklich mal zum Sitzen.

Ich werde auf diesen gedrückt und wehre mich nicht weiter. Das bringt nichts, habe ich gemerkt. Stumm lasse ich mich fest schnüren. An der Stirn, den Oberarmen, Unterarmen, Waden und Hüfte. So fest, dass ich mich kaum bewegen kann.

Der Fette wirft mir kurz einen Blick zu. Wenn ich es nicht besser wüsste, würde ich ihn als Mitleid interpretieren. Aber hier drin hat niemand Mitleid. Das sind alles abgefuckte und abgebrühte Sadisten. Allesamt. Mir kann keiner erzählen, dass er nur wegen der guten Bezahlung hier arbeiten würde und dank dieser über dieses Elend hier hinweg sehen könne.

Von mir aus sollen sie mit echten Kinderschändern, Vergewaltigern und kranken Mördern machen was sie wollen. Aber ich zähle mich nicht dazu. Ich habe das nicht verdient.

Das Einzige, was ich getan habe, ist jemanden umzubringen, der selbst massenhaft Morde begangen hat. Willentlich und bei vollem Bewusstsein. Völlig grundlos. Und zwei Frauen, die nicht weniger unschuldig waren. Ich habe der Welt damit sogar einen Gefallen getan. Mit den anderen Insassen hier habe ich nichts, aber auch absolut gar nichts, gemeinsam.

Der Fette hat sich neben meinem Stuhl aufgebaut und die Arme vor der Brust verschränkt. Oder besser gesagt, auf dem Bauch abgelegt.

Die Tür geht auf und ein Mann den ich nicht kenne und der Ponobalken kommen rein. Mr Pornobalken positioniert sich auf der anderen Seite des Stuhls und der Fremde kommt langsam auf mich zu. Kurz vor mir bleibt er stehen.

«Guten Abend 378», grüßt der Mann, ohne mich aus den Augen zu lassen. Gelangweilt schiele ich zu ihm hoch. «Mein Name ist Dr. Yuto Watanabe, Gründer und Chef von *biologic research*. Freut mich, dich endlich mal persönlich kennen zu lernen. Den Mann, der seine Fähigkeiten verloren hat.»

Ich schnaube nur verächtlich. Eine Antwort erspare ich mir. Ich habe keine Lust auf reden.

«Ich bin wirklich ein großer Fan von euch Genträgern. Das ist eine fantastische Entdeckung und ihr Kriminellen wirklich eine großartige Möglichkeit, bedenkenlos zu forschen. Fast müsste ich euch schon dafür danken.» Er klingt relativ ernst und gefasst. Nicht so wie Dr. Foster, der nach fast jedem seiner Sätze gruselig lacht oder grinst. Immer noch gelangweilt sehe ich ihn an. Er hat schwarze Haare, wie eigentlich fast jeder Japaner. Sie sind kurz geschnitten und ordentlich mit einem Seitenscheitel frisiert. Nicht so wie meine Haare. Die sind während meines Aufenthalts hier schon bis knapp über die Ohren gewachsen. Sie sind fettig und trotzdem unzähmbar verstrubbelt. Alles ist verknotet.

Watanabe trägt einen weißen Kittel, wie alle Forscher und Ärzte hier. Eine kleine Runde Brille sitzt auf seiner Nase, durch welche hindurch er mich mit seinem ernsten Blick anschaut. Wenn er keine Falten hätte, würde ich ihn sehr jung schätzen. Aber diese Alterszeichen verraten ihn.

«Aber du bist uns wirklich ein Rätsel. Meine Kollegen haben soviel mit dir angestellt, doch dein Gen will sich einfach nicht reaktivieren. Beinahe haben wir ja schon geglaubt, es sei wirklich verloren.» Fragend ziehe ich meine Augenbraue hoch und warte auf ein Aber. «Aber was wären wir denn für Forscher, wenn wir nach nicht mal zwei Monaten schon aufgeben würden?» Fast zwei Monate? Fuck. «Aber ich möchte dich auch gar nicht länger aufhalten.» Wobei denn? Witzig. «Ich wollte mir lediglich einen kleinen Eindruck von dir verschaffen. Sehen, wer du bist. Denn eigentlich hat meine Kollegin dich her bringen lassen.»

Er geht zwei Schritte zur Seite und die Tür öffnet sich wieder.

Eine Frau in feuerrotem Outfit mit blauem Gürtel, blauen, engen Stiefeln und einer blauen Katzenmaske betritt den Raum. Am Arm trägt sie wieder die Uhr, die sie schon die letzten Male um hatte. Das gesamte Kostüm sieht ganz anders aus, als beim letzten Mal. Neu und moderner. Es ist ein Ganzkörperanzug und der Rock fehlt. Der rote Umhang allerdings ist noch da. Er weht bei jedem Schritt hinter ihr her.

Als FireWire vor mir stehen bleibt, verschränkt sie die Arme vor der Brust und schaut mit hochmütigem Blick auf mich hinab.

«Nettes Outfit», sage ich spöttisch. Ich habe so lange nicht gesprochen, dass meine Stimme ganz kratzig klingt.

«Sieh an, Jasper White.» Endlich mal jemand, der mich mit meinem richtigen Namen anspricht. Ich hatte ihn schon fast vergessen. «Sieht so aus, als hätte man dir die die große Klappe immer noch nicht ausgetrieben, was?»

Ich ignoriere das. «Kollegin?», frage ich stattdessen verächtlich und blicke von ihr zu Watanabe und zurück.

«Oh natürlich, dann wollen wir dich mal aufklären. Dr. Watanabe und ich sind Geschäftspartner. Von dem Moment an, als wir beschlossen, Welkenhein umbauen zu lassen.»

Kapitel 6

Ich fasse es nicht. Wendy hat mich nicht nur bei der Polizei verraten, sondern auch noch ganz genau gewusst, was mit mir passieren wird. Wo ich landen werde. Es war alles berechnet. Erneut steigt Wut in mir auf, aber ich bin zu schwach, sie ausbrechen zu lassen.

Stattdessen brodelt es unruhig in mir und mein Brustkorb hebt und senkt sich stark von meiner schnellen Atmung.

«Was habt ihr mit Cora gemacht?», frage ich zwischen zusammengebissenen Zähnen hervor.

«Keine Sorge, der geht es gut. Sie steht bisher lediglich unter Beobachtung.»

«Wo? Hier?»

«Nein, nein. Bei sich zu Hause. Sie lebt ihr ganz normales Leben. Allerdings habe ich ihr klar gemacht, dass sie das nur so lange tun kann, wie sie mit deinen Informationen nicht hausieren geht. Denn ich habe noch genügend Videomaterial, um auch sie hinter Gitter wandern zu lassen. Für Beihilfe an Brandstiftung und Mord.» Ihr Lippen kräuseln sich, als sie geringschätzig lächelt.

«Ihr Schweine», presse ich hervor und versuche, meine Atmung zu regulieren.

«Ich muss doch bitten», sagt Wendy streng. «Du bist das Schwein. Du hast Unrecht begangen. Ich hingegen sorge lediglich für Gerechtigkeit. Eigentlich hatte Ronan mich ja soweit gehabt, über deine Taten zu schweigen. Aber nachdem ich mit Dr. Watanabe ausgemacht hatte, ihn mit genügend Forschungsmaterial auszustatten und er fröhlich erregt war, als ich von deinen verlorenen Kräften berichtete, da habe ich dann doch mein Gewissen beruhigt und dich verraten. Wie gut, dass ich damals alles mitgefilmt habe. Ich wusste doch, dass ich es irgendwann mal würde gebrauchen können.»

«Dein Gewissen beruhigt?» Meine Mundwinkel zucken, als wüssten sie nicht, ob sie lachen oder weinen sollen. «Du hast also ein ruhiges Gewissen bei all den Dingen, die hier ablaufen, ja?»

«Aber natürlich.» Sie klingt so selbstverständlich, dass es mich trotz Allem kurz schockiert. «Ihr habt alle nichts Besseres verdient. Und immerhin habt ihr so die Möglichkeit, der Gemeinschaft etwas zurückzugeben. Informationen und vielleicht sogar bald eure Gene.»

Wieder einmal schnaube ich. Ich kann einfach nicht fassen, was ich da höre.

«Gestörtes Miststück», murmle ich.

«Wie war das?» Mit fragendem Blick hält sie die Hand hinters Ohr.

«Gestörtes Miststück!», wiederhole ich lauter und mit so viel Verachtung, wie ich aufbringen kann. Am liebsten hätte ich ihr gleich noch vor die Füße gespuckt, aber mein Mund ist zu trocken.

Wendy lässt die Hand von ihrem Ohr sinken und nickt dem Pornobalken zu. Dieser verpasst mir einen Schlag mit der flachen Hand auf den Hinterkopf. Dr. Watanabe verfolgt interessiert das Schauspiel.

«Du hast eine gestörte Wahrnehmung», meint Wendy kopfschüttelnd, was mich wieder schnauben lässt.

«Natürlich. *Ich* bin hier derjenige mit der gestörten Wahrnehmung», murmle ich voller Sarkasmus. Wendy lächelt falsch und nickt knapp.

«Schön, dass du es einsiehst.»

«Und was, wenn Cora ihre Freiheit riskiert, um die Wahrheit ans Licht zu bringen?», frage ich.

«Ach, selbst für den Fall haben wir vorgesorgt. Sollte wirklich jemand zur Überprüfung her kommen, werden wir ihm den anderen Trakt dieser Einrichtung zeigen. Den mit den normalen Gefängniszellen, in denen die weniger schweren Verbrecher mit Kräften sitzen. Die, die wegen illegalen Drogenbesitzes sitzen oder wegen Diebstahl. Das sind zwar auch Verbrechen, aber keine die eure Behandlung verdient hätten. Wir sind doch keine Unmenschen.»

Mir wird übel. Wendy klingt so wahnsinnig überzeugt von dem, was sie sagt, dass ich beinahe glaube, dass das ernsthaft ihre Überzeugung von Gerechtigkeit ist.

«Du widerst mich an!»

«Das beruht ganz auf Gegenseitigkeit, Jasper.»

«Echt abartig, wie viele Menschen ihr hierfür gewinnen konntet.»

«Ach was, abartig.» Sie rollt seufzend mit den Augen und stemmt die Hände in die Hüften. «Das sind lediglich alles Menschen, die genauso einen ausgeprägten Sinn für Gerechtigkeit haben wie ich. Sie wollen alle nur das Beste für die Menschheit.»

«Wie selbstlos», spotte ich. «Hängt die Polizei auch mit drin?»

Es interessiert mich immer noch, ob Tyrel wusste, wo sie mich hinbringen lässt.

Wendy lacht ironisch auf. «Also bitte. Als ob die Polizei das verstehen würde.»

«Ist also doch nicht ganz so legal, wie du behauptest, was?» Ich ziehe einen Mundwinkel hoch.

«Ich habe nie behauptet, dass es legal wäre. Ich sagte nur, dass es gerecht ist.»

Wendy lächelt gedehnt und ich höre den Pornobalken hinter mir etwas lachen. Mit einer fixen Handbewegung bringt Watanabe ihn zum Schweigen.

Irgendwie beruhigt es mich zu wissen, dass Tyrel hier nicht mit drinnen steckt. Vermutlich würde sie so sogar dagegen vorgehen, wenn sie es wüsste. Das entlockt mir ein kleines Lächeln.

«Und warum erzählst du mir das jetzt alles? Du hättest auch schön in der Versenkung bleiben und mich in der Hoffnung lassen können, dass in dir noch ein Funken Menschenverstand vorhanden ist.»

«Ich wollte dich bloß wissen lassen, dass du dir keine Hoffnung auf irgendeine Freilassung machen brauchst. Oder eine Errettung, weil du deine Freundin mit Infos losgeschickt hast.»

Sie lacht kurz auf als wäre diese Idee vollkommen schwachsinnig.

«Und dass du nicht länger auf eine Gerichtsverhandlung warten brauchst. Die wird es nämlich nicht geben.»

«Und was erzählt ihr den Leuten, wenn es keinen Prozess gibt? Ihr braucht doch Nachweise.»

«Wir haben eben nicht nur Forscher, Ärzte, Wärter und andere Freiwillige, die sich bereitwillig für unsere Seite melden.»

«Die Seite der *Gerechtigkeit*?»

«Du hast es verstanden Jasper, bravo.» Sie klatscht in die Hände. «Und versprich mir etwas, ja?» Meine Augenbrauen wandern nach oben. «Behalte mein Gesicht vor Augen. Damit du immer weißt, wer dich hierher gebracht hat. Wer für Gerechtigkeit gesorgt hat. Das ist mir sehr wichtig.»

Sie zwinkert mir zu. Dann dreht sie sich um und verschwindet mit wehendem Umhang aus dem Raum.

Dr. Watanabe wirft mir einen neugierigen Blick zu, dann verabschiedet er sich und folgt Wendy nach draußen. Danach bringen mich die Wärter zurück in meine Zelle. Die Decke darf ich behalten.

Kapitel 7

Es geht genauso weiter wie in den Wochen vor den Heldenspielen. Tagtäglich werde ich aus meiner Zelle geholt und zu irgendwelchen, angeblichen Tests gebracht, um mein Gen zu reaktivieren. Sie erhöhen außerdem die Adrenalindosis. So stark, dass sie mir Beta Blocker verabreichen müssen, damit ich nicht sterbe. Man braucht mich ja. Sie können es schließlich nicht riskieren, dass ihr einziges Versuchsobjekt meiner Art flöten geht.

Ich werde gewaterboarded. Ins Becken geschmissen, im Kampf um Nahrungsmittel. Gedoped. Von den Wärtern zu deren Aggressionsabbau misshandelt. Außerdem entzieht man mir für beinahe 48 Stunden den Schlaf. Immer, wenn ich einzuschlafen drohe, kommt einer der Wärter zu mir und versetzt mir ein paar Hiebe mit dem Stock. Nur der Fette hält mich mit Worten und kaltem Wasser im Gesicht wach.

Gerade liege ich wieder auf einem der Stühle. In dem Raum, in dem meine Vitalwerte gemessen werden. Dr. Foster hantiert am Computer herum und erzählt mir etwas. Da der Schlafentzug aber noch nicht lange her ist und sie einen hier natürlich auch nicht ausschlafen lassen, bin ich noch müde. Ich höre ihn kaum.

Der Gen-Nazi und die Monobraue stehen heute Wache.

«… ist sehr interessant… fantastisch… leider nicht…»

Hin und wieder dringen ein paar Wortfetzen Fosters bis in mein Gehirn vor. Außerdem schleicht sich noch ein Geräusch in mein Gehirn. Weil es so laut ist. Dumpf, aber dennoch laut. Klingt wie eine Melodie. Eine sehr eintönige. Schlechte Musik? Vielleicht auch eine Sirene?

Ich blinzle und schlage die Augen auf. Eine Sirene? Hier drin? Habe ich noch nie gehört.

Als ich aufblicke sehe ich, dass die beiden Wärter auf die Tür zu gehen. Dr. Foster steht neben mir und hört auf zu reden. Verwirrt schaut er ins Leere und dreht sich zu den Wärtern um. Ich gebe mir alle Mühe, wach zu bleiben. Das könnte interessant werden. Denn wenn die Sirene geht und alle hier im Raum nervös werden, kann das nur heißen, dass es entweder brennt, ein Häftling ausgebrochen ist oder einer sich gerade frei kämpft und mit seinen Kräften die Mitarbeiter lahm legt. Zum Glück ist nicht jeder Raum und nicht jede Zelle von flüssigen oder festen Wasserwänden umgeben.

Als die Wärter die Tür öffnen, um nach dem Rechten zu sehen, kann ich weitere Geräusche, neben der lauter werdenden Sirene, hören. Schnelle Schritte. Rufe. Alles so dumpf, als fände es nicht auf unserem Gang statt.

Dennoch schaue ich gebannt zur Tür. Ich weiß nicht, ob ich dem Flüchtling die Daumen drücken soll, dass er es schafft oder hoffen soll, dass er geschnappt wird. Immerhin sitzen hier echte und richtig fiese Straftäter, die man nicht zurück auf die Menschheit lassen sollte. Aber das, was die hier mit uns veranstalten, wünsche ich eigentlich mittlerweile nicht mal mehr meinem ärgsten Feind. Zumindest keinem Aktuellen. Den Gnom hätte ich schon gerne hier drin gesehen. Als Insassen.

Da auf unserer Etage nichts weiter passiert, schließen die Wärter die Tür wieder von innen und stellen sich davor als Wachen auf.

Dr. Foster ist auch wieder voll bei der Sache und überprüft etwas auf dem Bildschirm.

«Kein Grund zur Aufregung, 378. Das wird ein Fehl- oder Probealarm sein.»

Anscheinend hat er gesehen, dass mein Puls hoch gegangen ist.

«Wo sind sie?», brüllt jemand dumpf. Es klingt so als stünde der Rufer direkt vor der Tür. Jetzt sind auch die Wärter wieder in Achtungsstellung. Während Monobraue seinen Schlagstock langsam hervor zieht, packt sich der Gen-Nazi an die Knarre im Halfter. Krass. In all der Zeit hier ist mir nie aufgefallen, dass die auch Knarren tragen. Ich hatte immer vermutet, dass Wärter dazu nicht befugt seien. So kann man sich irren.

Schritte. Sie entfernen sich. Jemand brüllt etwas. Auch Dr. Foster ist nun wieder unsicher geworden. Anscheinend glaubt er seine Worte gerade selbst nicht mehr.

Und mit einem Mal fliegt die Tür auf. Als ich erkenne, wer dort steht, fallen mir fast die Augen aus dem Kopf.

«Achtung, Knarre!», brülle ich, als ich sehe, wie der Gen-Nazi diese entsichert. Meine Warnung kam gerade noch rechtzeitig. Eine schwarze Gestalt reagiert und kickt ihm die Waffe aus der Hand und fängt sie selbst auf. Dann richtet sie diese gegen den Gen-Nazi, der nach seinem Schlagstock greift. Unterdessen entwendet ein gelb-blauer Kerl den Schlagstock der Monobraue, gemeinsam mit einer Frau in Hellbraun und mit weißer Maske.

Grinsend beobachte ich die Drei. Trotz der weißen Maske auf den Augen, erkenne ich sie sofort. Diesen Körper, würde ich überall erkennen. Er gehört Cora. Der hellbraune Anzug ist hauteng und betont jeden Millimeter ihres perfekten Körpers. Das lange, blonde Haar, hat sie zu einem Pferdeschwanz zusammengebunden, der bei jeder Bewegung mit schwingt.

Neben ihr kämpft Morty. Ganz in schwarz. Mit einer schwarzen Maske auf dem dunklen Gesicht. Die perfekte Tarnung. Gemeinsam mit Cora nimmt er sich die beiden Wärter vor, während der Dritte sich um Dr. Foster kümmert. Freezer. Sein Anzug sieht neu aus. Es ist kein Skianzug mehr, sondern eine Art Thermoanzug. Nur die Skibrille und die

Schuhe sind geblieben. Er sieht frischer aus. Kämpft allerdings unsicherer als die anderen beiden. Vermutlich ist er im Training noch nicht ganz so weit. Immer wieder hüpft er verdutzt zur Seite, weil seine Freeze-Attacken nicht funktionieren.

«Eure Kräfte sind hier drin nicht möglich», rufe ich zur Erklärung. Freezer sieht kurz zu mir und nickt. Er versetzt Dr. Foster einen vermutlich eher zufälligen Knockout und kommt zu mir gelaufen.

«Jasper», sagt er fassungslos und strahlt mich an. «Endlich haben wir dich gefunden! Du glaubst gar nicht wie schwer das war! Wow! Wie siehst du denn aus?» Geschockt starrt er mich an. «Du bist ja dünn geworden! Und deine Haare. Und der Bart!»

«Mach mich frei!», unterbreche ich ihn ungeduldig flehend und nicke hinunter zu den ganzen Fesseln, die mich am Stuhl festhalten.

«Oh ja, natürlich!», bemerkt er und beginnt, die Riemen aufzumachen. Ich höre Cora aufschreien und schaue hinüber. Der Gen-Nazi hat ihr eine mit dem Schlagstock übergezogen und sie taumelt. Er hingegen nutzt den Moment, um auf Freezer los zu gehen.

«Hinter dir!», brülle ich. Schnell dreht er sich um und stellt dem Wärter ein Bein. Dieser fliegt der Länge nach auf die Fresse. Die paar Sekunden reichen für Cora, um wieder bei ihm zu sein. Als sie über ihm steht, grinst sie mich kurz an. Dann widmet sie sich wieder ihrem Gegner und Freezer fummelt weiter an meinen Fesseln herum.

Mittlerweile bin ich hellwach und voll auf Adrenalin. Meine Freunde sind hier, um mich raus zu holen! Mein Hilferuf hat also tatsächlich funktioniert.

«Wo ist Jeremy?», frage ich und helfe Freezer eilig, die letzten Fesseln zu lösen, nachdem er meine Hände zuerst befreit hat. Ich bin mir sicher, dass Jeremy helfen würde, mich zu retten. Daher macht es mich nervös, ihn nicht zu sehen.

«Emma hat ihn nicht gehen gelassen. Sie fand es zu gefährlich.»

Ich nicke knapp, denn das beruhigt mich. Er ist also in Sicherheit. Gerne würde ich noch mehr Fragen stellen, aber dafür ist gerade keine Zeit.

Kaum, dass ich komplett befreit bin, springe ich vom Stuhl auf und stürze mich, gemeinsam mit Freezer, von hinten auf die zwei Wärter. Die letzten Tage hängen mir in den Gliedern und es fällt mir schwerer als gewohnt, die Kerle zu Boden zu ringen. Zu zweit bringen wir die Kerle jedoch endlich zu Fall. Ich persönlich darf zumindest dem Gen-Nazi das Knockout versetzen. Dann springt mir Cora an den Hals.

Doch bevor jemand etwas sagen kann, zieht Morty uns aus dem Raum, denn von draußen sind lauter werdende Schritte zu hören.

«Warum funktionieren unsere Kräfte hier drin nicht richtig?», fragte Morty im Rennen.

«Wasser in flüssiger und kunststoffartiger Form», erkläre ich knapp und deutet auf eine Wand, an der wir vorbei rennen. «Haben sie fast überall in den Zwischenwänden deponiert oder ausgetauscht. Das schränkt die Fähigkeiten der Insassen ein.» Die Drei schauen mich kurz etwas irritiert im Laufen an. Dann rennen wir fast in Morty hinein, der an der Treppe anhält.

«Fuck», murmle ich, denn von oben und unten kommt eine Truppe Wärter angelaufen. Darunter auch der Fette und Pornobalken.

«Sorry!», entschuldigt sich Cora und ich frage mich, wofür.

«Da lang!», rufe ich aber, statt nachzufragen und deute in den Zellentrakt, in dem auch meine Zelle liegt. Viele laute Schritte sind uns dicht auf den Fersen. Es werden immer weniger. Als ich mich im Rennen umdrehe, sehe ich, dass Freezer sie mittlerweile allesamt eingefroren hat. Ein Glück scheinen die Flure nicht gesichert zu sein. Aber wie hätten sie auch sonst bis hier ungesehen vordringen sollen? Das verschafft uns jetzt etwas Zeit. Wenn ich mich richtig erinnere, halten seine angewandten Kräfte nur zwanzig Sekunden lang.

Jemand brüllt hinter einer der dicken Zellentüren und hämmert dagegen. Mein Herz schlägt bis zum Hals, so vollgepumpt bin ich noch immer mit Adrenalin.

Am Ende des Zellentraktes öffne ich die Tür.

«Nach rechts!», ruft Cora hinter mir. Ich frage mich, warum sie sich hier so gut auszukennen scheint.

Wie angewiesen, biegen wir direkt nach rechts zur Treppe ab, denn schon wieder kommt uns jemand entgegen gelaufen. Aus jeder Richtung, ist jemand hinter uns her. Einer ruft etwas in ein Funkgerät. Da er mitten im Reden stoppt, nehme ich an, dass Freezer ihn wieder eingefroren hat.

Wir rennen die Stufen hinunter. Fast stolpere ich, so eilig habe ich es.

Plötzlich ertönt ein Schuss hinter uns und Cora schreit auf. Sofort bleibe ich stehen, sodass Morty und Freezer in mich hinein rennen.

«Nicht stehen bleiben!», zischt Morty und schiebt mich an. Doch ich kehre um zu Cora, die zwar weiter rennt, sich aber den Arm hält und dadurch etwas langsamer geworden ist.

«Haben sie dich erwischt?», rufe ich geschockt.

«Ja, aber halb so wild. Renn!»

Cora beißt die Zähne zusammen und läuft weiter. Wütend werfe ich einen Blick hinter sie, wo einer der Wärter seine Waffe erneut entsichert und auf uns zielt. Die Kugel jedoch erstarrt in der Luft, weil Freezer sie wieder angehalten hat.

«Komm!», ruft er nervös und zieht an meinem Arm.

Ein weiterer Wärter zielt auf uns und ein Wasserstrahl fliegt auf uns zu. Ich stelle mich schnell vor Freezer, um das

Wasser abzufangen. Dann endlich drehe ich mich wieder um und folge ihm. Cora biegt gerade am Fuß der Treppe in einen neuen Gang ab. Morty ist schon nicht mehr zu sehen.

«Links!», ruft Cora uns Übrigen zu und wir rennen alle nach links. Hinter mir rennt Freezer, um unsere immer wieder aufholenden Verfolger erneut einzufrieren. Allerdings werden es auch immer weniger, die uns noch hinterher kommen. Den Fetten zum Beispiel haben wir gleich zu Beginn abgehängt.

«Wir können nur vorwärts!», höre ich Cora eindringlich sagen. «Aber die Tür ist zu!»

Sie flucht und tritt wütend gegen eine schwere Tür, während sie ihren Arm fest hält.

«Wir sitzen in der Falle?», fragte Freezer mit großen Augen. «Ich… ich könnte sie alle wieder einfrieren und wir laufen zurück?!», schlägt er unsicher vor. Morty jedoch schüttelt den Kopf und legt seine Hände an die Tür.

«Ich mach das», murmelt er. «Scheint eine elektronisch verschlossene Tür zu sein.»

Mein Blick gleitet an der Tür entlang. Er hat recht. Neben der Tür ist ein elektronisches Tastenfeld, zur Eingabe eines Codes. Im nächsten Moment klickt es und die Tür öffnet sich.

Da wir schon wieder Schritte hinter uns hören, rennen wir schnell in den nächsten Raum. Morty verriegelt die Tür hinter uns und legt dazu seine Hand wieder auf.

«Sie dürften uns erstmal nicht folgen können. Ich hab den Code verändert», erklärt er uns.

Erschöpft stützen wir uns auf unsere Hände und die Knie und beruhigen unseren Atem.

Als ich Cora stöhnen höre, richte ich mich auf und gehe zu ihr.

«Zeig mal her.» Ich nehme ihren Arm in die Hand und besehe ihre Schusswunde. «Streifschuss», murmle ich. Immerhin sitzt die Kugel nicht in ihrem Arm und verbluten wird sie auch nicht. Allerdings könnte es sich entzünden. Ich sehe mich um nach irgendetwas, womit man die Wunde verbinden könnte und hebe meine Augenbrauen. «Meine Fresse.»

«Was- Oooh!» Auch Cora weitet ihre Augen und schaut sich um. «Was geht?», fragt sie überrascht. «Haben sie hier was mit euch gemacht?»

Kopfschüttelnd blicke ich auf die Wasserbecken, die beinahe den ganzen Raum ausfüllen. Sieht beinahe aus wie ein kleines Schwimmbad. Zwischen den ganzen Wasserbecken sind kleine, ein Meter breite Wege, um sich im Raum bewegen zu können. In jedem dieser Becken hängen mehrere durchsichtige Rohre, aus denen das Wasser hinauf gepumpt wird sowie Rohre, aus denen das Wasser wieder zurück in das Becken läuft. Ich blicke diese Rohe entlang hinauf. Sie verschwinden durch die Decke hindurch. Ich ahne, was das hier sein muss.

«So pumpen sie das Wasser zwischen die Wände», sage ich halb erklärend, für die anderen, halb für mich. Neben uns stehen Morty und Freezer und betrachten ebenfalls die Rohre und Becken. Freezer beeindruckt. Morty eher skeptisch.

«Klär uns mal auf: Was genau hat es mit Wasser in Form von Kunststoff und dem Wasser zwischen den Wänden auf sich?» Nun schauen auch alle anderen mich fragend und irritiert an. «Wasser hat doch nur drei bekannte Aggregatzustände!»

«Tja, das dachte ich bis vor Kurzem auch. Sie haben es irgendwie geschafft, aus Wasser einen vierten Zustand zu schaffen. Hat vermutlich keine natürlichen Umstände, aber geschafft is' geschafft. Es schränkt die Kräfte ein, wenn man in einem Raum aus diesen Wasserwänden gefangen ist. Hab's selbst erlebt. Wirkt quasi wie die Räume hier im Gebäude, die von Wasser umgeben sind. Da verlaufen quasi kleine Wasserfälle zwischen den Wänden. Die ham nämlich herausgefunden, dass die Kräfte durch Wasser hindurch ebenfalls nich' wirken. Sowohl durch flüssige Wände als auch durch feste. Deshalb sind auch diese Wasserschleier in der Arena für die Heldenspiele. Innerhalb dieser Barriere können sie kämpfen, aber sie können ihre Kräfte nicht hindurch wirken. So bleibt das Publikum sicher und wenn jemand zum Beispiel fliegen könnte, würde er fliegend nicht dort durchkommen.» Grübelnd lege ich meinen Kopf etwas schief.

«Mit dem Unterschied…», murmle ich vor mich hin, da es mir jetzt erst bewusst wird, «dass man innerhalb eines Flüssigwasser-Kreises die Gene nutzen kann, innerhalb dieses Plastikkrams aber nich'». Ich seufze. «Ich steig da selbst nich' ganz durch. Hab ja auch alles nur gehört. Vermutlich werden sie in der Arena noch irgendein Special gemacht haben, damit die Kräfte innerhalb des Wasserschleiers wirken. Hm….» Genervt winke ich ab. Ich will mich jetzt nicht damit befassen. Ist mir zu hoch.

Die Drei nickend immer noch leicht irritiert drein blickend. Freezer zieht ein Stofftaschentuch hervor und reicht es mir. Dabei deutet er auf Coras Arm. Nicht das Wahre, aber besser als nichts. Ich wickle es ihr um den Arm.

«Mein zugewiesener Forscher war sehr kommunikationsfreudig. Außerdem hatte ich das Glück, von einem Insassen eingeweiht zu werden, der ein Gespräch darüber zwischen zwei Forschern belauschen konnte», füge ich hinzu, um zu erklären, weshalb ich so gut informiert bin.

«Deshalb konnten wir unsere Kräfte also nicht in diesem Raum ausüben», murmelt Morty. «Sie scheinen den irgendwie auch in einer Art Wasserkäfig gebaut zu haben.»

Ahnungslos zucke ich mir den Schultern. «Ich hab keinen Plan. Vielleicht haben sie den Raum aber auch irgendwie… mit Wassertropfen bestäubt. Ward ihr feucht oder so?»

Fragend blicke ich in die Runde, während ich das Tuch an Coras Arm fest knote. Sie grinst mich dreckig an. Ich rolle grinsend mit den Augen. Blöde Wortwahl meinerseits. Dann zucke jedoch alle drei mit den Schultern.

«Keine Ahnung, ich habe nicht darauf geachtet», sagt Morty schließlich. Die anderen beiden stimmen ihm zu. «Das wäre aber auch egal. Die neuen Anzüge sind wasserdicht. Aus eben diesen Gründen.» Er zupft kurz an seinem hautengen, schwarzen Dress, der zurück gegen sein Bein knallt. Stirnrunzelnd betrachte ich die drei Anzüge meiner Freunde.

«Ist jetzt auch egal», schließe ich das Thema dann und schaue mich im Raum um. «Viel wichtiger ist jetzt, wie wir hier rauskommen. Zurück können wir nicht. Die werden dort auf uns lauern.»

Morty stimmt mir zu und deutet auf das andere Ende des Raumes.

«Seht ihr das Loch in der Wand? Wo das Wasser her kommt?»

Ich sehe hinüber und nicke. «Aye. Meinste, das ist vielleicht `n Ausgang?»

«Wir müssen es hoffen. Ansonsten sieht es richtig übel aus für uns.»

«Na geil. Wie gut, dass wir `nen Masterplan haben», murmle ich ironisch. Aber eigentlich sollte ich mich lieber nicht beschweren. Ohne die Drei würde ich gerade vermutlich wieder gefoltert.

Ich gehe voran, über die Schmalen Wege zwischen den Wasserbecken. Die anderen folgen mir im Gänsemarsch.

Hinter uns pocht jemand an die Tür. Sonst ist nichts zu hören. Außer dem Hall, der durch den Kellerraum schallt.

Am Rohr angekommen, krabble ich zuerst hinein, um von dort aus Cora hoch ziehen zu können. Sie beißt die Zähne fest zusammen, als ich sie am angeschossenen Arm anpacke. Entschuldigend blicke ich sie an. Dann folgen Morty und Freezer.

«Ist das kalt», stellt Freezer fest und schüttelt sich. Dann geht es los. Hinein in die tiefen des Rohres. Hoffentlich führt uns der Weg nach draußen.

Kapitel 8

Es ist dunkel, nass und kalt. Der Tunnel erstreckt sich weiter als gedacht. Seit gefühlt einer halben Stunde laufen wir nun schon hindurch. Wir passen alle gerade so hinein. Links und rechts haben wir jeweils einen halben Arm breit Platz. Nach oben hin bleiben Morty mit seinen 1,85m nur noch ein paar Zentimeter bis zur Decke. Der fette Wärter würde hier drin stecken bleiben. Ach was, nicht mal hineinpassen!

Wir schweigen, damit unsere Stimmen an den Wänden nicht widerhallen und uns eventuell verraten. Auch wenn die Wärter oder Forscher vielleicht ahnen können, wo wir uns aufhalten und hinbegeben.

Irgendwann gelangen wir an eine Kreuzung. Und an eine Hoffnung darauf, dass man am Ende unserer gewählten Abzweigung nicht auf uns warten würde. Sondern an einem der anderen Enden.

Mein Adrenalin ist fort. Ich fühle mich wieder schlecht. Und vollkommen erledigt. Mein Magen knurrt unaufhaltsam und ich gähne in einer Tour. Am liebsten würde ich einfach nur anhalten und schlafen. Meinem Körper ein bisschen Ruhe gönnen. Aber daran ist nicht zu denken. Nur die Sehnsucht nach Freiheit, einer Kippe, etwas zu Essen und einem warmen Bett treiben mich voran. Immer mal wieder greift mir Freezer unter die Arme, wenn er merkt, dass ich einknicke. Ich bin ihm dankbar dafür und zeige es ihm zwischendurch mit einem schwachen Lächeln.

Er und Cora haben mich in ihre Mitte genommen, damit ich nicht verloren gehe. Morty übernimmt die Führung durch die ewigen Tunnel, die uns mit der Zeit in eine Kanalisation führen.

«Ist das scheiße», murmelt Cora ganz leise, als wir erneut an eine Gabelung gelangen.

«Was ist?», frage ich ebenso leise zurück. Aber sie schüttelt nur den Kopf und geht weiter. Morty hinterher, der den linken Gang wählt.

«Hat jemand eine Ahnung, wo wir sind? Nicht, dass wir uns zu weit entfernen.»

Das kommt von Freezer hinter mir. Er spricht leise, aber dennoch hallt seine Stimme ein wenig wieder. Das Rauschen des Wassers ist in der Kanalisation jedoch laut genug geworden, um uns nicht sofort zu verraten.

«Ich hab die Orientierung verloren», antwortet Cora. «Ich kann nichts mehr fühlen.»

Stirnrunzelnd blicke ich auf ihren hellbraunen Hintern.

«Hat sich die Wunde an deinem Arm doch entzündet?», frage ich. Sie schüttelt den Kopf. Ihr langer, blonder Zopf schwingt dabei mit.

«Nein, nein. Alles in Ordnung. Ich meine nur, ich spüre keine menschliche Anwesenheit mehr.»

Wieder runzle ich die Stirn. Aber ehe ich nachhaken kann, erklärt Freezer: «Sie hat jetzt auch Kräfte.»

«Erzähle ich dir später.» Cora hat sich im Laufen umgedreht und lächelt mich an. Meine Augenbrauen hängen irgendwo oben und ich weiß nicht, wie ich es finden soll, dass Cora unter die Genträger gegangen ist. Deshalb sage ich nichts dazu.

«Seid ihr mit dem Auto hier?», frage ich stattdessen. Cora vor mir nickt. Freezer hinter mir antwortet. «Genau. Mit Coras Auto. Aber wir haben es gut versteckt! Wir müssen nur hoffen, dass wir in der Nähe des Autos wieder raus kommen.»

Klingt ja nach einem super Plan. Aber auch dazu sage ich nichts. Ich bin mehr als heilfroh, hier raus zu kommen und dankbar. Um den Weg zum Auto können wir uns später noch einen Kopf machen.

«Pssst!»

Ich laufe fast in Cora hinein und spüre, wie Freezer gegen mich knallt. Morty ist stehen geblieben, hat den Finger an die Lippen gelegt und starrt wie gebannt den Gang entlang.

Allesamt halten wir den Atem an und ich spitze außerdem meine Ohren. Ein kleiner Kick durchfährt mich und gibt mir neue Kraft. Wenn dort jemand auf uns lauern sollte, muss ich bereit sein.

Doch so sehr ich mich auch anstrenge, ich höre nur das Rauschen des Wassers und hin und wieder ein Plätschern. Ganz in der Nähe quiekt eine Ratte oder Maus. Aber mehr ist da nicht. Ich kneife die Augen etwas zusammen, um irgendetwas in der Dunkelheit vor uns erkennen zu können. Aber auch dort ist nichts. In seinem schwarzen Outfit erkenne ich sogar kaum die Umrisse Mortys, wenn ich nicht wüsste, dass er dort steht.

Langsam bewegt er sich im Wasser vorwärts und weist uns mit der Hand an, stehen zu bleiben. Er verschwindet im Dunkeln und Cora dreht sich kurz zu uns herum. Mit fragendem Blick deute ich auf ihren Arm. Dass sie nickt sagt mir, dass sie zurecht kommt.

Sie hingegen lässt ihren Blick einmal an meinem schlaffen Körper entlang gleiten und guckt mitleidig. Dann schaut sie hinter zu Freezer, der gerade abcheckt, ob hinter uns noch immer freie Bahn ist.

Ich lausche, ob Schritte aus Mortys Richtung zu hören sind, aber da ist rein gar nichts. Ich könnte nicht einmal sagen, ob er noch in unserer Nähe steht oder schon so weit fort ist, dass wir ihn einfach nur nicht mehr hören können. Doch da ganz plötzlich höre ich seine Schritte. Hoffentlich seine! Laute, plätschernde, die näher kommen.

«Lauft!», dringt seine Stimme durch die Rohre zu uns und hallt von allen Seiten wieder.

Das lassen wir uns nicht zwei Mal sagen. Beinahe gleichzeitig drehen wir uns um und stolpern los, durch das Waden hohe, kalte Wasser. Jetzt höre ich nur noch unsere hektischen, plätschernden Schritte und meinen lauten Atem. Beinahe renne ich in Freezer hinein, weil er langsamer ist als ich. Als wir an die Abbiegung gelangen, bei der wir vorhin links herum sind, nehmen wir dieses Mal den rechten Weg. Die Schritte hinter uns sagen mir, dass Cora und Morty noch da sind. Allerdings sind da noch mehr Geräusche, die nicht wie Schritte klingen. Eher wie ein Rauschen.

«Was ist das?», brüllen Cora und ich gleichzeitig nach hinten.

«Welle!», brüllt Morty keuchend zurück und treibt uns weiter an. «Los, los, los!»

«Fuck!», rufe ich, packe Freezers Arm, den er gerade ausstreckt, und ziehe ihn mit mir mit. «Schneller!», heiße ich ihn an.

«Aber-», entgegnet er, kommt aber nicht weiter. Das Rauschen hinter uns wird lauter und wenn wir die Orientierung hier unten nicht längst verloren hätten, wäre es spätestens jetzt soweit, als wir in Eile spontan in einen neuen Gang abbiegen.

«Noch eine Welle. Von links!», brüllt Morty hinter uns. Mich beschleicht der Verdacht, dass die Mitarbeiter aus Welkenhein die Gänge absichtlich fluten. Ich frage mich nur, wie das möglich ist. Schließlich können sie doch kaum die Kanalisation beherrschen. Dann beschleicht mich der Gedanke, dass noch mehr Genträger als Wendy für sie arbeiten könnten.

Wir rennen weiter und als wir um die nächste Ecke biegen, entdecke ich eine Leiter, die hinauf führt.

«Auf die Leiter!», rufe ich und deute in die entsprechende Richtung. Ich schicke zuerst Freezer hinauf, den ich noch an der Hand habe, schiebe Cora hinterher, die gleich darauf keuchend bei uns ankommt und klettere nach Morty hinterher.

Das Rauschen ist so laut, dass die Wellen jeden Moment über uns einbrechen müssen. Und Tatsache. Im nächsten Moment bricht ein riesiger Schwall Wasser um die Ecke, knallt gegen die Wand, lenkt in unsere Richtung und direkt auf uns zu.

«Ich schaff's nicht!», brüllt Freezer panisch. «Die Welle ist zu stark für mich!»

«Festhalten!», schreie ich und klammere mich fest.

Ich schlucke eine ganze Menge Wasser, als die Welle uns volle Breitseite erwischt und vergesse dadurch beinahe, mich festzuhalten. Die Welle packt mich eiskalt und das Gefühl, dass ich beim Waterboarden immer hatte, kommt wieder in mir auf. Ich bekomme keine Luft, meine Speiseröhre ist voller Wasser und ich glaube, jeden Moment ersticken zu müssen.

Nur mit viel Mühe kann ich dabei verhindern, weggespült zu werden. Es dauert eine gefühlte Ewigkeit bis der

Wasserspiegel wieder sinkt, während mir sämtliche Horrorszenarien durch den Kopf gehen. Klatschnass bleiben wir schließlich an der Leiter hängen.

Ich huste stark und klopfe mir dabei auf die Brust. Dann spucke ich etwas Wasser aus und hole tief Luft. Mehrmals. Es dauert einen Moment bis meine beinahe Paralyse sich wieder löst. Dann blicke ich hinauf. Über mir hängt Morty, der Cora zusätzlich am Arm gepackt hat. Sie hatte anscheinend nicht genug Kraft, sich alleine zu halten.

«Na, haben das eure wasserdichten Anzüge auch ausgehalten?», frage ich leicht sarkastisch. Die beiden schauen mich etwas genervt mit tropfenden Gesichtern und Haaren an. Schief grinsend blicke ich wieder hinauf zu den Dreien. Aber über Cora ist… niemand.

«Wo ist Freezer?», frage ich erschrocken. Die Blicke der anderen wandern überrascht nach oben. Anscheinend haben auch sie es bis eben noch nicht bemerkt.

Kapitel 9

«Oh nein», murmelt Cora.

«Freezer?», ruft Morty und schaut sich um.

«Freezer?», rufe auch ich. Wir scheißen darauf, dass unsere Rufe verraten könnten, dass wir überlebt haben. Unser Freund ist jetzt wichtiger. Wir rufen also nach Freezer und klettern die Leiter wieder hinab, um nach ihm zu suchen. Dabei spüre ich, wie sehr das Festhalten während der Flutwelle meine Handflächen beansprucht hat. Sie sind knallrot und schmerzen.

«Scheiße!», fluche ich und wische mir das nasse Haar aus dem Gesicht. Wir laufen gemeinsam die Richtung ab, in die das Wasser geschossen ist. Doch nirgendwo können wir ihn entdecken. Keine gelbe Uniform, die aus dem Wasser hervor sticht. Mich beschleicht ein ungutes Gefühl und ich werde unruhig.

«Hier», ruft Morty dann jedoch. Sofort eilen Cora und ich zu ihm vor.

Etwas Gelbes liegt an der Oberfläche, das von Morty aus dem Wasser gehievt wird. Es ist tatsächlich Freezer. Ich greife meinem Technikkumpel unter die Arme und helfe ihm dabei, Freezer aus dem Wasser an den Rand zu hieven.

«Hey, Junge. Alles okay?», fragt Morty und gibt ihm Ohrfeigen. «Kannst du mich hören?»

Freezer regt sich nicht und Cora schubst Morty bei Seite.

«Lasst mich mal.» Sie legt ihr Ohr an seine Brust und zeigt uns kurz darauf ihren Daumen. «Ich glaub er atmet noch.»

Dann beginnt sie mit erste Hilfe Maßnahmen, in dem sie mehrmals auf seine Brust drückt und ihm eine Mund-zu-Mund-Beatmung gibt. Es dauert eine gefühlte Ewigkeit und ich befürchte schon das Schlimmste. Doch mit einem Mal schießt Freezer hoch, hustet und spuckt Wasser aus. Cora lächelt und schaut zu uns. «Da ist er wieder.»

Ich pfeife leise durch die Zähne und Morty bedankt sich für ihre schnelle Reaktion.

Unser gelber Freund sieht noch etwas verwirrt aus und betastet sich. Fröhlich stellt er fest, dass er noch lebt und bedankt sich überschwänglich bei Cora mit einer Umarmung. Dann helfe ich ihm hoch, klopfe ihm erleichtert auf den Rücken und wir setzen unseren Weg fort. Zur Sicherheit lieber in die Richtung, in die die Welle geflossen ist und nicht zurück.

«Wo kam das denn her?», fragt Freezer völlig überrascht.

«Ich vermute, dass sie uns entweder ertränken oder nach draußen spülen wollten», antwortet Morty von vorne. Ich nicke zustimmend. Jetzt wo der Rausch vorbei ist, bin ich wieder ziemlich erschöpft. Ich hoffe, dass wir es lebend hier raus schaffen und von dort aus fliehen können. Nochmal zurück ins

Hochsicherheitsgefängnis zu müssen, würde ich nicht ertragen. Und ganz sicher würd mir mindestens ein Monat Isolationshaft winken. Und wer weiß, was sie mit meinen Rettern anstellen würden.

«Alles gut bei dir?», wendet sich Cora an Freezer und dieser nickt.

«Meint ihr, es könnte ein Gen geben, das jemanden das Wasser beherrschen lässt?», spreche ich meine Gedanken von vorhin laut aus. Der Gedanke daran, dass jemand das Element steuern kann, das unsere Gene lahm legt, ist irgendwie völlig absurd.

«Wir müssen alle Möglichkeiten in Betracht ziehen. Vielleicht haben sie aber auch andere Möglichkeiten», antwortet Morty, der achtsam um die nächste Ecke lugt, bevor wir dem Knick folgen. «Vielleicht haben sie Optionen, um die Kanalisation zu fluten. Dieser Teil hier könnte mit dem Kauf von Welkenhein in den Besitz von *biologic research* übergegangen sein. Oder andere Kräfte konnten die Fluten hier drin beeinflussen. Jemand, der Winde erzeugen kann zum Beispiel. Oder jemand, der gewissen Aggregatzustände vervielfachen kann. Alles ist möglich. Aber jetzt sind wir lieber wieder leise. Vielleicht können wir irgendwie wieder von ihrem Radar verschwinden.»

Weil er Recht haben könnte, schweigen wir also wieder und folgen ihm den Gang entlang. Hindurch, durch das gefühlt endlose Tunnelsystem.

Wir sind alle völlig ausgelaugt, als wir erneut in einen der schmaleren Tunnel abbiegen. Das Wasser ist hier niedriger und geht uns nur noch bis zu den Knöcheln. Nass sind wir trotzdem noch. Und durchgefroren. Hier gibt es einfach keine Möglichkeit, schnell zu trocknen.

Ab dem schmalen Tunnel, den wir nur noch im Gänsemarsch durchschreiten können, kommt endlich Licht in Sichtweite. Hoffentlich ein Ausgang aus der Dunkelheit und Nässe. Mit jedem Schritt wird der Lichtkegel am Ende des Tunnels größer und wir langsamer und vorsichtiger.

Als wir noch ungefähr hundert Meter entfernt sind, bleibt Morty wieder stehen und dreht sich zu uns um. Er legt den Finger an die Lippen und bedeutet uns pantomimisch, dass er vorgeht und uns ruft, wenn die Luft rein ist. Zumindest glaube ich, dass er uns das damit sagen will.

Wir bleiben also brav stehen und drücken uns an die Wand des Tunnels, während Morty sich an den Ausgang heran schleicht. Ich hoffe ganz stark, dass dort endlich Freiheit und keine Wärter auf uns warten. Und vor allem, dass wir von dort irgendwie weg kommen.

Der Lichtkegel verschwindet kurz, als Morty den Ausgang erreicht. Dann wird es wieder hell und unser Kumpel ist weg. Wie gebannt starren wir alle drei zum Ausgang. Mein Puls steigt und meine Hände beginnen zu schwitzen. Trotz der Kälte.

Wenige Sekunden später legt sich wieder ein Schatten auf den Lichtkegel und Morty winkt uns heran.

«Die Luft ist rein. Beeilt euch!», zischt er in den Tunnel und überall hallt sein Zischen wieder.

Wir lassen uns das nicht zwei Mal sagen und eilen aus dem Tunnel hinaus. Dort angekommen, lege ich mit geschlossenen Augen den Kopf in den Nacken und atme tief ein und aus. Frische Luft. Es fühlt sich so fantastisch gut an. Nicht mal zu den Heldenspielen konnte ich die frische Luft so genießen, wie ich es jetzt mache.

Als ich die Augen wieder öffne, sehe ich, wie Cora mich anlächelt. Ich lächle knapp zurück.

«Gutes Gefühl», schmunzle ich.

«Das glaub ich dir auf's Wort», lächelt sie zurück und dreht sich zu Morty um. Dann schnappt sie nach Luft. Ich ebenfalls, als ich zu ihm schaue.

«Fuck, wo kommen die denn her?», frage ich mehr mich selbst als meine Freunde und gehe in Kampfposition. Sollte ich es je hier weg schaffen, dann werde ich heute Nacht schlafen wie ein Baby und das mindestens zwei Tage lang. So k.o. bin ich und so oft bin ich heute auf Adrenalin. Dass mein Körper das überhaupt noch mit macht.

Neben Morty sind auf einmal drei Wärter aufgetaucht. Einer davon hat den nassen Morty an den Armen gepackt und hält ihn fest. Die anderen beiden haben ihre Schlagstöcke und Knarren in der Hand. Und neben ihnen steht ein Typ ganz in froschgrün. Ebenfalls mit einem neuen, modernen Anzug. Ich kenne ihn flüchtig. Vater Morgana. Er grinst uns hämisch an. Ich verstehe nur Bahnhof! Gehört Vater Morgana nicht auch zu den Gammas? Zu den Guten? Wie Freezer? Oder ist er etwa übergelaufen?

«Überraschung», knurrt der Pornobalken und dreht genussvoll seinen Schlagstock in der Hand.

Neben mir steht Freezer und ballt die Hände zu Fäusten. Sein Gesicht jedoch verrät, dass er Angst hat. Kein Wunder. Er ist noch nicht bestens trainiert und seine Kräfte sind aktuell nicht vorhanden, dank der Kanalisation und vor allem Dank der Welle. Da bleibt uns allen wohl nichts anderes übrig, als der gute alte Faustkampf.

«Eine tolle Halluzination die ich da geschaffen habe, was?», fragt Vater Morgana voller Stolz und reckt die Brust. «Ein leeres Feld. Sicherheit.»

Ich grummle leise. Da hat wohl jemand seine Fähigkeiten noch etwas perfektioniert.

«Lasst ihn los, uns gehen und euch wird nichts passieren», knurre ich die Wärter und den Genträger an. Alle vier lachen. Neben mir gehen Cora und Freezer in Position.

«Ergebt euch lieber gleich. Vielleicht lassen wir dann bei eurer Bestrafung Milde walten», sagt ein Wärter, den ich bisher noch nie gesehen habe.

«Vielleicht», betont der Pornobalken nochmals und grinst dabei süffisant.

Ich zögere nicht länger und gehe direkt auf den Pornobalken zu. Ihn kann ich von den Anwesenden am wenigsten leiden und ich freue mich schon, ihm ordentlich eine zu verpassen.

Gerade noch rechtzeitig weiche ich seinem Schlagstock aus und trete ihm in den Bauch. Das lässt ihn kurz einknicken. Ich nutze die Gunst und trete ihm den Schlagstock aus der Hand, um diesen gleich darauf an mich zu reißen. Aus den Augenwinkeln nehme ich wahr, dass auch Freezer sich einen Wärter gekrallt hat und Cora kämpft gegen Vater Morgana.

Ich muss später unbedingt mal nachhaken, was hier vor sich geht. Wenn es ein Später geben wird.

Der Pornobalken hat sich wieder erholt und zieht nun seine Knarre aus dem Halfter hervor. Fuck. Das hatte ich vergessen. Ist doch echt scheiße. Wir haben hier nur Hände und Füße und die?

Ich hole weit mit dem Schlagstock aus und verpasse ihm eine auf den Unterarm, dem mit der Pistole. Diese fällt aus seiner Hand, als er vor Schmerzen aufbrüllt. Wutschnaubend schaut er mich an und ich grinse.

«Blöd, wenn man unterlegen is`, was?»

Ich spucke vor ihm auf die Wiese und schieße mit dem Fuß die Knarre zu Freezer rüber.

«Freezer. Aufheben!», rufe ich ihm zu. Ich bezweifle, dass er sie benutzen wird. Aber das muss er auch gar nicht, sie soll ihm eher ein sichereres Gefühl geben.

Ich weiche einem Schlag meines Gegners aus und sehe hinter ihm, wie Morty seinen Wärter gerade über seine Schulter wirft. Sehr gut.

Als der Pornobalken wieder auf mich zu kommt, verpasse ich ihm so dermaßen eine mit dem Schlagstock, dass er zu Boden sackt und erstmal liegen bleibt. Ich gehe lieber nochmal auf Nummer sicher, in dem ich ihm noch einen Tritt versetze und eile schnell Freezer zur Hilfe.Der steckt gerade im Schwitzkasten und bekommt in dem Moment, in dem ich zu ihm eile, eine Pistole an die Schläfe gehalten. Fuck.

«Nimm die Knarre runter», sage ich langsam und versuche, dabei therapierend zu klingen.

«Einen Schritt näher und ich knall deinen kleinen, gelben Freund ab», grinst der Kerl fies.

Ich seinem Halfter sehe ich eine zweite Knarre und fluche innerlich. Er muss Freezer die Pistole im Kampf irgendwie abgenommen haben.

«Und wenn du ihn ab knallst, dann schlag ich dir den Schädel ein», drohe ich mit verzerrtem Grinsen und halte den Schlagknüppel fest in meiner Hand. «Und mach dir nicht allzu viele Hoffnungen. Ich kann nämlich fabelhaft damit umgehen.»

Kurz sieht der Kerl verunsichert aus, aber dann drückt er Freezer die Knarre umso fester an die Schläfe. Ich sehe, wie diesem Schweiß die Stirn runter rinnt.

«Denkst du wirklich, die in Welkenhein fänden es so toll, wenn du ein potentielles Versuchsobjekt ab knallst?»

Der Wärter lacht verächtlich auf und spuckt dabei etwas. «Wir haben so viele Versuchskaninchen, da wird der ein oder andere Tote nichts ausmachen. Zumal wir dort nur irre Straftäter halten, wie dir vielleicht aufgefallen ist.» Er grinst grimmig und ich atme tief ein.

«Du machst dich auch zum Straftäter, wenn du ihn ab knallst. Das weißt du, oder? Und erzähl' mir jetzt nicht, dass du die Lizenz zum Töten hättest. Das stimmt nämlich nicht.»

«Niemand wird davon erfahren», murmelt er und wirkt nun doch schon etwas verunsichert.

«Oh doch glaub mir. Ich werde dir vielleicht sogar die Wahl lassen. Zwischen Knast und Schädel einschlagen.»

Neben uns tobt noch der Kampf. Für Morty sieht es gut aus. Bei Cora bin ich mir unsicher. Aber ich kann es gerade nicht riskieren, ihr zu helfen. Ich muss Freezer retten. Wenn ich nur wüsste wie. Wenn ich doch wenigstens selbst eine Pistole hätte, aber an die Zweite des Wärters komme ich nicht heran, ohne dass er vorher abdrücken kann. Vielleicht kriege ich ihn aber so weit, dass ernsthaft ein schlechtes Gewissen bekommen könnte.

Freezer ist mittlerweile schweißnass im Gesicht und die Angst darin ist nicht mehr zu verkennen. Wenn ich doch bloß noch teleportieren könnte! Zum wievielten Mal ärgere ich mich bereits darüber? Während ich noch überlege, was der beste nächste Schritt wäre, kommt auf einmal meine Rettung. Einige Meter hinter dem Wärter taucht ein mir altbekanntes Gesicht auf. Ronan. Ich habe ihn zwei Jahre nicht gesehen, aber er hat sich rein gar nicht verändert. Immer noch ein kleiner, hagerer Mann mit Glatze, dessen Stärke auf Grund seiner Erscheinung völlig unterschätzt wird. Ich versuche, mir nichts anmerken zu lassen und schaue wieder zum Wärter.

«Lass die Pistole sinken und uns beide das wie echte Männer austragen. Mit Fäusten, aye?», schlage ich ihm wieder mit meiner versucht, therapierenden Stimmlage vor. Der Wärter kneift die Augen zusammen und beäugt mich misstrauisch.

«Du planst doch etwas!», wirft er mir wahrheitsgemäß vor.

Ich zucke mit den Schultern und nicke dabei nachgebend. Denn Ronan steht jetzt direkt hinter ihm. «Aye. Ich plane etwas.»

Bevor der Wärter noch etwas sagen kann, reißt Ronan ihm die Knarre aus der Hand und gleichzeitig die Zweite aus dem Halfter und wirft sie mir zu.

«Danke!», rufe ich grinsend und fange zumindest eine Knarre auf. Die andere kriege ich nicht, da ich den Stock noch in der Hand habe. Bevor sich die jemand greifen kann, sammle ich sie allerdings auf und schiebe sie zwischen Brust und Thermoanzug.

Ronan kümmert sich jetzt mit Fäusten um den Wärter, sodass Freezer und ich Cora und Morty helfen können. Morty hat gerade ein paar ordentliche Schläge einstecken müssen, weshalb ich ihm zur Hilfe eile und seinem Gegner einen Tritt gegen die Schulter versetze.

Cora wird unterdessen von Vater Morganas Fatamorganas - höhö - gequält. Ich sehe mein pinkes Abbild vor ihrer Nase, dass aus allen Poren blutet und Cora starrt es geschockt an.

«Cora schau her! Mir gehts gut!», rufe ich und lasse Morty kurz allein mit seinem Gegner.

Coras Blick geht zu mir rüber und sie sieht furchtbar erleichtert aus. Sie müsste zwar eigentlich wissen, dass nichts von dem, was er ihr zeigt, wahr ist. Aber vermutlich scheint es trotzdem schwer zu sein, seine Freunde in diesem Zustand zu sehen.

«Du kommst klar?», frage ich Morty. Als dieser nickt, eile ich zu Cora. Freezer hat Vater Morgana gerade seinen Ellenbogen ins Kreuz gerammt und mein Abbild hat sich wieder aufgelöst. Unser froschgrüner Gegner sackt zu Boden.

«Alles ist gut», sage ich zu Cora und nehme sie kurz in den Arm. «Das ist alles nur Fake, was er dir zeigt.»

«Ich- ich weiß», sagt sie atemlos und nickt vor sich hin. Sie schüttelt den geschockten Ausdruck aus ihrem Gesicht und starrt mich an. Dann fällt sie mir um den Hals. «Ich hab mir nur so Sorgen um dich gemacht und kaum haben wir dich da raus, zeigt er mir in einer Tour solche Bilder während des Kampfes. Ich kann nicht mehr. Ich will keine Angst mehr um dich haben!»

«Brauchst du nicht», beruhige ich sie, bin mir aber nicht sicher, ob ich da die Wahrheit erzähle.

«Ich bin mit dem Wagen hier», unterbricht uns Ronan. Wir lassen einander wieder los und schauen zu ihm. Er ist kaum merklich kleiner als wir beide. «Lasst uns-» Er unterbricht sich selbst und schaut mit großen Augen hinter uns. Als ich mich umdrehe, sehe ich eine Horde Wärter und Genträger auf uns zu eilen. Fuck! Wo kommen die nur alle her?

«Los jetzt!» Ronan schiebt uns an und deutet in eine Richtung. «Mein Auto steht da drüben!»

Wir rennen los, schnappen uns unterwegs Freezer und Morty und rennen zu fünft auf Ronans Wagen zu. Wie angestochen springen wir hinein und glücklicherweise startet der Motor sofort und unser starker Freund zischt mit laut auf heulendem Motor los. Da uns nichts passiert, vermute ich, dass kein weiterer Genträger dabei war, der die Möglichkeit hatte, uns aufzuhalten. Als uns auch nach zehn Minuten Fahrt noch immer kein Auto folgt, lässt unsere Anspannung allmählich nach. Die Erschöpfung kehrt zurück in meine Glieder und ich lasse mich gehen. lasse alle Muskeln locker und entspanne endlich.

Kapitel 10

Wir holpern über irgendwelche Feldwege und durch einen Wald hindurch, den ich nicht kenne.

Im Hintergrund dudelt Musik im Radio. Cora hat die Scheibe neben sich herunter gekurbelt und frischer, kühler Wind weht mir ins Gesicht. Es ist der Wahnsinn.

Meine beste Freundin holt eine Schachtel kippen hervor und zündet uns beiden jeweils eine an. Oh Gott, ich bin im siebten Himmel, als der Qualm befriedigend durch meine Lungen strömt.

«Woher wusstest du, wo wir sind?», höre ich Cora neben mir fragen.

Ronan schaut durch den Rückspiegel kurz zu uns, bevor er wieder auf die sporadischen Straßen blickt.

«Zufall», erklärt Ronan. «Freezer hat mir gestern Abend von eurem Plan erzählt und da dachte ich mir, es wäre nicht schlecht, wenn ich euch unterstütze. Allerdings wusste ich nicht genau wo ihr seid und auf einmal war großer Aufruhr auf dem Gelände. Die Wärter rannten mit der Justice quer über das Gelände und haben Anweisungen gebrüllt. Dem konnte ich entnehmen, dass ihr auf der Flucht seid und man wollte alle Ausgänge der Kanalisation in der näheren Umgebung absichern. Ich bin einer der Truppen auf gut Glück mit etwas

Abstand gefolgt. Erst ist ewig gar nichts passiert, aber dann kam die Durchsage, dass ihr gerade an einem der Ausgänge aufgetaucht seid. Ich habe mir die Nummer unseres Ausgangs angesehen und vermutet, wo eurer sein muss und bin dann vorgerannt, bevor mein Trupp bei euch ankommen konnte. Ihr wart recht laut, deshalb hab ich euch schnell gefunden. Zufälligerweise war der Ausgang genau der, in dessen Nähe ich meinen Wagen versteckt habe.»

«Justice?», frage ich müde. «Neuer Genträger?»

Cora und Morty schauen mich von links und rechts an. Morty und Ronan von vorne durch den Rückspiegel hindurch.

«Ich glaub, wir müssen dir da noch eine ganze Menge erzählen», beginnt Cora. «In deinen zwei Monaten Abwesenheit ist nämlich ziemlich viel passiert.»

«Zwei Monate?», frage ich geschockt. Ich hatte ja schon ein bisschen herum gerechnet und Watanabe hatte sowas angedeutet. Aber dass es tatsächlich so lange war, haut mich etwas um.

«Na ja, eigentlich sogar ganz genau neun Wochen und drei Tage», korrigiert Cora.

Ich seufze. «Fuck.»

«Das ist genug Zeit, um jetzt endlich mal wieder einen Friseurbesuch zu wagen. Hast dich ganz schön gehen lassen.» Sie zwinkert mir frech zu und stößt mir sanft ihren Ellenbogen in die Seite. "Ein bisschen graue Farbe und du machst Dumbledore haar- und barttechnisch ganz schöne Konkurrenz.» Ich grinse etwas schief.

«Wollte dich schocken», scherze ich müde. «Aber jetzt erzählt mal. Sonst penn ich gleich weg.»

Alle schweigen einen Moment.

«Wo fangen wir am besten an?», fragt Cora schließlich in die Runde.

Dann beginnt Morty neben mir: «Am besten fangen wir bei deiner Verhaftung an. Wir haben gleich am nächsten Tag davon erfahren. Dass endlich der Brandstifter des Killers und Mörder der sich dort drin befindenden Personen gefasst wurde, war die Schlagzeile der ganzen Woche. Dein Gesicht war überall zu sehen und man hat sogar befürchtet, dass der neu anlaufende Film mit dir und Caleb Hassler Jr. deshalb floppen könnte.»

«Völlig bescheuert, wenn ihr mich fragt», wirft Cora entrüstet ein. Ihre Hand liegt an ihrer sporadisch versorgten Schusswunde.

«Jedenfalls war das in allen Medien und ganz Parondon dürfte spätestens jetzt dein Gesicht kennen», fährt Morty fort.

«Sie nennen dich auch den irren Pudding-Psycho», erklärt Freezer enthusiastisch. Ich verdrehe die Augen. Na klasse. Wird ja immer besser.

«War Siran bei euch?», frage ich und schaue ins Besondere Cora an. Stirnrunzelnd blickt sie zurück.

«Wer ist Siran?»

«Also nicht», seufze ich.

Dann hat sie mich also doch für einen Psycho gehalten und wollte mir nicht helfen.

«Na jedenfalls wollten wir dich dann besuchen», führt Cora die Aufklärung fort. «Ich habe bestimmt drei Anträge gestellt. Immer wieder bei jemand anderem und ich war echt schon sauer, weil man mich so oft auf später vertröstet hat und das völlig unbegründet. Ich hab echt schon langsam das Gefühl gehabt, dass da vielleicht irgendetwas nicht ganz klar läuft. Das letzte Mal, dass ich dann einen Antrag gestellt habe, war bei Tyrel. Ich hab ihr wutentbrannt erzählt, wie lange ich schon warte und sie hat versprochen, da mal nach zu haken. Und dann waren wieder die Spiele, bei denen ich wieder fotografieren sollte und dann warst dort... du!» Sie macht große Augen, als wäre sie immer noch total überrascht.

«Du hast mich also erkannt», stelle ich fest und sie nickt. «Ich hab es so gehofft. Schließlich war ich ja ganz in Pink.»

«Ich habe ein bisschen gebraucht, aber ja. Erst habe ich gar nichts geahnt. Aber als ich dann festgestellt habe, dass du keine wirklichen Kräfte zu haben scheinst außer dieses Holi Pulver zu schießen, was ich schon dumm fand für einen Kampf, und dann noch eine Nahaufnahme von dir kam... die Art und Weise, wie du dich bewegt hast...» Sie schüttelt den Kopf. «Und dann hast du in meine Richtung gewunken und dann warst du plötzlich auf der Leinwand und hast irgendetwas gerufen... Das war alles so völlig konfus, weil ich ja weiß, wie sehr du das alles verachtest und dass du vor allem eigentlich im Gefängnis sitzen müsstest. Ich bin dann sofort zu Jeremy und Morty und habe davon berichtet. Und einen Tag später kam die Nachricht, dass ich dich in zwei Wochen besuchen dürfe. Ja und als ich dann endlich da war, war ich erstmal geschockt, wie du aussiehst. Dünn, langes, fettiges Haar, bärtig, Augenringe. Einfach nur total fertig.» Cora schnappt schon wieder nach Luft. «Und dann hast du mir das erzählt, was sie mit euch machen. Ich bin so schnell ich konnte abgehauen, damit sie mich nicht einsperren, weil ich jetzt Mitwisserin bin, aber ich wurde nicht mal verfolgt. Stattdessen habe ich Drohungen von Wendy erhalten.»

Ich nicke. «Das hat mir Wendy bereits persönlich erzählt.» Keiner scheint geschockt über diese Information. Das macht mir nur noch neugieriger und ich lasse die anderen weiter reden. Freezer dreht sich auf seinem Sitz zu uns herum und hält sich an der Lehne mit beiden Händen fest.

«Und dann hat Cora die Gammas gespalten!»

«Was?», frage ich irritiert.

«Wir dürfen nicht vergessen zu erwähnen, dass sie eh schon in die Brüche gingen, nach all den Vorfällen», wendet Morty ein.

«Stimmt!» Freezer nickt eifrig und setzt sich wieder gerade hin. «Das war aber auch bescheuert, was die sich da geleistet haben!»

«Könnt ihr mich bitte mal fertig aufklären?»

«Natürlich.» Ronan nickt. «Vor ungefähr einem Monat ist die Hauptzentrale der Parondon Bank zerstört worden. Fünf Bankräuber wollten sie ausrauben und die Gammas herausfordern. Unter den Bankräubern waren auch ein paar Genträger. Es wurde ein ganz großes Ding in den Nachrichten, mit live Berichterstattung, weil alle Menschen, die sich zu der Zeit im Gebäude befanden als Geiseln genommen wurden. Natürlich waren die Räuber auch bewaffnet. Wie erwartet und gefordert, tauchten die Gammas auf und ein großer Kampf ging im Gebäude los, ohne dass die Geiseln befreit wurden. Ein paar haben ihre Chance gesehen und sind selbstständig geflohen. Allerdings war das nur ein Bruchteil. Der Kampf artete soweit aus, dass das Gebäude nach und nach immer mehr verwüstet und zerstört wurde. Kaputte Fenster, Kleinbrände, eingestürzte Säulen und abgebrochene Hausecken- und wände. Das Gebäude ist beinahe komplett in sich zusammen gestürzt am Ende. Ein paar von uns konnten die meisten Menschen in Reichweite gerade noch so evakuieren, aber leider nicht alle. Ich war nicht stark genug, das Gebäude alleine vor dem Einsturz zu bewahren. Ich musste loslassen und konnte gerade noch so entkommen.

Aber etliche unschuldige Zivilisten und vor allem Insassen aus dem Gebäude hat es mit in den Tod gerissen oder ins Krankenhaus gebracht. Darunter auch zwei der Gammas und die Bankräuber.»

Ronan holt tief Luft. Er steuert einen neuen Feldweg an. Wir sind ganz allein hier draußen unterwegs.

«Das war ja schon schlimm. Aber als Fire Wire als Vorsitzende der Gammas zu dem Vorfall interviewt wurde, hat sie nur mit den Schultern gezuckt und gemeint, sowas könne immer mal passieren und mit Kollateralschäden im Kampf um die Gerechtigkeit müsse man eben rechnen», erklärt Cora. «Damit hat sie eine riesengroße Diskussionen ausgelöst. Obwohl die Polizei momentan noch mit ihr zusammenarbeitet, haben sie sich ganz klar und deutlich von diesem Vorfall distanziert. Und diese Aktion hat auch die Fanbase ein wenig ins Wanken gebracht. Andere wiederum haben erschreckend ähnliche Ansichten wie Wendy. Das ist total abgefahren.»

Sie lehnt den Kopf an die Stütze hinter sich an und seufzt. Ich blicke auf ihren verletzten Arm. Das Taschentuch hat sich längst gefärbt und ist durch die Welle in der Kanalisation ganz rosa verfärbt worden.

«Gehts?», frage ich leise und sie nickt. Dann blicke ich zu Freezer vor. Er sieht erschöpft aus, scheint aber keine großen Nachwirkungen von seiner Nahtoderfahrung davon zu tragen. Zumindest lässt er sich nichts anmerken.

«Jedenfalls wurde das nicht nur in der Öffentlichkeit diskutiert, sondern auch bei den Gammas», nimmt Morty den Faden wieder auf. Meine Augenbrauen zucken kurz, denn es ist mir neu, dass Morty Mitglied der Gammas war. Oder ist. Als hätte er meine Gedanken gelesen, fügt er erklärend hinzu: «Nachdem du ins Gefängnis musstest, hat Jeremy mich gebeten, den Gammas beizutreten, um dir zu helfen. Du kannst dir vielleicht denken, dass der Grund für deine Verhaftung dort nicht gerade auf Euphorie gestoßen ist. Zum Glück habe ich dort aber auch Ronan getroffen, der ja Zeuge der ganzen Aktion damals war. Mit ihm habe ich es geschafft, immerhin ein paar Leute auf unsere Seite zu bringen.»

«Wie mich», erklärt Freezer stolz.

«Wie dich», bestätigt Morty nickend. «Wo war ich? Ach, genau. Das Thema mit der Parondon Bank wurde also auch unter den Gammas diskutiert. Die einen fanden schrecklich, was passiert ist und haben entweder bereut, nicht dabei gewesen zu sein, um eventuell etwas besser machen zu können, die anderen wie Ronan zum Beispiel, waren pikiert über die Vorhergehensweise vor Ort, wo sie als Einzige bemüht waren, Menschenleben zu retten. Und die anderen waren auf Wendys Seite. Hauptsächlich die, die für das Desaster verantwortlich waren. Seitdem war die Stimmung schon ziemlich angespannt.»

«Ja und dann kam Cora mit deiner Geschichte aus dem Knast und weil Wendy das nicht mal verleugnet hat, sondern direkt total dahinter stand, war das dann das K.O. für die Gammas. Sie haben sich gespalten. Es gibt jetzt immer noch die Gammas, das sind wir.» Er deutet auf alle im Auto außer mich. «Also die, die echte Gerechtigkeit und den Menschen ehrlich helfen wollen. Und die anderen, die mit Wendy mitgegangen sind, nennen sich jetzt *Justice*. FireWire sagt, sie kämpfen unter der weißen Fahne der Gerechtigkeit.» Er verdreht die Augen. «Aber wenn du mich fragst, sind die alle vollkommen durchgedreht. Die kümmern sich nicht mehr um das, was dem Allgemeinwohl zugute kommt, sondern ihnen und nehmen dabei Schultern zuckend sämtliche Kollateralschäden in Kauf.»

Neben mir schnaubt Cora wütend und verschränkt die Arme. «Krank!»

«Die Polizei ist derzeit noch im Zwiespalt mit wem sie zusammenarbeiten und ob sie die Justice verbieten sollen. Allerdings ist seitdem nichts so Krasses mehr vorgefallen, sodass man nichts in der Hand hat.»

«Habt ihr denn nicht versucht, die Polizei und den Bürgermeister mal nach Welkenhein zu schicken? Und von der Verbindung zu FireWire erzählt?», will ich wissen.

«Doch, natürlich», seufzt Cora. «Aber du kennst das ja. Das dauert alles ewig. Anträge stellen und so weiter.»

«Sogar die Polizei und der Bürgermeister?», frage ich
ungläubig.

Cora nickt. «Weil das Privatbesitz von *biologic research*
und Dr. Watanabe ist, ist es für die gar nicht so einfach,
dorthin zu kommen. Lange wird er sie nicht mehr abhalten
können, da seine strikte Ablehnung sehr verdächtig wirkt und
selbst die Polizei nicht so dämlich ist, das nicht zu checken.
Wir hoffen einfach, dass sie sich jetzt endlich mal einen
Durchsuchungsbefehl einholen und dann endlich die Augen
geöffnet kriegen.»

«Hauptsache sie checken auch das gesamte Gebäude. Die
haben sich dort nämlich gut getarnt», knurre ich und halte mir
die Hand vor den Mund, weil ich gähnen muss. «Die normalen
Verbrecher wie Drogendealer und Diebe mit Kräfte-Genen,
sitzen dort nämlich auch drin und deshalb haben sie noch ein
humanes Gefängnis, das sie vorzeigen, wenn eine Kontrolle
kommt», erkläre ich.

Cora stöhnt auf, sagt aber nichts.

«Wieso hast du jetzt eigentlich Kräfte und was für
welche?», fällt mir dann wieder ein und ich schaue meine
beste Freundin stirnrunzelnd an.

«Ich kann Menschen spüren. Beziehungsweise ihre
Anwesenheit. Gerade spüre ich zum Beispiel, dass wir hier im
Umkreis die Einzigen sind.» Wir sind alle wieder trocken
mittlerweile, durch den Kampf und die Sonne in der Zeit.

«Wenn ich mich ganz stark konzentriere, kann ich darunter sogar bestimmte Menschen ausmachen. So haben wir dich schließlich aufspüren und uns beinahe ungesehen durch das Gebäude bewegen können. Leider nur haben wir aus Versehen den Alarm ausgelöst.»

«Sorry», murmelt Freezer von vorne und ich muss ganz leicht schmunzeln.

«Er hat im Dunkeln den Alarm-Knopf mit dem Lichtschalter verwechselt», erklärt Cora und jetzt kann auch sie darüber grinsen. Vorhin vermutlich nicht.

«Jedenfalls hat es auch wegen der Kräftesache so lange gedauert, bis wir dich retten konnten. Ich musste diese Kraft ja erst trainieren, damit ich uns sicher durch das Gefängnis bringen konnte und das war echt anstrengend. Wenn man plötzlich so viel Anwesenheit spürt von überall… ein ziemlich erdrückendes Gefühl.»

«Kann ich mir gut vorstellen.»

«Übrigens habe ich den Wechsler bei der Gelegenheit gleich mal nach Teleportation gefragt. Hatte er leider nicht, aber er wird sich bei Jeremy melden, sobald was rum kommt.»

«Danke, aber du kennst meine Einstellung dazu.»

«Ja, aber ich dachte mir, dass du vielleicht anders denkst, wenn die Chance erstmal direkt vor deiner Nase liegt.» Sie grinst mich verschmitzt an und ich erzwinge mir ein halbherziges Grinsen.

Wir schweigen einen Moment.

«Wovon hast du das bezahlt?» Ich weiß, dass Cora gut von ihrem Lohn leben kann. Aber auch, dass sie nicht reich ist und dass dieser Preis ihre Ersparnisse überschreitet.

«Wir haben alle zusammengelegt», erklärt Morty. «Jeremy hat einen großen Anteil dazu gegeben, den er schon zurückgelegt hatte, um sich selbst Kräfte beim Wechsler zu besorgen. Aber da jetzt dringend welche her mussten und Emma nicht wollte, dass Jer in dieses ganze Chaos mit den Genträgern hinein gerät, hat er verzichtet und Cora seinen Anteil überlassen.»

«Krass. Leute, ich bin echt gerührt», sage ich erschöpft. «Was ihr alles macht, um mich zu retten... Ein Vermögen investieren, euch in dieses Psychogebäude einschleichen...»

Ich schüttle fassungslos den Kopf.

Cora legt ihre Hand lächelnd auf meine und drückt sie. «Für dich immer, weißt du doch.»

Auch die anderen lächeln mich an.

«Und Cora hat sogar sich selbst geopfert», meint Freezer dann.

«Wie jetzt?»

«Wendy hat ihr gedroht, sie ebenfalls an Messer zu liefern, wie dich, wenn sie sich irgendwie einmischt.»

«Geopfert ist jetzt ein bisschen hochgestochen. Ich werde bereits seit der Spaltung gesucht. Deshalb meldet sich der

Wechsler auch bei Jeremy und nicht bei mir. Außerdem bin ich gleich auf's Ganze gegangen und hab Tyrel alles erzählt. Sie war zwar sehr skeptisch, wollte dem aber mal auf den Grund gehen.»

Cora grinst etwas schief und ich erinnere mich, dass Wendy mir so etwas erzählt hatte.

«Miststück», brumme ich. Cora und Freezer nicken zustimmend.

Ich schaue hinaus und sehe, wie wir uns einem Grundstück nähern. Dabei fällt mir auf, dass ich gar nicht weiß, wo wir überhaupt hinfahren. Wenn ich gesucht werde und jetzt auch Cora, dann können wir zumindest erstmal nicht zurück nach Parondon. Denn ganz sicher wird meine Flucht spätestens morgen durch die Nachrichten gehen.

Wie auf Kommando ertönt der Nachrichten-Jingle im Radio und Ronan dreht lauter. Im Auto ist es bis auf die Nachrichtensprecherin totenstill.

«Hoher Besuch in Europa. Am Donnerstagvormittag wird der amerikanische Präsident in Deutschland erwartet. In Berlin sollen morgen um die Mittagszeit die Verhandlungen zur neuen Gesetzgebung der Genträger beginnen. Außerdem erwartet werden Parondons Bürgermeister, die Queen und der Staatspräsident von Frankreich.

Skandal in Parondon. Der vor Kurzem wegen Brandstiftung und vorsätzlichem Mord verhaftete Schauspieler, Jasper

White, ist heute Mittag aus dem Gefängnis entflohen.
Geholfen haben soll ihm dabei die Parondonerin Cora
Mosswill, die vor Kurzem als seine Beihelferin enttarnt wurde.
Die beiden gelten als höchst gefährlich und es wird um
Vorsicht gebeten. Sollte jemand Hinweise auf ihren
Aufenthaltsort haben, melden Sie diesen bitte bei der örtlichen
Polizei.

Pokèmongefahr in Highcott. Erneut haben sich Pokèmon
Go Spieler in Lebensgefahr begeben…»

Ronan schaltet das Radio ab. Nun herrscht absolutes
Schweigen im Wagen. Wir biegen in eine Einfahrt ein, die zu
einem kleinen Häuschen am Waldrand führt. Der Garten ist
beinahe doppelt so groß wie das Haus, das einen italienischen
Baustil hat.

«Wir sind da», verkündet Ronan, als er das Auto anhält und
aussteigt. Wir machen es ihm alle nach und treten hinaus in
die Sonne. Es ist angenehm warm, aber noch nicht
sommerlich. Wenn ich wirklich neun Wochen in Welkenhein
war, dann müsste es jetzt Ende April sein.

«Wo sind wir?», erkundigt sich Cora.

«Das hier ist das Landhaus meiner Eltern. Sie haben es mir
vererbt, als sie starben.»

«Na ja, Landhäuschen trifft es eher», murmle ich. Cora boxt
mich mit ihrem heilen Arm.

«Ihr könnt hier erstmal unterkommen, das ist aber nur eine Notlösung. Ihr müsst auf jeden Fall weiter und wir werden schauen, wo wir euch hinbringen können. Wendy weiß, dass ich ein Landhaus hier draußen besitze. Es wird also nur eine Frage der Zeit sein, bis sie euch finden.»

«Wie beruhigend.» Ich seufze und habe prompt wieder Coras Ellenbogen in der Seite.

«Jetzt sei doch mal dankbar!», zischt sie.

«Bin ich doch!»

Ronan sieht uns schmunzelnd an.

«Ich weiß, dass es nicht die beste Lösung ist. Momentan aber die Einzige, die wir haben. Wir werden uns nach etwas Neuem für euch umsehen, wo ihr sicherer seid. Aber erstmal muss das genügen. Falls doch irgendetwas passieren sollte, sind Schrotflinten im Haus. Und Munition.»

«Danke», sagt Cora. «Könnt ihr mir noch einen Gefallen tun, bitte?» Sie holt einen Autoschlüssel zwischen ihren Brüsten hervor. «Mein Wagen steht doch noch beim Welkenhein... bevor den jemand findet oder er dort verrostet...»

Ronan hebt einen Mundwinkel an und nimmt den Schlüssel entgegen.

«Ich kann nicht versprechen, dass es gleich morgen passieren wird, aber ich kümmere mich drum. Versprochen!»

«Danke. Aber sei bloß vorsichtig.»

Ronan, Morty und Freezer bringen uns noch hinein und tragen ein paar Einkäufe aus dem Kofferraum hinein, die Ronan extra für uns noch besorgt hat. Er erlaubt uns, uns an den Kleiderschränken zu bedienen und überreicht uns sogar zwei Wegwerfhandys, mit denen wir uns melden sollen, wenn wir etwas brauchen. Er verspricht uns, dass regelmäßig jemand von den neuen und vertrauenswürdigsten Gammas vorbeischauen wird. Vorzugsweise die Anwesenden und Jeremy. Und gleich morgen wird ein Gamma geschickt, der Arzt ist, um uns zu versorgen. Außerdem deaktiviert Morty den Chip in meinem Arm, der noch immer dort drin steckt. Sie haben ihn mir kurz nach der Verhaftung implantiert, um meine Vitalwerte zu überwachen und mich während der Helden-Spiele kontrollieren zu können. In der Befürchtung, dass sie mir dadurch Stromschläge verpassen oder mich verfolgen könnten, habe ich Morty um die Abstellung gebeten.

Danach verabschieden sich die Jungs von uns und Cora und ich bleiben allein zurück.

Kapitel 11

Kaum dass die Männer weg waren, habe ich mich ins Bett gelegt und erstmal geschlafen. Ich war fix und alle, als ich mich erstmal entspannen konnte und bin sofort weg gedöst. Natürlich hatte ich Alpträume. Vom Gnom, von Welkenhein, den Heldenspielen. Alles mischt sich bunt in meinem Gehirn und spuckt ein abstruse Mischung aus Träumen wieder aus. Zwei Mal wache ich schweißgebadet auf. Einmal ist es dunkel und Cora liegt neben mir. Einmal ist es hell und ich bin allein. Und beide Male schlafe ich sofort wieder ein.

Als ich endlich traumlos von ganz alleine aufwache, ist es immer noch hell. Oder schon wieder.

Ich höre ein Klappern aus dem Raum nebenan und blicke mich um. Es dauert einen Moment bis ich schnalle, wo ich bin und was passiert ist.

Schließlich erhebe ich mich ausgeschlafen, aber immer noch erschöpft und hole mir ein Handtuch und frische Klamotten aus dem Schrank. Sonderlich groß ist die Auswahl nicht, aber immerhin ist das in etwa meine Größe.

Immer noch in Pink gekleidet und mit dem frischen Zeug in den Händen laufe ich in den Nachbarraum. Dort, wo die Geräusche her kommen. Natürlich ist es Cora, die herum klappert. Mit Töpfen und Besteck. Ein großartiger Duft steigt in meine Nase, aber ich kann ihn aktuell nicht zu ordnen.

«Jasper, endlich bist du wach!», strahlt sie mich an, als sie mich entdeckt. Dann fährt ihr Blick einmal meinen Körper entlang. «Ich mache uns gerade was zu Essen, damit du mal wieder was Ordentliches bekommst.» Sie tritt zur Seite und deutet stolz auf einen Topf voller Nudeln. Daneben steht einer mit einer roten, blubbernden Soße.

«Oh Gott», sage ich beinahe selig und sauge den Duft der Tomatensoße in mir auf. «Ist das geil.» Wie um meine Worte zu bestätigen, knurrt mein Magen voller Inbrunst. Cora lacht leise und rührt die Soße um.

«Es dauert noch einen kleinen Moment, bis die Nudeln al dente sind.»

«Aye. Dann geh ich solang fix duschen.»

Voller Sehnsucht auf eine anständige Mahlzeit, verschwinde ich im Badezimmer und nehme eine heiße Dusche. Es fühlt sich so wahnsinnig gut an.

Ganz selten durften wir duschen in Welkenhein, aber das war absolut nicht mit dem hier zu vergleichen. Gerade spüle ich den ganzen Dreck und die Pein ab, die mir dort widerfahren sind. Bloß weg mit der ganzen Scheiße und dem Gefühl, nichts wert zu sein.

Mich fast wie ein neuer Mensch fühlend, betrete ich die Küche wieder. Neben mir landet eine Nudel an den Fliesen und bleibt kleben.

«Al dente», verkündet Cora.

Mit erhobenem Mundwinkel blicke ich auf die Nudel neben mir. Den Dumbledore-Bart habe ich komplett abrasiert. Die noch feuchten Haare habe ich einmal nach hinten gekämmt, als wären sie gegelt. Als Cora von der Nudel zu mir blickt, während sie die Töpfe auf den Tisch stellt, lacht sie.

«Sexy», grinst sie. Ich trage dunkelgrüne Cargohosen und ein grünes Karohemd dazu. Das Hemd spannt ein bisschen und die obersten Knöpfe kriege ich nicht zu. Obwohl ich abgebaut habe, sind meine Brust und mein Kreuz immer noch etwas kräftiger als Ronans. Mal ganz abgesehen von der falschen Größe, würde ich so etwas privat normalerweise wohl niemals anziehen. Aber hey, diesen pinken hässlichen Anzug würde ich auch niemals anziehen und musste es tun. da bin ich froh, hier andere Klamotten zu haben. Überhaupt Klamotten zur Auswahl zu haben. Es ist Wochen her, dass ich etwas anderes getragen habe als mein Körperkleid oder einen der pinken Thermoanzüge.

Jetzt, wo ich weiß, dass Wendy hinter der ganzen Sache steckt, glaube ich ja, dass das Pink eine beabsichtige Demütigung war.

Cora packt mir den Teller bis zum Bersten voll mit Nudeln und schüttet eine ordentliche Portion Soße drüber. Dann schiebt sie mir den Teller rüber und holt noch etwas zu Trinken aus dem Kühlschrank.

«Ohja, ich hab einen Riesendurst», bemerke ich seufzend.

So stell ich es mir im Himmel vor. Ein Bett, eine frische Dusche, Essen, Trinken, Cora und Sicherheit. Erstmal.

Meine beste Freundin stellt mir ein großes Glas gekühlten Orangensaft vor die Nase, dass ich sofort exe. Lachend füllt sie es wieder auf und setzt sich nun auch endlich an den Tisch.

«Guten Appetit», wünscht sie mir. Ich nicke nur, denn ich habe bereits den Mund voller Nudeln.

Eine Wohltat für den Magen.

«Ich hab da vorhin eine Schere gefunden. Keine wirkliche Haarschere, aber damit werde ich dir nachher mal diese schreckliche Frisur wieder halbwegs ordentlich herrichten. Geht ja gar nicht. Du bist einfach nicht der Typ für lange Haare.»

«Danke für das Kompliment.»

Cora grinst. «Nicht dafür. Deine kurzen, chaotischen Locken stehen dir einfach viel besser.»

«Oh man, ich bin euch echt so wahnsinnig dankbar für alles. Ich glaub ich wäre da drin zerbrochen.»

Der Gesichtsausdruck meiner besten Freundin wird wieder ernster und trauriger. Sie atmet tief ein nickt schließlich knapp. «Du weißt, dass ich für dich alles machen würde.»

Ich grinse. «Du würdest einen Porno mit mir drehen?»

Unterm Tisch tritt sie mir gegen das Schienbein, lacht aber leise.

«Dass du aber auch nie ernst bleiben kannst», murmelt sie.

«Würdest du?»

«Nein, mann. Ich korrigiere: Ich würde fast alles für dich tun. So!»

«Schade», seufze ich gekünstelt und habe meine Portion schon fast vollständig verschlungen.

«Wie lange habe ich geschlafen?»

«Knapp 24 Stunden.»

Ich pfeife leise durch die Zähne. «Wow. Ich war aber auch echt fertig.»

«Glaub ich dir! Scheiße, ich will echt gar nicht wissen, was genau die mit dir alles angestellt haben. Wir müssen dem Ganzen unbedingt ein Ende sitzen. Ich meine, klar, da sitzen richtig krasse Straftäter drin und manche von denen haben vielleicht ein bisschen Unmenschlichkeit verdient, bla. Aber das? Ich meine…» Sie schüttelt den Kopf «Das ist absolut wahnsinnig. Und dann schicken sie euch noch in diese Heldenspiele. Wozu? Was bringt denen das? Ich meine, das ist doch im Endeffekt nur Showkampf, oder?» Fragend und mit tief gerunzelter Stirn schaut zu mir herüber.

Ich erzähle ihr, wie es mir bei den Spielen erging. Dass wir auf Teufel komm raus das Publikum unterhalten mussten und es für jeden Fehltritt Stromschläge zur Bestrafung gab. Dass man, jedenfalls bei mir, mit diesen Spielen Echtheit simulieren und somit mein Gen wieder erwecken wollte. Und dass wir mit einem Festmahl als Prämie gelockt wurden. Dabei erwähne ich auch, dass sich mein Gegner als Rudy entpuppt hat, der jetzt irgendeine gekaufte Fähigkeit hat, mit dem er Gegenstände anziehen kann. Cora verdreht die Augen und murmelt unsittliche Worte vor sich hin. Als ich bei meiner Strafe für meine Niederlage ankomme, haut sie so fest auf den Tisch, dass mein Saftglas wackelt. Ich zucke mit den Mundwinkeln, allerdings ist es eher gequält.

«Diese Fot-- ooohh, diese dumme, dumme, hinterhältige Frau! Die werd' ich platt machen!», flucht Cora lauthals und holt aus, als würde sie ihre Gabel durch den Raum werfen wollen. Dann besinnt sie sich jedoch und lässt die Hand langsam wieder sinken. Sie schnaubt vor Wut und ihr Gesicht ist voller roter Flecken.

«Vielleicht kriegt sie sich ja selbst dran», sage ich Schultern zuckend. «Nachdem was ihr so erzählt habt, dauert es bestimmt nicht mehr lange, bis die Menschen merken, dass da was Scheiße läuft. Und wenn dann tatsächlich erstmal

Welkenhein untersucht wird und zwar *richtig* untersucht, dann ist das eh das Aus für Wendy und ihre Justice-Leute. Ich jedenfalls hab' keinen Bock, mich da einzumischen.»

«Echt jetzt, Jas?», fragt Cora etwas ungläubig. «Wo ist der wutentbrannte Kerl geblieben, der Joe und seinen Dad rächen wollte? Spürst du gar nichts?»

«Natürlich spür' ich was», sage ich etwas brummig. «Aber ich kann einfach nicht mehr. Ich hab keinen Bock mehr auf die Scheiße. Ich will hier einfach nur weg und in Ruhe mein Ding machen.»

«Entschuldigung…», murmelt Cora. «Das... muss dich alles ziemlich fertig gemacht haben. Daran hab ich gerade nicht gedacht.»

Schweigend essen wir weiter. Als ich fertig bin, bin ich völlig übersättigt. Mein Magen ist so viel Essen nicht mehr gewöhnt.

Später sitzen wir gemeinsam auf der Couch und lassen uns nebenbei von Cartoons berauschen. Das ist leichte Kost und uns können keine Nachrichten stören.

Als es schon dunkel wird, schaut Cora plötzlich auf.

«Da kommt jemand.»

Ich schaue aus dem Fenster und runzle die Stirn. «Ich seh nix,»

«Es ist auch noch niemand da. Aber jemand ist auf dem Weg hierher. Ich spüre es.»

Ach, richtig. Das hatte ich schon wieder verdrängt. Das ist noch zu neu für mich.

«Vielleicht der angekündigte Arzt?», vermute ich und sehe immer noch aus dem Fenster.

«Hoffentlich! Oder Ronan, der schon einen neuen Unterschlupf für uns gefunden hat.»

«So schnell?» Ich werfe ihr kurz einen zweifelnden Blick zu, dann blicke ich wieder hinaus. Ein weißer Ford Asbo nähert sich dem Garten. Sieht zumindest nicht verdächtig aus. Deshalb hieve ich mich hoch und gehe schon mal zur Tür. Kurz darauf parkt das Auto an der Stelle, an der Ronan gestern geparkt hat und eine Frau steigt aus.

«Jepp, das ist die Ärztin», bestätigt Cora nickend.

Die Frau stellt sich mir kurz darauf als *FlyPie* von den neuen Gammas vor und erzählt, dass Ronan sie geschickt hat, um nach uns zu sehen. Sie trägt eine große Tasche und einen Koffer bei sich, den sie im Haus öffnet.

Daraus zaubert sie kleine elektronische Geräte mit Elektroden hervor, die in mir ungute Erinnerungen wecken, welche noch viel zu nahe liegen. Als sie mich daran anschließt, werde ich etwas steif, lasse es aber über mich ergehen. Nur ungern vertraue ich ihr, weil ich sie nicht kenne. Aber wenn Cora es tut, muss sie wohl safe sein.

Voll konzentriert schaut sie auf ihr Gerät, horcht mich dann mit dem Stethoskop ab, wobei ich mehrmals tief ein und ausatmen muss, und schaut mir in den Rachen. Ungeniert und professionell tastet sie meinen ganzen Körper ab und kramt schließlich zwei Packungen verschiedener Tabletten heraus.

«Hier. Die werden dich wieder etwas aufpäppeln. Diese hier sind für traumlose Nächte, davon nimmst du eine vor dem schlafen Gehen. Sollten sie nicht anschlagen, dann zwei. Aber nicht mehr, hörst du? Und die hier sind für dein Immunsystem. Drei Mal täglich. Frühs, mittags und abends. Immer in Kombination mit Wasser und einem Abstand von etwa fünf bis sechs Stunden.»

Ich nicke und versuche mir zu merken, welche Packung für was ist.

Unterdessen macht sich FlyPie daran, Coras Schusswunde zu versorgen. Sie bekommt einen sauberen Verband angelegt, nachdem die Wunde desinfiziert wurde und erhält ebenfalls eine Packung Tabletten. Gegen die Schmerzen.

Als die Ärztin fertig ist, reicht sie uns die große Tasche, die sie noch mitgebracht hat.

«Die soll ich euch mit einem lieben Gruß von Morty und Jeremy überreichen. Sie haben euch ein paar Klamotten besorgt und etwas zum Knabbern. Wenn ihr mehr wollt oder braucht, sollt ihr euch einfach melden.»

Nickend nehme ich die Tasche entgegen. Cora reißt sie mir gleich aus der Hand und wühlt darin herum.

«Ahh, Kippen! Perfekt!», ruft sie fröhlich und zieht eine Stange Zigaretten heraus. Sie öffnet sie gleich und ich klaue mir direkt eine Schachtel weg.

«Danke!» Cora fällt FlyPie um den Hals, welche etwas unsicher lächelt.

«Nicht dafür. Das ist das Mindeste. Ich fühl mich irgendwie schuldig an dem, was euch passiert ist. Vor allem dir, Jasper.» Jetzt schaut sie mich an. «Weil ich FireWire so blind vertraut habe und dachte, alle Absichten die sie mit den Gammas hatte, wären rein und gut.» Sie seufzt leise. «Tut mir leid.»

«Is' okay», sag ich nur und zünde mir eine Kippe an, nachdem ich in der Tasche eine Packung Feuerzeuge gefunden habe. «Bin nur froh, dass mich anscheinend doch nich' alle für einen psychopathischen und brutalen Killer halten.»

FlyPie schüttelt den Kopf. «Im Normalfall ja. Aber wir kennen die ganze Geschichte. Das war kein Normalfall. Das war vermutlich… nötig. Übrigens gibt es gute Nachrichten. Es gibt einen neuen Unterschlupf für euch. Circa fünfzig Kilometer von hier. Da dürftet ihr erstmal sicher sein. Es ist ein ehemaliger Kiosk in einer unauffälligen Kleinstadt namens Madelona. Wenn alles klappt, bringen euch Jeremy, Morty und der Stopper noch morgen Abend dort hin. Packt also schon mal eure Taschen.»

Kapitel 12

«Wer hat euch eigentlich diese Anzüge gemacht? Haben die von der Justice die auch?», frage ich neugierig, als ich gerade sehe, wie Cora ihren hellbraunen, frisch gewaschenen Anzug samt weißer Maske in der mitgebrachten Tasche verstaut.

«Ja, leider haben sie die auch», seufzt sie. «Ein Parondoner Designer hat es sich zur Aufgabe gemacht, die Kleidung der Gammas neu zu gestalten. Er fand die alten Outfits teilweise grässlich. Wie du vielleicht bei Freezer gesehen hast, hat er das Design in den Grundzügen belassen. Farblich und was Accessoires angeht und so. Aber das sind jetzt alles dehnbare Einteiler aus Nylon und noch irgendetwas. Damit die schön wasserdicht bleiben. Die Welle war natürlich trotzdem zu heftig und das Gesicht ist durch diese Anzüge auch nicht geschützt. Aber sowas passiert ja im Grunde auch eher selten, wenn man in der Stadt im Einsatz ist.»

Sie grinst etwas schief und packt die Zigarettenschachteln mit ein für unsere Reise nach Madelona.

«Eignet sich aber auf jeden Fall super zum Kämpfen. Wahrscheinlich sogar besser als Latex.» Sie grinst mich breit an und ich muss etwas lachen.

«Kann ich mir vorstellen.»

«Die sind nicht gerade billig, aber echt praktisch. Du solltest dir auch einen machen lassen.»

«Und wozu? Ich bin weder ein aktiver Genträger noch ein Gamma.»

«Noch! Aber auf alle Fälle ist er eben auch sehr praktisch für den Kampf und da wird sicher noch etwas auf uns zu kommen. Wir geben dir einfach einen in Auftrag. Ich schreib Jeremy mal.»

Und schon hat sie eines der Wegwerfhandys gezückt und ich seufze. Was sie sich einmal in den Kopf gesetzt hat, lässt sie sich so schnell nicht mehr austreiben. Also lasse ich sie ihre Nachricht schreiben. Vielleicht ist die Idee ja wirklich nicht so schlecht. Allein schon zur Tarnung, damit wir nicht überall erkannt werden. Wenn wir als Helden verkleidet durch die Straßen laufen, werden die Leute uns cool finden. Aber wenn wir als wir selbst umher laufen sollten… garantiert kennt das halbe Land mittlerweile unsere Gesichter.

«Irgendwelche Wünsche?» Cora schaut vom Handy auf und sieht mich fragend an. «Dieses Mal kannst du schließlich mit reden!»

«Kein Orange!», platzt es sofort aus mir raus. Meine beste Freundin lacht und schüttelt den Kopf.

«Alle Wünsche, bis auf diesen! Du brauchst orange, das ist doch irgendwie dein Markenzeichen als Microman.»

«Ich bin aber nicht mehr Microman, Cora!»

Sie seufzt, weil ich so stur bin. «Bitte, dann halt nicht.» Sie wendet sich wieder dem Handy zu und tippt weiter. Ich betrachte sie eingehend. Wie sie beim Tippen an ihrem Zungenpiercing herum spielt vor Konzentration. Und wie ihr blaues und ihr grünes Auge über den kleinen Display flitzen, während sie tippt und liest. Ihre langen, blonden Haare hat sie allesamt über der linken Schulter hängen, bis über die kleine, perfekte Brust. Ihre geschwungenen Augenbrauen lassen sie immer fröhlich aussehen, auch wenn sie eigentlich besorgt oder sauer ist.

Sie ist hübsch. Stelle ich fest. Natürlich wusste ich das schon immer. Aber gerade jetzt, fällt es mir wieder besonders auf. Vermutlich, weil ich sie so lange nicht mehr gesehen habe. Beinahe hatte ich ihr Gesicht schon vergessen. Deshalb sauge ich jetzt jeden Millimeter davon auf. Ich will ihr Gesicht nicht mehr vergessen. Nie wieder.

«Alles okay?», fragt sie mit leicht erhobenen Brauen. Sie ist fertig mit Tippen und ich hab es gar nicht bemerkt.

«Aye. Habe nur gerade festgestellt, dass du hübsch bist.»

«Jetzt erst?», grinst sie und boxt mir sanft auf den Oberarm, während sie das Handy wieder weg steckt. «Wird ja auch mal Zeit.» Cora steht auf und läuft zum Fenster. «Sie kommen», sagt sie feststellend. Ich blicke ebenfalls aus dem Fenster, kann aber noch nicht sehen. «Pack besser deinen

Kram fertig ein, damit wir sofort los können, wenn sie da sind.»

Ich höre auf sie und stopfe die paar Klamotten, die ich aus der Tasche geholt hatte, wieder hinein. Außerdem noch ein Handtuch und ein Cappy aus dem Haus.

Wenig später treffen wie angekündigt Jeremy, Morty und ein älterer Mann namens Stopper ein. In Jeremys matt schwarzen Sportwagen mit getönten Scheiben und Heckspoiler.

Der Stopper kommt mir bekannt vor. Wahrscheinlich habe ich ihn mal im Fernsehen oder in der Zeitung gesehen.

Bevor wir irgendetwas machen können, fällt mir Jeremy erstmal um den Hals und erdrückt mich fast. Er sagt nichts, aber seine Körpersprache und Gesten reichen aus, um zu erahnen, was ihm auf der Zunge liegt. Er lässt mich wieder los, klopft mir auf die Schulter und lächelt mich an.

«Schön, dich wieder bei uns zu haben», sagt er ein wenig heiser und packt unseren Kram, um ihn im Kofferraum zu verstauen. «Emma hat Kuchen für euch gebacken. Damit ihr wieder zu Kräften kommt.» Er mustert mich. «Ganz besonders du. Bist fast so dünn wie damals, als ich dich kennengelernt hab.»

Ich grinse schief und steige nach Cora hinten in den Wagen ein. Auf ihrer anderen Seite sitzt dieser Stopper. Vorne Morty, neben Jeremy, der fährt.

Unterwegs erzählen wir Jeremy von unserem Ausbruch. Anscheinend war Morty dazu bisher ein wenig wortkarg oder wollte mit uns gemeinsam berichten. Als ich anreiße, was in Welkenhein vor sich geht, ist Jeremy total sauer und haut stürmisch auf die Hupe.

Um ihn wieder runter zu holen, erkundige ich mich nach Emma und dem Baby. Das hilft. Er wird sofort wieder gelassen und erzählt, wie gut es seiner Frau geht, dass die Ehe bisher klasse läuft und die Flitterwochen traumhaft waren, da sie da noch nichts von meinem Verschwinden wussten. Und dass sie seit ein paar Tagen endlich das Geschlecht wissen, aber sie wollen es uns noch nicht verraten.

Außerdem stellt sich uns der Stopper vor. Es stellt sich heraus, dass ich ihn tatsächlich schon mal im Fernsehen gesehen habe. Er ist der Typ, der damals das Kind vor dem Auto gerettet hat. Wie sein Name schon verrät, kann er stoppen. Und zwar die Zeit. Aber nur im Umkreis von fünf Metern. Alles außer ihm oder den Personen, die er berührt, stehen dann für circa zwanzig Sekunden still. Leider hat er es damit nicht geschafft, die Menschen aus der Parondon Bank zu retten, bevor das Gebäude teilweise einstürzte, da die Menschen ja alle ebenfalls stoppten und FlyPie nicht alle gleichzeitig raus fliegen konnte. Er sieht geknickt aus, als er das erzählt.

Als ich nachhake, warum eigentlich auch er, Morty und Jeremy mich noch mögen, wo sie doch jetzt wissen, dass ich ein echter, gesuchter Mörder und Brandstifter bin, erklären sie mir, dass Cora und Ronan die ganze Geschichte gemeinsam erklärt und sie vollstes Verständnis für den Hergang der Situation haben. Genauso wie FlyPie am Vortag.

Eine gefühlte Ewigkeit später fahren wir am Ortseingangsschild von Madelona vorbei. Es sieht aus wie eine friedliche Kleinstadt, in der nie etwas Böses passieren könnte. Links und rechts sind Häuschen an Häuschen aneinander gereiht. Allesamt haben sie gepflegte Vorgärten und eine Garage. Zwischendurch fahren wir an einem Getränkemarkt, einem Blumenladen und einem Supermarkt vorbei. Alles sieht aus wie gemalt. Wie die perfekte Vorstadt. Das ist mir zu glatt. Mir gefällt es hier nicht. Aber ich werde wohl oder übel nichts dagegen tun können.

«Wie kommt ihr überhaupt auf diesen Kiosk?», frage ich schließlich.

«Ein alter Freund schuldet mir noch einen Gefallen. Und da er den Kiosk kürzlich schließen musste, hat er ihn mir für ein paar Wochen ausgeliehen.»

«Wollte er nicht wissen, wozu du ihn brauchst?»

«Bei Gefallen stellt man keine Fragen.»

«Ob das so sicher ist? Nicht, dass er uns ausspioniert und verpetzt.» Cora klingt besorgt.

«Deshalb werdet ihr auch dort nicht lange bleiben. Je öfter ihr den Ort wechselt, desto sicherer. Bis wir eine endgültige Lösung für euren Schlamassel gefunden haben.»

Wir biegen in eine Seitenstraße ab. Hier sieht es nicht mehr so schön aus. Eher grau und dreckig. Wir fahren eine ganze Weile hindurch und als wir auf der anderen Seite wieder auf eine Hauptstraße biegen, habe ich das Gefühl, im absoluten Ghetto gelandet zu sein. Hier ist gar nichts mehr gemalt oder Vorstadtmäßig. Es ist düster, die Häuser sind dreckig und kaputt. Manche sind nicht mal mehr bewohnt. Mülleimer wurden aus der Verankerung gerissen, überall liegt Müll und die Häuser sind von sinnlosen Graffitis erfüllt.

«Was für eine kontroverse Stadt», murmle ich. Cora stimmt mir zu.

«Unheimlich», murmelt sie. «Aber hier fallen wir wenigstens nicht so auf, wie auf der anderen Seite der Stadt.» Wo sie recht hat.

«Ich hab mir hier gleich um die Ecke ein Zimmer genommen.» Der Stopper deutet nach hinten. «Im hübschen Teil der Stadt. Wenn was ist, seid ihr also nicht allein. Ich habe ebenfalls ein Wegwerfhandy. Ruft also einfach durch, wenn ihr etwas braucht. Essen, Hilfe oder was auch immer.»

Cora und ich nicken und ich ziehe mein Wegwerfhandy hervor, um seine Nummer einzuspeichern und gebe ihm meine.

Kaum dass wir fertig sind, wird Jeremy langsamer.

«Da vorn ist die Polizei», sagt er durch zusammengebissene Zähne. Im Rückspiegel sehe ich, dass er grimmig drein blickt. Als ich aus dem Fenster blicke, hält der Polizeiwagen gerade an und ein Polizist steigt aus dem Wagen, um uns heran zu winken. Scheiße!

«Folgender Plan», sagt der Stopper hastig. «Abschnallen.» Wir gehorchen ohne zu fragen. «Ich halte gleich die Zeit an, wenn die Polizisten nahe genug sind und dann sprinten wir sofort aus dem Wagen und fliehen.» Wir nicken und mein Herz klopft. Es macht sich bereit zu einer erneuten Flucht.

Der erste Polizist klopft nun schon an die Fahrerscheibe. Der Zweite ist noch zu weit weg. Mist, mist, mist. Mach schneller!

Jeremy schindet Zeit, in dem er so tut, als würde der Knopf zum Scheibe Runterlassen klemmen. Endlich ist der Zweite dann auch nahe genug, dass der Stopper die Zeit anhalten kann. Kurz vorher legt er uns beiden seine Hand an die Arme und ich bin einen Augenblick total fasziniert. Jeremy steht still. Sein Finger erstarrt auf dem Scheibenknopf. Neben ihm sitzt Morty, ohne sich zu bewegen. Nicht mal ein Heben und Senken der Brust vom Atmen. Er ist wie erstarrt, während er sich am Kopf kratzt. Der Polizist an der Scheibe schaut auf Jeremys Finger am Knopf und der andere hat gerade den Fuß zum Laufen in der Luft.

«Los, los!», drängt der Stopper, der von außen bereits mein Tür aufgezogen hat und holt mich zurück aus meiner Faszination. Wir haben nur zehn Sekunden, stimmt ja! Nicht mal mehr sogar, weil ich so gebummelt habe. Ich falle fast aus dem Auto, packe Coras Arm hinter mir und sprinte mit ihr los. Dem Stopper hinterher. Wir biegen in die nächste Seitenstraße ein, um außer Sichtweite der Polizei zu sein und sind keine Sekunde zu langsam gewesen. Kaum sind wir abgebogen, höre ich den Polizisten wieder sprechen. Allerdings verstehe ich nicht, was er sagt.

Wir haben abgebremst, um uns durch unsere lauten, rennenden Schritte nicht zu verraten und gehen nun weiter. So leise wie möglich. Erst als wir um die nächste Ecke gebogen sind, entspannen wir uns wieder etwas.

«Das war knapp», sagt Cora erleichtert und lacht etwas. Ich blicke mich um, doch es ist niemand zu sehen, der uns verpetzen könnte.

«Schnell, hier lang.» Der Stopper lotst uns in eine Einfahrt hinein. In einem von leeren Häusern abgeschotteten Hinterhof bleiben wir stehen. Und da sehe ich ihn schon. Den Kiosk. Es steht in großen, vergilbten Lettern drüber. Die Fenster sind von außen mit Brettern zu genagelt, genauso wie die Fensterscheiben der Tür.

Da Jeremy den Schlüssel hat, müssen wir warten. Nach ungefähr zwanzig bangen Minuten biegt sein Sportwagen endlich um die Ecke und er und Morty steigen aus.

«Alles in Ordnung?», erkundigt sich Cora. Die Männer nicken.

«Die haben uns angehalten, weil wir ein Parondoner Kennzeichen haben. Anscheinend haben sie gar nicht bemerkt, dass ihr vorher noch im Auto ward. Wollten wissen, was wir hier machen. Wirkten etwas misstrauisch, weiß nicht, ob die euch gesucht haben oder wegen der Gegend hier generell misstrauisch sind. Wir haben gesagt, wir sind auf der Durchfahrt und haben `nen Supermarkt gesucht. Ham die uns tatsächlich noch mit'm Auto hingebracht. Haben uns wohl nich' getraut.» Er holt eine Einkaufstüte aus dem Wagen. «Jedenfalls haben wir euch da gleich noch etwas Verpflegung mitgebracht. Gibt nämlich eine Mikrowelle im Kiosk.»

Jeremy grinst stolz und hält uns die Tüte entgegen. Ich nehme sie ab und blicke hinein. Tatsächlich ist fast nur Mikrowellenessen drin.

«Danke», bedankt sich Cora für mich mit. So viel Essen wie wir jetzt haben, dürften wir auf keinen Fall verhungern.

«Nicht dafür. So, da wär'n wir jetzt also», sagt Jer und kramt nun einen Schlüssel aus der Hosentasche. Während er aufschließt, holen wir unser bisschen Gepäck aus dem Kofferraum und folgen ihm dann hinein.

Alles sieht aus, als wäre einfach nur Feiertag. Die Bude ist zwar dreckig, das scheint aber eher an der Gegend zu liegen, als daran, dass sie vor Kurzem geschlossen wurde.

Die Regale sind noch voll von alten Zeitschriften, Schokoriegeln, Briefumschlägen, Kippen und Postkarten. Es stehen sogar noch eine Eistruhe und ein Kühlschrank mit Inhalt dort. Allerdings sind die Geräte aus, sodass das Eis geschmolzen ist und die Getränke warm sind.

«Da war wohl jemand zu faul, zum Aufräumen», grinse ich. «Gut für uns.»

Morty kommt hinter uns rein und lässt einer Luftmatratze samt Pumpe auf den Boden fallen. Daneben legt der Stopper zwei Schlafsäcke mit Kissen ab.

«Haben wir euch mitgebracht», erklärt Jeremy lächelnd. «Damit ihr's etwas bequem habt, solange ihr hier seid. Im Auto is auch noch ʼne Taschenlampe, die bring ich euch dann. Strom isʼ leider abgestellt. Aber Wasser läuft normal. Toilette mit Waschbecken findet ihr dort drüben.»

Er deutet auf eine Tür hinter der Theke, auf der ein schiefes, selbst geschriebenes Schild hängt. *Zutritt nur für Personal* steht drauf.

Ich bleibe am Regal mit den Zeitschriften stehen und nehme grinsend ein Pornoheftchen heraus. Cora, die gerade zu mir kommt, grinst auch.

«Jetzt bist du glücklich, was?»

Ich nicke und zwinkere ihr zu. Dann lege ich das Heft zurück und bleibe kurz am Titelbild einer anderen Zeitschrift weiter unten im Regal hängen. Die Parondon Bank ist darauf abgebildet. In schwarz weiß. Drum herum stehen viele Menschen. Manche im Kostüm, manche ohne.

Superhelden zerstören Wahrzeichen von Parondon, lautet die Überschrift. Interessant, dass das der Titel ist und kein Wort über die Geiselnahme gesagt wird. Das spiegelt die aktuelle Lage der Heldengeschichte ganz gut wieder. Auch wenn ich die eigentliche Geschichte dahinter besser kenne.

«So, hier is' die Taschenlampe.»

Ich drehe mich herum und nehme das klobige Teil dankend entgegen. Dann blicke ich mich um, ob es hier Batterien gibt. Wir haben Glück. Ich lege die Lampe auf dem Verkaufstresen ab und entdecke die Mikrowelle in einer Ecke.

«Wie soll die jetzt eigentlich ohne Strom funktionieren?»

«Der's nich' komplett abgestellt. Gibt hier zwei Leitungen. Die für's Licht, die is' aus. Und die für die Steckdosen. Die geht noch.»

«Okay. Sagt mal», fällt mir gerade ein und ich sehe die Männer an. «Gibt es bei der Justice oder den Gammas eine Willow?»

Ich sehe, wie alle kurz nachdenken. Aber schließlich schütteln alle einstimmig den Kopf.

«Nein. Aber wir kennen ja auch die wenigstens beim echten Namen.»

«Stimmt. Rot gefärbte Haare, nette Kurven, vielleicht 1,70m groß, wahnsinnig hübsches Gesicht.»

Wieder schütteln alle den Kopf.

«Nein. Mir fällt niemand ein, der darauf passt», grübelt Freezer.

«Mir auch nicht», stimmt Morty ein.

Kapitel 13

Keine Stunde später sind sie alle verschwunden und Cora und ich wieder allein.

Ich pumpe gerade die mitgebrachte Luftmatratze auf, während Cora einem Auflauf in der Mikrowelle zu schaut.

«Ich hab schon ewig kein Zeug mehr aus der Mikrowelle gegessen», stellt sie fest und legt den Kopf etwas schief. «Ich bin ganz schön verwöhnt.»

Ich grinse schief. «War ich vor Welkenhein auch.»

Ich ziehe das Ventil der Luftpumpe aus der Matratze und schließe die Öffnung ganz schnell, bevor die Luft entweichen kann. Dann setzt ich mich auf den Rand und teste die Matratze.

«Hm. Sehr bequem. Lässt sich sicher super Sex drauf haben.»

Cora lacht leise. Doch es geht unter im *Ping* der Mikrowelle. Sie holt die Packung heraus und stellt die Mikrowelle mit neuem Essen drin wieder an. Dann stapft sie umständlich mit der Packung in der Hand zu mir.

«Heiß, heiß, heiß, heiß!», ruft sie und stellt die Verpackung ganz schnell neben mir ab. Jetzt, wo die Matratze ausgebreitet ist, erscheint mir der Kiosk noch kleiner. Es ist kaum noch ein Durchkommen. «Ach fuck», flucht Cora und dreht sich einmal um ihre Achse. «Wir haben gar kein Besteck. Aber vielleicht gibt's hier Plastikbesteck. Sowas hat doch jeder ordentliche Kiosk für seine Bockwürste.»

Sie stapft umständlich zurück und beginnt zu suchen. Ich sauge derweil den Duft des Auflaufs in mir ein. Ich stehe ja nicht so auf Fertigkram, aber im Gegensatz zu Suppe und Brot finde ich gerade alles geil.

«Weißt du, worauf ich mal wieder richtig Bock hätte?», frage ich, lasse sie aber nicht antworten. «Pizza. So eine richtig frische Pizza vom Lieferanten mit fett Käse, Peperoni und Tomaten.»

Ich gebe ein lautes, genussvolles Geräusch von mir und Cora lacht.

«Vielleicht kann der Stopper uns ja morgen mal eine vorbei bringen. Macht er bestimmt. Ah, hier ist tatsächlich Plastikbesteck. Juchhu!»

Mit zwei Gabeln in der Hand kommt sie wieder zurück gestapft und fliegt dabei fast über den Rand der Matratze. Ich packe sie von unten am Arm und stütze sie so, dass sie nicht fällt. Dann lässt Cora sich neben mir nieder, reicht mir eine Gabel und dann essen wir.

Als die Mikrowelle wieder pingt, stehe ich auf, um das nächste Essen zu holen.

«Ist eigentlich alles okay mit dir?», fragt Cora aus heiterem Himmel. Fragend schaue ich sie an.

«Klar. Siehst du doch?»

«Ja, das sehe ich und ich glaube es nicht.» Sie seufzt leise und stochert im Auflauf herum. «Ich mein, das muss dich doch echt mitgenommen haben.»

Ich lasse mich wieder neben ihr nieder und puste auf mein dampfendes Essen.

«Geht», sage ich schließlich. «Das Wichtigste war erstmal die Erholung. Der lange Schlaf gestern hat mir gut getan. Und meinen Appetit kann ich auch wieder stillen.»

«Und… alles andere?», fragt sie vorsichtig und tippt sanft gegen meinen Kopf. Sie weiß, dass ich nicht gerne über solche Themen rede. Das hatten wir schon nach der Sache mit dem Gnom. Aber da ich auch weiß, wie sehr sie sich sorgen kann, antworte ich wenigstens ein bisschen.

«Die Tabletten helfen ganz gut, um Alpträume zu unterdrücken. Kann also nicht wirklich klagen», antworte ich relativ ernst und leise, aber nicht vollkommen ehrlich. «Und bisher hatte ich dank euch genug Ablenkung, um nicht darüber nachdenken zu können.»

«Wirst du mir je erzählen, was genau sie dir alles angetan haben?»

Ich schweige und esse meinen Auflauf. Aus den Augenwinkeln sehe ich, dass Cora mich unentwegt beobachtet. Aber ich versuche, mich nicht davon irritieren zu lassen. Schließlich gibt sie auf und widmet sich wieder ihrem Essen.

Wir sind schon ganze drei Tage hier. Länger, als ich erwartet hätte. Jeremy hat sich am Vorabend gemeldet und verkündet, dass sie eine neue Unterkunft für uns hätten. Am Meer. Er hat dort für ein paar Tage eine Finka auf sich und seine Frau gemietet. Er würde mitkommen, um die Anmeldung über den Tisch zu bringen und dann sollten wir dort vorläufig einziehen. Cora freut sich schon ziemlich. Sie war noch nie am Meer.

Sie ärgert sich zwar keine Badesachen dabei zu haben, aber ich nehme ihr ganz unsensibel die Euphorie wieder, in dem ich sie daran erinnere, dass öffentliches Baden für uns eher ausfällt, da wir überall gesucht werden.

Heute Nacht schon will mein Kumpel uns abholen kommen und rüber fahren. Das Meer ist weit weg, sodass wir vermutlich erst gegen frühen Vormittag dort eintreffen werden.

Ein bisschen tut es weh zu wissen, sich soweit von Parondon zu entfernen. Ich bin jetzt schon soweit entfernt, wie noch nie. Mein ganzes Leben hat sich immer nur in meiner Heimatstadt abgespielt. Ganz selten mal auf den Dörfern und an den Seen vor der Stadt. Oder im Freizeitpark mit Dad. Weiter weg allerdings nie.

Andererseits weiß ich aber, dass es in Parondon für Cora und mich derzeitig nicht mehr sicher genug ist. Laut Jeremy hängen dort überall Fahndungsplakate von uns beiden und wir gelten als die beiden meistgesuchten Schwerverbrecher der Stadt. Ein merkwürdiges Gefühl, derart den Rücken von seiner eigenen Heimat zu gekehrt zu bekommen.

Ich frage mich, wie wohl unsere Freunde und Bekannte darauf reagiert haben. Meine Filmcrew, Coras Kollegen von den Zeitungen, die Jungs aus dem Fight Club.

Als ich Jeremy am Telefon nach ihnen gefragt habe, ist er ziemlich sauer geworden und hat unverständlich vor sich hin gebrummt. Dann hat er mir gestanden, dass er uns beiden ganz offiziell den Rücken gekehrt hat und enttäuscht von uns ist. Damit niemand Verdacht schöpft, dass er uns helfen könne und weil niemand Verständnis dafür hätte. Manche der Jungs waren wohl sehr geschockt, weil sie uns nie so eingeschätzt hätten. Zwei von ihnen fanden es nicht verwunderlich. Ich wäre eh immer so extrem und krankhaft vom Kämpfen besessen gewesen. Zum Glück standen mir die beiden nicht nahe. Daher juckt mich diese Aussage nicht weiter. Cora hingegen nimmt es ziemlich mit, dass ihre Eltern sie vermutlich für ein Monster halten.

Nachdem wir unser Zeug zusammen gepackt haben, beschließen wir noch etwas zu schlafen, bevor Jeremy kommt. Damit er im Auto nicht zu müde wird, wollen wir die Fahrt durchmachen, um ihn wach zu halten.

Cora liegt bereits in ihren Schlafsack eingekuschelt, als ich mit meiner Zahnbürste aus dem winzigen Badezimmer komme. Nachdem ich die verstaut habe, lege ich mich neben sie und starre an die Decke. Kurz darauf rutscht Cora zu mir rüber und kuschelt sich an meine leider nicht mehr so muskulöse Brust.

«Hoffentlich werden wir noch 40, damit wir heiraten können. Du weißt schon… der Deal», murmelt sie. Ich schmunzle. Bis jetzt hatte ich diese Abmachung zwar nicht vergessen, aber verdrängt. Wenn wir beide mit mit 40 noch Singles sein sollten wollen wir uns einfach gegenseitig heiraten.

«Na klar», beruhige ich sie und lege meinen Arm um ihre Schulter. «Wir wandern einfach aus, beginnen irgendwo weit weg ein neues Leben, toben uns da aus und dann geht's ab vor den Traualtar.»

Cora lacht. «Das klingt so einfach, wenn du das sagst.»

«Ist es doch auch», schmunzle ich und weiß im Grunde, dass ich damit lüge. Es wird garantiert nicht leicht, einfach so hier weg zu kommen. Spätestens am Flughafen oder beim Autokauf zum Fortfahren, würde man uns kontrollieren und wir auffliegen. Wenn wir unsere Freunde nicht hätten… Wir haben nur wenige von ihnen. Dafür sind es aber die besten und mutigsten, die ich mir vorstellen kann.

Ich spüre Coras Lippen auf meiner Brust. Nur ganz sanft.

«Ich hab dich vermisst», murmelt sie und küsst mich weiter. Ich drehe den Kopf etwas, um sie ansehen zu können. Ihr Haar ist noch feucht und kitzelt mich hin und wieder ein wenig. Sie hat es vorhin umständlich unter dem winzigen Waschbecken gewaschen.

«Ich hab dich auch vermisst», gebe ich schließlich zu.

Sie schmunzelt. Das spüre ich bei ihren Küssen. Ihre Lippen wandern meinen Hals hinauf und landen schließlich auf meinen Lippen. Ich drehe mich ihr etwas entgegen, um den Kuss zu erwidern und lege meine Hand an ihren Kopf. Ihre Lippen sind etwas rissig, aber das stört mich nicht. Ich weiß, dass sie die schönsten Lippen hat. Schöner als Willows. Oder Sirans oder Wanjas. Coras Lippen waren immer schon die Schönsten, stelle ich fest.

Normalerweise fallen wir beide übereinander her wie die Tiere. Dieses Mal ist es allerdings anders. Sinnlicher, intensiver. Der Kuss mit ihr erfüllt meinen Körper mit einem Kribbeln. Es weckt in mir ein ganz neues Gefühl, dass ich nicht kenne. Und ich weiß nicht, ob mir das gefällt.

Doch ich küsse sie weiter. Stupse mit meiner Zunge gegen ihre Lippen, bis sie es erwidert und streiche mit meiner Hand über ihre weiche Haut. Den Rücken hinab bis zum Hintern.

Dort schiebe ich ihr langsam das Höschen runter und massiere ihre Pobacken.

Sie stöhnt leise auf und greift mir ungehalten in den Schritt. Das entlockt mir kurz ein Grinsen, doch dann konzentriere ich mich wieder voll auf unseren Kuss, der so intensiv und anders ist.

Langsam ziehe ich sie auf mich drauf und streife ihr das Shirt ab. Ihre kleinen, perfekten Brüste lachen mir entgegen. Mit meinen Händen umschließe ich sie.

Cora löst sich für einen Moment von meinen Lippen und schaut lächelnd auf mich hinab. Mein Magen fühlt sich an, als würden tausend Ameisen durch krabbeln. Ich könnte mich in dieses Lächeln rein legen und will es für immer festhalten. Es ist eines der vielen Dinge, die ich in den letzten Monaten vermisst habe. An Cora vermisst habe.

Während sie schon meine Hose runter zieht, um sich kurz darauf auf meinen Ständer zu setzen und mich zu reiten, bin ich noch damit beschäftigt, ihre feinen Gesichtszüge in mich aufzusaugen.

Sie bewegt sich schneller und härter, sodass ich nun doch genussvoll stöhnen die Augen schließe und ihre Brüste massiere. Wenn man so viel Sex hat wie ich vorher, dann ist es ein vollkommen neues Gefühl, nach so langer Zeit wieder gevögelt zu werden. Ich weiß jetzt schon, dass ich das nicht lange durchhalten werde. Cora kann sich das hoffentlich denken und wird danach noch eine Runde mit mir einlegen.

Sie beugt sich wieder runter, um mich zu küssen, während ihre Hüften auf mir kreisen. Sachte beiße ich ihr in die Unterlippe und lasse meine Hände an ihr entlang gleiten. Ihr Körper bebt unter meinen Berührungen und mein Puls rast. Mein Herz schlägt mir bis zum Hals und mir wird klar, dass all die Frauen nur Zeitvertreib waren. Dass Cora eigentlich die Frau ist, mit der ich den Rest meines Lebens Sex haben will. Mit der ich ins Kino und die ich nett zum Essen ausführen will. Deren Hand ich halten will. In der Öffentlichkeit und mit der ich angeben will, weil sie meine ist.

«Cora», stöhne ich und öffne die Augen, um sie anzusehen. «Ich glaub, ich hab... unseren Codex gebrochen.» Augenblicklich wird sie langsamer. Sie öffnet ebenfalls die Augen, um mich anzusehen. Sie atmet schwer vor Extase. «Ich liebe dich», sage ich schließlich schneller, als ich denken kann und Panik breitet sich in mir aus. Das sind neue Worte für mich. Neue Gefühle. Ich weiß nicht, wie man damit umgeht und ich habe Angst vor ihrer Antwort. Cora stoppt ihre Bewegungen augenblicklich.

«Nein, Jasper», flüstert sie beinahe heiser zurück und sieht mich an. Ich kann nicht genau sagen, was in ihrem Blick liegt. Aber ich weiß, dass Freude anders aussieht. «Warum sagst du sowas?»

«Weil es wahr ist. Ich... ich lie-» Sie würgt mich ab, in dem sie ihre Hand auf meinen Mund presst und kneift die Augen zusammen. Dann schüttelt sie heftig den Kopf und setzt sich wieder in Bewegung. Sie reitet mich so hart, dass mir beinahe die Luft weg bleibt, obwohl sie ihre Hand wieder von meinem Mund genommen hat. Ihre Fingernägel krallen sich so tief in mein Fleisch, dass es weh tut und es dauert nicht lange, bis ich komme. So gern ich meinen Orgasmus auch genießen würde, ich kann es nicht. Ich kann es einfach nicht. Zumindest nicht ausgiebig.

Meine eben ausgesprochenen Worte hängen unbeantwortet in der Luft und wecken in mir ein furchtbar unangenehmes Gefühl.

Cora stöhnt laut auf als auch sie kommt, krallt sich noch fester in mein Fleisch, sodass es weh tut und sackt schließlich kurz in sich zusammen. Ohne ein weiteres Wort steigt sie von mir runter und verschwindet im Badezimmer.

Ich richte mich auf und schaue ihr hinterher. Fuck. Habe ich ihr gerade wirklich gesagt, dass ich sie liebe? Nach all dem, was wir gemeinsam erlebt haben? Nach all dem, was wir uns vorgenommen und geschworen hatten? Für immer Freunde zu bleiben und niemals Gefühle zu entwickeln?

Ich wollte nie glauben, dass man sich diesem Gefühl nicht entziehen kann, aber jetzt muss ich es einsehen. Die Liebe überrennt einen. Mit einem Mal. Auch wenn sie vielleicht schon lange da war. Und man kann rein gar nichts dagegen tun. Man ist machtlos. Ich bin machtlos.

Dass Cora rein gar nichts erwidert hat, schürt einen dicken Knoten in mir drin. Ich greife nach einer Wasserflasche und spüle damit meine Tabletten herunter, die FlyPie mir verschrieben hat. Dann lasse ich mich zurück auf die Matratze sinken und starre an die Decke.

Die Toilettentür knarzt als Cora wieder raus kommt. Wortlos legt sie sich wieder neben mich. Sie lässt mich ewig zappeln und ich bin schon beinahe eingeschlafen, als sie doch endlich etwas dazu sagt.

«Das hättest du nicht sagen dürfen.»

Dann kehrt sie mir den Rücken zu und sagt nichts mehr. Bis ich wirklich einschlafe.

Kapitel 14

Trotz meiner Tabletten schlafe ich die Nacht schlecht. Es sind keine Alpträume, aber ich wache immer wieder auf. Denke an Cora und ihre Worte vor dem Schlafen gehen. Fühle mich in diesem kleinen Raum eingeengt und bekomme Angstzustände. Habe das Gefühl, als würde man mir den Sauerstoff entziehen und schwitze und friere abwechselnd. Ich muss die Nacht zwei Mal meine Shorts wechseln, weil sie durchgeschwitzt sind.

Neben mir schläft meine beste Freundin seelenruhig und ahnt nicht mal, was hier mit mir passiert. Unruhig laufe ich auf dem bisschen Platz vor der Matratze hin und her, nur um irgendetwas zu tun. Mich nicht hilflos zu fühlen.

Diese Nacht platzt alles über mich herein, was ich die letzten Tage erfolgreich verdrängt habe. Meine Gefangenschaft und die Folter in Welkenhein. Es ist ein furchtbar unangenehmes Gefühl, zu wissen, dass man in Sicherheit ist und trotzdem zu bangen, dass man jeden Moment wieder aus der Zelle gezerrt werden könnte, um für irgendwelche Tests missbraucht zu werden. Und ohne zu wissen, was auf einen zukommen könnte.

Es dauert eine Ewigkeit bis mein Körper endlich nachgibt und sich den Schlaf holt, den er braucht. Vielleicht kriege ich ja noch ein paar Minuten Schlaf, bevor Jeremy und der Stopper uns abholen.

«Jas. Jasper!» Blinzelnd schlage ich die Augen auf. Ich fühle mich vollkommen gerädert. Ein Blick auf die Uhr hilft mir auch nicht weiter, um herauszufinden, wie lange ich geschlafen habe. Denn ich weiß nicht, wann ich eingeschlafen bin.

«Hm?», brumme ich müde und drehe meinen Kopf zu Cora, die an meinem Arm gerüttelt hat.

«Ich glaub sie kommen.» Es dauert etwas, bis ihre Worte in mein Gehirn vordringen und ich auch verstehe, was sie meint.

«Hm», brumme ich wieder und reibe meine Augen ganz stark, die immer wieder zu fallen wollen. Meine beste Freundin steht bereits auf, zieht sich an und beginnt ihren Schlafsack zusammen zu rollen.

Ich gähne herzhaft und brauche noch eine Minute, bis ich auch soweit bin.

Wortlos hocken wir nebeneinander, packen die Schlafsäcke und Kissen zu unserem Gepäck. Lassen die Luft der Matratze auf und falten sie zusammen.

Gemeinsam stopfen wir sie in die Verpackung zurück, was gar nicht mal so leicht ist. Ich frage mich, wie das Teil vorher da rein gepasst hat.

Während ich drücke und quetsche und Cora die Verpackung festhält, überlege ich, wie ich am besten auf unser gestriges Thema zurück kommen kann. Mein Liebesgeständnis. Ich kann es immer noch nicht ganz fassen, dass ich das gesagt habe. Aber ich weiß mittlerweile sicher, dass es wahr ist. Ich liebe meine beste Freundin. So abgefahren es auch für mich sein mag.

Sollte ich das Thema lieber erstmal ruhen lassen und darauf zurückkommen, wenn unsere Misere ein Ende hat? Oder soll ich es lieber direkt klären, damit die nächsten Wochen nicht merkwürdig werden? Cora jedenfalls lässt sich nichts anmerken. Als wäre nichts gewesen.

Als ich die Matratze endlich drin habe und die Verpackung verschließe, seufze ich und blicke zu ihr auf.

«Cora», setze ich an. Aber sie reagiert gar nicht wirklich und starrt stattdessen hinter mich. Ihre Hand geht langsam hoch und sie zeigt auf etwas. Noch in der Hocke, drehe ich mich herum und mir klappt die Kinnlade herunter.

Da steht ein Mann, den ich schon mal gesehen habe. Er hat auch so einen neuen Anzug, aber seine Kostümierung ist mir schon einmal begegnet. In der Mall kurz vor Weihnachten.

Er hat eine Glatze und eine schwarze Maske auf den Augen. Sein Anzug ist beinahe Komplett schwarz mit Rollkragen. Nur die Beine von den Knien abwärts sind hautfarben. Es sieht lächerlich aus. Aber ich weiß, wie er hier rein gekommen ist. Er war der Typ, der durch Wände gehen konnte. Kann. Ich bin mir nur noch nicht ganz sicher, ob er noch bei den Gammas oder zur Justice gewechselt ist.

«Was willst du?», frage ich skeptisch und betrachte seinen Aufzug. Es ist dunkel, aber unsere Augen haben sich durch das Zusammenpacken seit dem Aufstehen schon daran gewöhnt. Deshalb konnten wir ihn auch trotz seines dunklen Anfzugs erkennen.

«Euch abholen», erklärt er mir grinsend. Wir nicken und wechseln kurz Blicke.

Hätte Jeremy nicht gesimst, wenn sich der Plan geändert hätte? Ich ziehe mein Wegwerfhandy hervor, aber es ist weder eine Nachricht noch ein verpasster Anruf eingegangen. Stirnrunzelnd blicke ich wieder zu ihm auf.

«Gestatten? Man nennt mich auch den *Wanderer*. Weil ich durch Wände wandern kann, wie es mir beliebt.»

«Ah. Cool», lächelt Cora. Aber ich sehe ihr an, dass auch sie etwas verwirrt, wegen der Planänderung ist. Auf ihrem Handy scheint auch nichts zu stehen, denn sie schiebt es stirnrunzelnd zurück in ihre Hosentasche.

Als ich mich wieder zu dem Wanderer umdrehe, öffnet der bereits von innen die Tür und stößt sie auf. Draußen ist es noch dunkel. Nur der Schein einer Laterne wirft ein wenig Licht auf den Innenhof vor der Tür. Ein Schatten legt sich auf den Lichtschein und kurz darauf tritt ein weiterer Mann ein. Da es sich hier weder um Jeremy noch um den Stopper handelt, werde ich nun erst recht misstrauisch. Stirnrunzelnd schiebe ich mich vor Cora und schaue die beiden Männer an.

Der Zweite, der gerade dazu kam, ist mir völlig fremd. Ich habe ihn nie gesehen. Aber Cora scheint ihn zu kennen.

«Er war bei der Aktion mit der Parondon Bank dabei», flüstert sie an meinem Ohr. Der Kerl grinst und nickt.

«Gutes Gedächtnis, Kleines.»

Sein Grinsen ekelt mich so sehr an, dass ich mir doch ziemlich sicher bin, dass diese beiden keine Gammas sind.

«Was wollt ihr?», wiederhole ich meine Frage von vorhin.

«Das sagte ich doch bereits», seufzt der Wanderer und grinst dann mit. «Euch abholen.»

«Zumindest sollen wir das», ergänzt der andere Kerl. Er ist ganz in blutrot gekleidet, bis auf einen weißen Streifen, der einmal über die Mitte seines Körpers verläuft und die Beule in seinem Schritt dadurch sehr betont. «Ob wir das wollen, ist eine andere Sache.»

«Verpisst euch», zische ich. «Sonst wird das hier gleich ganz unschön enden. Gleich gibt's nämlich für uns 'ne ordentliche Truppe an Verstärkung.»

Das ist zwar leicht übertrieben, aber immerhin nicht mal gelogen. Die Männer lachen.

«Netter Bluff, Kleiner. Für dumm verkaufen musst du aber wohl andere Leute.»

Ich grinse ein wenig, weil sie mir nicht glauben. Umso besser für uns. Ich spüre Coras Körper, der sich an meinen Rücken schmiegt. Ihre Hand liegt auf meiner rechten Schulter und ich spüre ihren Atem an meinem rechten Ohr.

«Wie habt ihr uns gefunden?», will sie wissen. Wieder lachen beide.

«Wie habt ihr uns gefunden?», äfft der rot-weiße Typ nach. «Ganz einfach, ein Justice-Kollege von uns kann Fährten lesen und hat eure einfach nach verfolgt.» Er zuckt mit den Schultern, als wäre diese Erklärung völlig unnötig gewesen. Ich schnaube. So eine Kacke. Es ist der Wahnsinn, welche Kräfte es alles gibt. Der pure Wahnsinn.

Ich muss sie irgendwie hin halten bis Jeremy und der Stopper kommen. Auch wenn Cora und ich relativ gut trainiert sind, weiß ich doch, dass wir beide alleine keine reelle Chance gegen zwei aktive Genträger haben. Cora kann mit ihrer Kraft nichts bewegen und ich bin nahkampftechnisch längst noch nicht wieder auf meinem alten Stand. Und selbst dann sähe es übel aus. Und zu allem Überdruss wissen wir bisher nicht was dieser fies grinsende Kerl überhaupt kann.

Wenn ich nur wüsste wie lange es noch dauert, bis unsere Unterstützung kommt.

«Ich möchte lieber ein bisschen spielen, statt euch gleich mitzunehmen», erklärt der rote Kerl.

«Psycho», beschimpfe ich ihn, ohne zu wissen, was genau er eigentlich vor hat. Aber seine ganze Art drückt einfach schon aus, dass er nicht ganz richtig tickt. Sein Grinsen ist unheimlich und jagt mir einen Schauer über den Rücken.

«Hat euch Wendy geschickt?», frage ich. Kurz wirken beide etwas irritiert. «FireWire?», füge ich also hinzu. Es scheint zu klicken. Wie es aussieht, kennen noch nicht alle Wendys richtigen Namen. Tja. Jetzt wissen sie zumindest ihren Vornamen. Mir egal.

«Hat sie», erklärt der Wanderer. «Aber wir haben andere Pläne. Euch nach Welkenhein zurück bringen? Bitte! Das kann doch jeder und ist viel zu langweilig. Mal ganz davon abgesehen, bietet ihr die perfekten Versuchsobjekte.»

«Für was?», knurre ich.

«Unsere Gelüste», grinst der Mann in Rot. «Ausgebrochene, gesuchte Schwerverbrecher. Wer wird da schon weinen, wenn ihr plötzlich vom Erdboden verschwunden seid?» Er lacht auf. «Und FireWire wird sich auch freuen. Zwei Psychopathen weniger, die ihr Sorgen und Kummer bereiten beim Aufstieg der Justice.»

«Ihr wisst schon, dass sie auf Gerechtigkeit steht und nicht auf Selbstjustiz und Lustmord, oder?» Schließlich habe ich das am eigenen Leib erfahren. Zumindest was die Selbstjustiz angeht. Nur deshalb bin ich schließlich doch irgendwann von ihr verpetzt und verhaftet worden.

«Vielleicht war es ja ein… Unfall?», grinst er mich wieder an. Mir wird schlecht bei so viel Unmenschlichkeit. Ich bin ja nun schon kein Engel, aber es gibt einfach wahnsinnig viele Freaks auf der Welt, die weitaus schlimmer sind. Und was die ganze Sache hier in meinen Augen noch schlimmer macht, ist die Tatsache, dass diese Menschen hier einer Organisation angehören, die angeblich absolute Gerechtigkeit will. Ich frage mich, ob Wendy weiß, wen sie sich da ins Team geholt hat. Auch wenn ich ihr mittlerweile fast alles zu traue, finde ich in den Worten der beiden Männer gerade nicht viel Sinn an Wendys Interessen.

Ehe ich noch etwas sagen kann, ist der Wanderer bei mir und packt mich an den Armen. Weil ich Cora, die immer noch dicht hinter mir steht, nicht verletzen will, verzichte ich darauf, ihn über meine Schulter zu schmeißen. Stattdessen ramme ich ihm meine Faust in der Solarplexus, was ihn einen Augenblick lang nach Luft schnappen lässt.

Den Moment nutze ich, um Cora in Tür zu schieben.

«Raus! Ich kümmere mich um die beiden», zische ich ihr zu, wissend, dass ich verlieren werde. Aber Hauptsache Cora ist in Sicherheit. Kurz zögert sie, dann rennt sie aber zur Tür, neben der noch der rote Kerl steht. Ich versuche, ihn aus dem Weg zu räumen oder wenigstens abzulenken, damit Cora abhauen kann, aber er ist schneller. Nicht, dass er sich bewegen würde. Er bleibt seelenruhig steht, hebt seine Hände und mit einem Schlag schnürt es mir die Atemwege ab. Ein Röcheln neben mir sagt mir, dass er das Gleiche mit Cora macht. Fuck, verdammte Scheiße! Was macht er mit uns? Was ist seine fucking Superkraft?

Der Sauerstoff kehrt mit einem Mal zurück in meine Lungen und ich schnappe laut nach Luft. Der Wanderer ist wieder bei sich und ist schon bei mir, um meine aktuelle Schwäche auszunutzen. Er drückt mich gegen die Wand. Ich sehe, wie er halb darin verschwindet und ein ganz merkwürdiges Gefühl durchfährt meinen Körper. Als würde etwas gegen meine Haut drücken und hindurch gleiten, während ich mit ihm halb in der Wand verschwinde..

«Hab ich neulich erst gelernt, Cool, was?», grinst mich der Wanderer an und er hat sein Gesicht so dicht an meinem, dass ich seinen Atem spüren kann. Er hat starken Mundgeruch, weshalb ich das Gesicht verziehe,

«Du stinkst», erwidere ich nur und schiebe mir der Hand seinen Kopf weg. Kommentarlos lässt er von mir ab und bewegt sich aus der Wand heraus zurück in den Raum. Ich will hinterher, um Cora zu helfen, die am Boden sitzt und hustet und sich den Hals reibt. Aber etwas hält mich zurück. Als würde ich festgehalten. Mit aller Kraft bewege ich mich vorwärts. Oder versuche es zumindest. Mein linker Fuß bewegt sich nicht. Verwirrt schaue ich an mir hinunter und sehe, dass der Fuß in der Hauswand fest steckt. What the fuck? Mein Rücken steckt ebenfalls fest. Nur wenige Zentimeter, aber es reicht vollkommen aus, um mich festzuhalten. Als wäre ein Teil meines Körpers eingemauert.

«Was soll der Scheiß?», fluche ich laut und zapple in der Wand. «Lass mich hier raus!»

«Tolle Sache, was?», grinst der Wanderer. «Wenn ich dich berühre, kann ich dich mit durch die Wand nehmen. Und sobald ich dich loslasse - ups - steckst du darin fest.»

«Lass mich raus!» Während ich zapple, sehe ich, wie Cora sich wieder aufrichtet. Der Kerl in Rot erhebt erneut seine Hand. «Lass bloß die Finger von ihr, du Freak!», brülle ich und verteile dabei unabsichtlich meinen Speichel in alle Richtungen.

«Sonst was?», fragt der Kerl abwertend. «Sonst schlägst du mich?» Er lacht auf. Der Wanderer stimmt mit ein.

«Der war gut, Oxy.»

«Sonst machen dich unsere Freunde platt, die hier jeden Moment aufschlagen werden. Und die sind in der Überzahl. Mach dir also nicht zu viele Hoffnungen.»

«Na, wenn die hier jeden Moment aufschlagen werden», sagt Oxy vor Sarkasmus triefend, «dann sollten wir uns lieber beeilen.»

Cora versucht wieder zu fliehen, doch dieser Oxy hält sie auf. Sie packt sich an den Hals und reißt die Augen weit auf. Wie es aussieht, entzieht er ihr wieder den Sauerstoff.

«Lass sie los!», brülle ich wütend und zapple in der Wand hin und her, in der Hoffnung, mich losreißen zu können. Es sind ja nur wenige Zentimeter, die mich festhalten.

«Wanderer, pack die Cam aus. Lass uns ein Statement setzen.»

«Okay.» Der Wanderer holt ein Handy aus dem Anzug hervor und tippt darauf herum. Dann dreht er es und hält es auf meine beste Freundin gerichtet. Der rote Punkt, der bei der Aufnahme aufleuchtet, zeichnet sich weich auf ihrer Stirn ab. Fast wie bei einem Laserpunktgewehr. «Welches Statement setzen wir denn, Oxy?»

«Legt euch nicht mit der Justice an.» Grienend dreht er sein maskiertes Gesicht in die Handykamera, ohne dabei von Cora abzulassen.

Diese röchelt, packt sich mit einer Hand an den Hals, die andere sucht in der Luft nach imaginärem Halt. Ich sehe, wie sie langsam zu Boden sackt und versucht, sich zu wehren, in dem ihr ganzer Körper zuckt. Der Wanderer hält voll drauf und ich zapple wie ein Irrer, bis es weh tut.

«Cora, NEIN! Lass sie los, du Psycho. LASS SIE VERDAMMT NOCHMAL LOS!». Ich brülle so laut ich kann. Er lacht nur.

Das wunderschöne Gesicht meiner Freundin beginnt, sich zu verfärben. Es wird rot und immer dunkler. Ihre Augen sind weit aufgerissen und die Angst steht ihr ins Gesicht geschrieben. Merkwürdige Geräusche kommen aus ihrem Mund, als versuche sie, etwas zu sagen und ihr Zungenpiercing blitzt mir entgegen. Aber ich verstehe nichts. Ich zerre und schreie und will ihr helfen. Bin aber so machtlos in meiner momentanen Situation. Blut läuft Cora aus der Nase und sie windet und krümmt sich mittlerweile am Boden. Meine Brust schnürt sich zu, als ich ihr nur hilflos dabei zusehen kann.

«CORA!», brülle ich wieder, mich dabei windend. Ihr Gesicht wechselt allmählich von dunkelrot zu einem blau-violetten Ton und ich spüre eine heiße Träne meine Wange hinunter rinnen. «Lass sie los, du Schwein! LASS SIE LOS! Ich mach dich fertig, Ich verknotete die die Eier und schneid sie dir ab, wenn ich rauskomme!»

Ich klinge eher jämmerlich, als bedrohlich. Wie ein heulendes Kleinkind. Aber ich kann nicht anders. Meine beste Freundin, meine ewige Wegbegleiterin und die Frau, die ich liebe, liegt im Sterben. Und das auf brutalste Art und Weise. Und ich? Kann nur hilflos dabei zu sehen.

Ich habe schon Joe und meinen Vater verloren. Das war ein herber Rückschlag für mich. Aber wenn ich Cora verlieren würde… dann wäre auch ich tot. Innerlich.

Coras erstickte Laute dröhnen in meinen Ohren. Von irgendwo her hallt das Lachen der beiden Justice Typen dazwischen. Cora ist mittlerweile so schwach, dass sie sich kaum noch bewegen kann. Sie sieht aus, als habe sie sich ihrem Schicksal ergeben. Das Gesicht, der Hals und ihr Dekoltée sind in unterschiedlich starken blau und lila Tönen gefärbt. Das Blut aus der Nase ist ihr in den Mund gelaufen und ihre Augen, aus denen sie mich verzweifelt ansieht, sind stark gerötet. Es ist ein schrecklicher Anblick, der mich vollkommen irre macht.

«CORAAAA!», brülle ich und mit einem Mal fliege ich der Länge nach auf die Nase. Ich hab es geschafft. Ich habe es tatsächlich geschafft! Mit aller Gewalt habe ich mich irgendwie aus der Wand befreit. So schnell ich kann, springe ich auf die Beine und renne Oxy um, ehe der Wanderer mich daran hindern könnte. Ich werfe ihn zu Boden und prügele auf ihn ein. Es dauert einen Moment bis seine Überraschung verfliegt und er auch mir die Luft wieder abschnürt. Ich versuche zwar noch, weiter zu schlagen, aber nach nicht mal vier Schlägen versiegt meine Kraft und der Wanderer zerrt mich von Oxy runter.

Ich ringe nach Luft und je länger ich keine bekomme, desto schwindeliger wird mir. Alles dreht sich vor meinen Augen und ich wanke bei dem Versuch, aufzustehen. Ich öffne den Mund, um etwas zu sagen, doch es kommt nichts heraus als ein paar geröchelte Laute.

Ich bekomme kaum mit, wie nebenbei mir die Tür auffliegt. Erst, als ich wieder Luft kriege und wie ein Irrer nach danach schnappe, bemerke ich, dass Jeremy bei Cora steht. Oxy und der Wanderer wollen gerade auf ihn und den Stopper los, der jedoch packt mich am Arm und hält die Zeit an. Ob ich eben auch angehalten war, als sie reinkamen? Ich kann mich an nichts derartiges Erinnern. Aber ich war auch abgelenkt. Vom Sauerstoffentzug. Kaum, dass ich wieder bei Sinnen bin, stolpere ich auf Händen und Füßen auf Cora zu und rüttle an ihr.

«Cora! Wach auf!», sage ich eindringlich uns mustere ihre verfärbte Haut. Reglos liegt sie am Boden und starrt mich aus Schreck geweiteten Augen an. Meine Lippen schmecken salzig von den Tränen, die ich vergossen habe.

Aus den Augenwinkeln nehme ich wahr, wie Jeremy von meiner Seite weicht. Aufgrund der Geräusche hinter mir, nehme ich an, dass sie sich gemeinsam um den Wanderer und Oxy kümmern. Die Sounds werden leiser und ich höre nur noch das Rauschen meines Blutes in den Ohren,

«Cora, komm. Bitte, tu mir das nicht an», flehe ich verzweifelt und schüttle ihren ganze Körper. Mache erste Hilfe, wie sie neulich bei Freezer. Verpasse ihr eine Ohrfeige und schreie sie an. Doch egal, was ich mache, nichts bringt sie mir zurück. Ihr Puls sagt mir, dass sie auch nicht mehr zurückkommen wird.

Hektisch drehe ich mich herum und halte Ausschaue nach etwas, womit ich ihr Stromstöße versetzen kann. Machen

Ärzte das nicht so, um jemanden tot geglaubtes zurück zu holen? Aber ich finde einfach nichts. Nur die Mikrowelle.

Völlig losgelöst sacke ich auf ihrem leblosen Körper zusammen und heule wie ein Schlosshund. Viel mehr noch als bei meinem Vater damals. Ich bin völlig alle. Weiß nicht, was ich tun soll und hoffe immer noch irgendwo in mir drin, dass das alles ein böser Alptraum ist oder Cora mir im nächsten Moment grinsend gegen die Schulter boxt und «Verarscht!», ruft. Aber weder das passiert, noch wacht sie auf. Sie liegt einfach nur still unter mir. Ohne Atemzug. Ohne Herzschlag. Schon jetzt kann ich spüren, dass die Wärme aus ihr schwindet. Das geht erschreckend schnell. Ich lasse meine Anspannung vollkommen fallen und liege auf ihrem toten Oberkörper. Ich weiß nicht wie lange, ich weiß nicht, was um mich herum passiert und ich weiß auch nicht, wie lange Jeremy und der Stopper brauchen, um meinen Klammergriff von der Leiche zu lösen. Ich weiß nur, dass ich sie nie mehr werde lächeln sehen.

Kapitel 15

Mein Rücken und mein linker Fuß tun weh. Als drücke mir die Hauswand dort hinein. Aber der Schmerz ist belanglos. Genauso wie mein Fluchtversuch in diesem Moment.

Dieser Spurensucher wird mich eh finden. Von mir aus können sie mich zurück nach Welkenhein stecken. Keiner der Schmerzen, die sie mir dort zu fügen werden, könnten schlimmer sein, als die, die ich gerade empfinde. Es ist einfach alles so belanglos.

Jeremy und Stopper schweigen. Irgendwann bemerke ich, dass es draußen wieder hell wird. Trotz meiner Müdigkeit habe ich bisher kein Auge zu getan. Aber das ist mir egal. Genauso, wie es egal ist, dass wir ans Meer fahren. Cora wollte unbedingt dorthin. Sie hat sich so sehr gefreut endlich mal leibhaftig das Meer zu sehen. Doch diese Freude war nicht von langer Dauer. Der Wunsch wird ihr nie mehr erfüllt.

Gerne würde ich etwas kaputt schlagen. Die Autoscheibe oder irgendetwas. Mir doch egal, dass das hier Jers Wagen ist. Wagen kann man schließlich ersetzen. Jederzeit. Aber ich schaffe es nicht. Mir fehlt die Kraft. Und was bringt es schon, wenn ich meinem Ärger Luft mache? Cora kommt davon auch nicht wieder zurück.

Irgendwann muss ich wohl doch eingeschlafen sein. Denn ich schrecke plötzlich hoch und stelle fest, dass wir so eben geparkt haben. Stopper ist schon ausgestiegen und macht sich am Kofferraum zu schaffen. Jeremy hat sich auf dem Fahrersitz umgedreht und schaut mich besorgt an.

«Na komm», sagt er sanft. «Du solltest dich ein wenig hinlegen.»

Ich bewege mich nicht. Jeremy hingegen steigt aus und öffnet meine Autotür. Er reicht mir seine Hand, aber ich nehme sie nicht an. Stattdessen starre ich geradeaus auf die Kopfstütze vor mir. Bewege mich nicht. Aus den Augenwinkeln sehe ich, dass mein Freund die Hand wieder sinken lässt und geht, um Stopper am Kofferraum mit dem Gepäck zu helfen.

Warme Luft schleicht sich durch die offene Tür an mich heran. Ein leichter Wind zerzaust mir die nicht vorhandene Frisur. Ich sitze immer noch so im Wagen, als die beiden fertig sind mit Ausräumen. Jeremy steht wieder an meiner offenen Autotür.

«Jetzt komm, Jas. Du kannst nicht ewig hier sitzen bleiben.»

«Sie werden mich hier finden», sage ich schließlich. Ich habe so lange nicht gesprochen, dass meine Stimme im ersten Moment ein wenig kratzig klingt.

«Mach dir da mal keine Sorgen. Wir werden dich immer wieder in Sicherheitbringen.»

«Das bringt nichts, Jer.» Finster blicke ich zu ihm auf. Er weicht einen Schritt zurück. «Sie haben einen Fährtenleser. Deshalb haben sie uns gefunden. Und so werden sie mich überall wieder finden und schließlich ihr Werk vollenden und auch mich… auch mich…» Mir bleiben die Worte im Hals stecken. Umbringen will mir einfach nicht über die Lippen kommen.

Jeremy packt mich und holt mich aus dem Wagen heraus. Er trägt mich in die Finka hinein, wo Stopper bereits Tüten vom Bäcker ausbreitet und auf Teller verteilt. Stimmt. Wir müssen etwas essen. Mein Magen hat sich bisher nicht gemeldet und das macht er auch jetzt nicht, wo ich daran denke. Weder Appetit noch Hunger machen sich in mir bemerkbar.

Ich sinke auf einen Stuhl nieder, als Jeremy mich in der Küche wieder runter lässt und starre ins Leere.

«So und jetzt nochmal. Sie haben einen Fährtenleser sagst du?» Stirnrunzelnd blickt Jer mich an und Stopper hält bei diesen Worten inne, um mich mit erhobenen Augenbrauen anzusehen. Ich nicke.

«Haben sie erzählt. Ihr müsst eure Energie also nich' weiter an mich verschwenden. Ich bin leichte Beute für sie und ihr macht euch nur Stress, in dem ihr mir weiter helft. Das bringt euch nur in Gefahr. Lasst mich hier. Lasst mich gehen.»

Mein Blick geht immer noch ins Leere, aber ich spüre, dass die beiden mich anstarren. Stopper bringt die Teller rüber und stellt Wurst, Käse, Butter und Nougatcreme auf den Tisch. Sie setzen sich zu mir und beginnen zu essen. Ich starre weiter vor mich hin und rühre keinen Finger.

«Wir geben dich nicht auf», sagt Jeremy schließlich entschlossen und schaut zu mir rüber. «Ich zumindest nicht und Ronan auch nicht. Du bist mein bester Freund und Trauzeuge, Jas. Ich würde verdammt nochmal alles dafür tun, dich in Sicherheit zu wissen, bis das ganze Desaster ein Ende findet.»

Ohne mich zu bewegen, wandert mein Blick zu Jer hinüber.

«Und was, wenn das alles nie ein Ende findet? Selbst wenn die Justice aufgelöst werden sollte, wird es immer noch die Polizei geben, die nach mir sucht. Und dass Wendy nur deshalb aufhören würde mich zu jagen, ist auch ausgeschlossen.»

Beide Schweigen. Weil ich Recht habe.

«Wir lassen uns etwas einfallen.» Das war Stopper. Mein Blick wandert zu ihm und aus den Augenwinkeln sehe ich, dass auch Jeremy zu ihm rüber schaut.

«Warum helft ihr mir eigentlich? Du und die Gammas? Was habt ihr davon? Ihr schuldet mir nichts.» Vielleicht klinge ich etwas ruppig, aber auch das ist mir wieder einmal egal.

«Wir fühlen uns schuldig», antwortet Stopper und ich schnaube auf.

«Euer Mitleid brauche ich nicht.»

«Jasper», mahnt Jeremy zwar streng, aber er gibt sich Mühe, beruhigend zu klingen.

«Was?»

Wir zwei blicken uns eine Weile stumm an. Dann spricht der Stopper weiter.

«Wir haben uns zu sehr auf Wendy verlassen, ihr vertraut. Wir wussten nicht, was hinter unserem Rücken alles ablief. Das mit Welkenhein und den Spielen.» Er schüttelt den Kopf und nagt an seinem Brötchen herum. «Wenn wir nicht so blind und naiv gewesen wären, hätten wir das verhindern können. Deshalb bleibt uns nur im Nachhinein, dir zu helfen, um es irgendwie wieder gut zu machen.»

Ich ziehe ungläubig die Augenbrauen hoch. «Und warum helft ihr nur mir? Ich bin genauso ein Mörder und Verbrecher wie die anderen Insassen auch.»

Stopper schüttelt den Kopf und sieht mich an. «Bist du nicht. Das ist… etwas anderes. Ja, du bist ein Mörder und hast dieses Haus in Brand gesteckt. Aber deine Intentionen waren andere. Es war nicht gerade die beste Lösung, die du da angestrebt hast, aber der Gnom ist *im Kampf* gestorben. Es hieß, entweder du oder er. Das ist eine Art von Notwehr, verstehst du? Und das mit dem Haus und den anderen… wie gesagt war es nicht die beste Lösung, aber du hast immerhin dafür gesorgt, dass andere Mörderinnen einen Strafe bekommen und nicht weiter wüten können. Besser wäre es natürlich gewesen, sie verhaften zu lassen, aber es ist nun mal so passiert und das lässt sich nicht rückgängig machen. Ronan hat uns die ganze Geschichte erzählt. Die meisten von uns stehen auf deiner Seite und außerdem haben wir mit dir einen Verbündeten.»

Jetzt wandern meine Augenbrauen noch viel höher. Skeptisch blicke ich ihn an.

«Verbündeten für was?»

«Gegen die Justice. Um sie lahm zu legen und die geregelte Ordnung wieder herzustellen.»

«Und was macht euch da so sicher?»

«Weil ihre Anführerin für dein Schicksal verantwortlich ist. Und jetzt...»

Er bricht ab. Ich ahne, was er sagen wollte. Jetzt, wo Cora tot ist, habe ich eine noch größere Ambition die Justice von der Bildfläche verschwinden sehen zu wollen. Doch da hat er sich geschnitten. Deshalb schüttle ich den Kopf.

«Ihr habt in mir keinen Verbündeten. Ich hab genug von der ganzen Scheiße.»

Mit diesen Worten erhebe ich mich vom Tisch und verschwinde in einen anderen Raum. Auf der Suche nach dem Badezimmer. Ich brauche Erfrischung. Muss meinen Kopf klar bekommen.

Badezimmer gefunden, schließe ich mich auch gleich darin ein, damit mir bloß keiner hinein folgt. Auch wenn ich keine Schritte hören kann.

Ich drehe den Wasserhahn auf. So kalt, wie es geht. Als das Wasser eiskalt hinausläuft, klatsche ich es mir ins Gesicht und in die Haare. Das Wasser tropft mir über das Gesicht, zurück ins Waschbecken. Dadurch spüre ich die Tränen weniger, die sich erneut einen Weg über mein Gesicht bahnen.

Meine Beine geben nach und ich stütze mich mit beiden Händen am Waschbecken ab, bevor ich komplett zu Boden sinke.

«Jas?» Es klopft an der Tür. «Jasper, bist du da drin?» Jemand klinkt, aber da ich abgeschlossen habe, bleibt die Tür zu. «Mach bitte auf, okay?» Jeremy klingt besorgt. Aber irgendwie anders als Cora. Bei Cora klang es immer liebevoll. Jeremy hat etwas ruppiges in seiner Stimme. Auch wenn ich weiß, dass er ernsthaft besorgt ist und es nicht so meint. Eine Weile lang ist es ganz still. Ich höre nur hin und wieder ganz leises, dumpfes Geklapper durch das Holz hindurch dringen.

«Wir haben einen Plan. Er ist noch nicht ausgereift, aber es ist wenigstens ein Ansatz.» Ich schweige. «Stopper und ich bleiben bis heute Abend und werden dann mit dem Flieger zurück nach Parondon reisen. Ronan und FlyPie werden uns ablösen und werden übermorgen Abend mit meinem Auto weiterfahren, um dich in eine neue Unterkunft zu bringen. Wenn der Fährtenleser dich wirklich aufspüren kann, kannst du keine Woche hier bleiben. Und es wird jetzt immer jemand von den Gammas zu deinem Schutz bei dir bleiben.»

Es ist immer noch merkwürdig, die Gammas plötzlich als tatsächlich gute Menschen zu betrachten. Obwohl alle negativ Gesinnten jetzt zu der Justice gewechselt sind. Allem voran Wendy, die diese gegründet hat.

«Jas? Kommst du bitte raus? Ich muss mal.»

Mein Blick wandert zur Tür und ich überlege einen Moment. Dann erhebe ich mich und öffne ihm die Tür. Er grinst mich an. «Danke.» Und dann verschwindet er im Badezimmer.

Ich schlurfe durch die Finka und lande auf der Terrasse. Hier hätte ich gemütlich mit Cora sitzen und auf das Meer blicken können.

«Falls du doch noch Hunger bekommen solltest», sagt Stopper hinter mir, «es ist noch etwas vom Frühstück übrig. Und euer restliches Mikrowellenessen ist auch noch da. Zumindest, was unterwegs nicht ungenießbar geworden ist.»

Ohne mich umzudrehen, nicke ich knapp. Damit er weiß, dass ich verstanden habe. Kurz darauf höre ich, wie seine Schritte sich wieder entfernen.

Kapitel 16

Die nächsten Tage ziehen ungesehen an mir vorbei. Die Zeit verbringe ich hauptsächlich im Bett, in der Badewanne oder im Auto. Ronan und FlyPie haben Jer und Stopper wie angekündigt am Abend abgelöst und sind kurz darauf mit mir weiter gefahren. In irgendeine leer stehende Hütte im Wald, die nicht so aussieht, als würde sie jemandem gehören. Trotz des zunehmend schönen Wetters, ist es in der Hütte eiskalt, besonders nachts. Sie ist sporadisch eingerichtet und Essen und Wasser lassen sich nur durch einen einzigen Campingkocher erhitzen.

FlyPie checkt mich durch, fragt, ob ich brav meine Tabletten nehme und verordnet mir weitere, die sie in einer Apotheke im nächsten Dorf für mich kauft. Vor allem verordnet sie mir, viel zu trinken und zu essen. Zwar habe ich keinen Appetit, aber der Hunger treibt die Nahrung irgendwann doch rein.

Dann geht es weiter. Auf ein Hausboot das FlyPies Cousine gehört. Wir fahren wieder viele, viele Kilometer. Bäume, Seen und Wiesen ziehen an uns vorbei. Ich habe längst die Orientierung verloren, an welchem Fleck des Landes wir uns befinden.

Auf dem Hausboot werden die beiden von neuen Leuten abgelöst. Eine junge Frau, die sich *Burn* nennt und deren Gesicht ich einmal im Fernsehen gesehen habe. Sie kann mit bloßen Berührungen alles erhitzen oder sogar verbrennen, was sie möchte. Aber völlig ohne Flammen.

So bereitet sie uns zum Beispiel das Essen zu oder wärmt meine Decke, wenn es nachts kalt wird. Die andere Ablöse ist Freezer. Er kümmert sich so reizend um mich, dass es mir direkt auf den Sack geht. *Geht's dir gut? Kann ich dir einen Tee bringen? Brauchst du noch etwas? Eine Decke? Schokolade? Zigaretten?*

Ist ja nett, aber ich will einfach niemanden sehen und hören. Die beiden bleiben ganze zwei Tage bei mir. Dann muss ich das Bett auf dem Hausboot wieder verlassen.

Jedes Team klärt mich jedes Mal auch über die aktuellsten Geschehnisse und Neuigkeiten auf. Von FlyPie und Ronan erfahre ich, dass Cora und ich immer noch als gesucht gelten. Burn und Freezer teilen mir kurz darauf mit, dass bekannt wurde, dass Cora tot ist. Ermordet von Leuten der Justice, die das Video auf YouTube und ihrer Homepage hochgeladen haben, um eine Nachricht zu überbringen. Wie sie angekündigt hatten neulich Abend. Bei dieser Info läuft es mir eiskalt den Rücken hinunter. Normalerweise wäre ich ausgerastet vor Wut. Jedoch fehlt mir weiterhin jegliche Kraft, um wütend zu sein.

Einen Tag später bringen mich Freezer und Burn wieder viele Kilometer fort. In irgendeinen unterirdischen Bunker, den Ronan empfohlen hat. Dieses Mal übernehmen Morty und ein Typ namens MovE. Gesprochen move-i. Mit der Betonung auf dem i, wie er immer wieder erzählt, wenn Morty oder ich es falsch aussprechen.

Ich kenne ihn. Es ist der Typ aus dem Alkoholladen, in dem wir die Wein- und Whiskyverkostung für Emmas und Jeremys Hochzeit gemacht haben. Er kennt mich auch noch. Er dankt mir, dass Jer und ich damals den ersten Schritt gemacht haben, um alle vor den Kriminellen zu retten, die den Laden überfallen wollten. Nur dank uns hätte er sich getraut, seine Kräfte an diesem Tag zu benutzen und sich bei den Gammas zu melden. Er denkt er schuldet mir diesen Schutz hier deshalb. Ich sage dazu nichts. Abgesehen davon, dass mir niemand irgendetwas schuldet, außer Wendy.

Meine neuen Wächter erzählen mir, dass nach der Drohung der Justice endlich ein Durchsuchungsbefehl für Welkenhein genehmigt und die Einrichtung umgehend geschlossen wurde. Damit wurden auch gleichzeitig die Heldenspiele abgeschafft. Diese Bekanntmachung habe öffentliche für Furore gesorgt und die Angst der Menschen ohne Kraft-Gen geschürt.

Man hat die Insassen Welkenheins auf andere Gefängnisse verlegt, wo sie derzeit psychologisch und medizinisch betreut werden. Die Mitarbeiter seien allesamt verhaftet worden. Genauso wie die, die bei den Heldenspielen mitgewirkt haben. Zumindest die, die nicht entwischt sind.

Wendy gehört leider zu denen, die noch frei herum laufen. Sie gilt nun auch als gesucht und höchst gefährlich. Der ganze Hype um die Helden hat einen noch größeren Dämpfer bekommen als die Eskalation mit der Parondon Bank. Außerdem lenkt die Geschichte das Land gerade von mir ab. Überall wird über Wendys Taten, Welkenhein und die skrupellose Justice berichtet. Alle Welt, insbesondere Parondon als Zentrum des Chaos', hat Angst vor ihnen. Einzig die Gammas haben noch ein paar wenige hoffende Anhänger.

Burn und Freezer nehmen Jeremys Auto, um zurück nach Parondon zu fahren.

Erstaunlicherweise hat uns bisher noch niemand angegriffen. Aber da wir alle ein bis zwei Tage Location wechseln, kommt der Spurenleser der Justice anscheinend kaum hinterher. Vielleicht spielt auch die Tatsache mit, dass mittlerweile die gesamte Justice gesucht wird. Wobei ich nicht denke, dass sie mich dadurch komplett in Ruhe lassen werden. Mir egal. Von mir aus können sie uns kriegen. Zumindest mich. Aber immer, wenn ich das doch mal erwähne, ernte ich nur finstere Blicke.

Wieder verkrieche ich mich den ganzen Tag im Bett. Oder besser gesagt auf einer Matratze. Der Bunker besteht aus nur einem einzigen Raum und so bleibt uns allen nicht viel Privatsphäre. Daher drehe ich den beiden fast den ganzen Tag den Rücken zu und stehe nur auf, um aufs Klo zu gehen, das sich in einer Ecke des Raumes befindet oder um mir etwas zu essen aus der Kühlbox zu besorgen. Seit Tagen trage ich die gleichen Klamotten. Seit dem Hausboot war ich nicht mehr duschen oder baden..

Morty tritt an meine Matratze und legt mir mein Wegwerfhandy neben den Kopf. Schon lange habe ich nicht mehr darauf geschaut und der Akku müsste ebenfalls leer sein. Aber als er es jetzt neben mich legt, ist der Akku voll.

Auf dem Display werden zwei verpasste Anrufe und fünf eingegangene Nachrichten angezeigt. Die Anrufe sind beide von Jeremy. Von vor vier Tagen. Ein Teil der Nachrichten ist ebenfalls von ihm. Ein Teil von den anderen Gammas, die mich umher kutschieren.

Vor fünf Tagen:

Hallo Jasper, ich bin zwar jetzt wieder fort, aber melde dich ruhig, wenn es dir wieder schlechter geht. Dann komme ich sofort mit der nächsten Ablöse vorbei. FlyPie

Vor vier Tagen:

Hey Jas, es gibt Neuigkeiten. Der Wechsler hat Kräfte für dich. Ganz frisch rein bekommen. Hab ihn bereden können,

dass er sie erstmal für dich reserviert. Überlegs dir also
nochmal ganz genau, ob du sie nich doch zurück willst. Jer

Vor zwei Tagen:
Wir sind gleich bei euch. Sollen wir noch etwas mitbringen?
Essen, Zigaretten, Medizin? Morty

Gestern:
Hey, Jas. Meld dich mal wegen der Kräfte. Der Wechsler
hat schon nachgehakt. J.

Vor zwei Stunden:
Ein Glück teilen mir die anderen regelmäßig deinen Stand
mit, sonst würd ich dich jetzt für tot halten. Ich weiß, dass du
nen großen Verlust erlitten hast, Jasper. Aber reiß dich
zusammen, mann und krieg dein Leben wieder auf die Reihe.
Für dich und fCora. Denn es geht weiter! Der Wechsler
reserviert dir die Kraft jetzt noch genau Zwei Wochen. Also
komm in die Pötte… bitte J.

Ich lasse das Handy wieder neben mich auf die Matratze
gleiten und drehe Morty erneut den Rücken zu. Er seufzt und
entfernt sich von mir. Ich höre wie er auf einem Stuhl Platz
nimmt und etwas zu MovE sagt. Vermutlich reden sie über
mich. Denn ich höre zwischendurch meinen Namen fallen. Ist

mir allerdings egal, ob sie über mich lästern oder nicht. Sollen sie doch.

Irgendwann schlafe ich wieder ein und als ich erwache, haben Morty - habe ich schon erwähnt, dass er sich *TechRick* nennt? Nettes Wortspiel wie ich finde, weil er ja eigentlich Rick Mortimer heißt, nur kann ich momentan nicht die nötige Motivation aufbringen, das auch zu zeigen - und MovE schon alles zusammengepackt. Morty zieht mich grimmig von der Matratze hoch und MovE drückt mir ein belegtes Brötchen in die Hand.

«Essen. Und keine Widerrede», sagt Morty streng. Dann legt er die Wolldecke zusammen und klemmt sie sich unter den Arm. Die beiden klettern voran die Leiter hinauf. Stumm stehe ich da mit meinem Brötchen in der Hand und folge schließlich, als ich checke, dass es wieder fort geht.

Erneut fahren wir durch Wälder, Dörfer und Felder, bis wir schließlich in ein winziges Dorf einbiegen. Gefühlt sind hier gerade mal fünf Häuser. Und zwar so weit verteilt, dass man mindestens zehn Minuten zum jeweils nächsten Haus braucht. Die Hälfte davon sieht verlassen aus. Eines ist ein Bauernhof, der aber bewohnt scheint. Wir fahren an diesem vorbei bis zum letzten Haus in der Straße. Wenn man das Straße nennen kann. Es ist mehr ein Schotterweg und sicher nicht gut für die Achsen.

Wir nähern uns einem kleinen Cottage, das schon etwas vernachlässigt aussieht. Gleich die erste Fensterscheibe, die ich sehe, hat einen großen Riss und das Dach sieht mir auch nicht aus aus, als würde es größere Stürme noch lange überleben.

Dem Zaun, der den kleinen Garten umgibt, fehlen hier und da ein paar Latten oder sie hängen nur noch an einem Nagel. Das Holztor steht offen. Davor steht ein schwarzer Skoda Octavia. Wir parken daneben und Morty zieht mich aus dem Auto. Er verdonnert mich dazu, beim Auspacken zu helfen und nicht wieder nutzlos in der Gegend herum zu stehen. Ich grummle ein wenig, aufgrund seines harten Umgangstons mit mir, den ich sonst eher nicht gewöhnt bin. Schließlich wurde mir vor Kurzem auf brutale Weise meine beste Freundin genommen und ich musste hilflos dabei zu sehen. Da haben mich bisher eigentlich alle mit Samthandschuhen angepackt. Bei Morty habe ich das Gefühl, dass er die Nase langsam voll davon hat. Dabei hat er mich keine 48 Stunden ertragen müssen.

Um mich zu beschäftigen, höre ich auf ihn und trage die Reisetasche hinein. Zusammen mit der Wolldecke und einem Schlafsack.

Drinnen empfangen uns Jeremy, Ronan und frischer Kaffee. Der Duft steigt in meine Nase und prompt bemerke ich, dass ich hunger habe. Bis eben habe ich das gar nicht mitbekommen. War zu sehr damit beschäftigt, an Cora zu denken und dass mein Leben ohne sie eh keinen Sinn mehr hat.

Jeremy nickt mir etwas grimmig zu. Ronan lächelt und schiebt mir eine dampfende Tasse Kaffee zu. Ich lasse mein Gepäck zu Boden gleiten und schiebe es mit dem Fuß an die Wand. Dann plumpse ich auf einen Hocker und ziehe die Tasse an mich heran.

«Wie habt ihr das denn gemacht? Ihn gezwungen?», fragt Morty hinter mir sarkastisch, der gerade den Raum betritt und nickt zum Kaffee in meiner Hand. Allerdings zucken seine Mundwinkel kurz, als wolle er lächeln.

Er und MovE begrüßen die zwei Männer und Jer grinst etwas grimmig. Sie tauschen kurz Informationen aus. Dabei erfahre ich, dass das Hauptquartier der Justice gefunden wurde, allerdings niemand vor Ort war. Das bedeutet, dass noch immer alle Mitglieder der Justice vorhanden und irgendwo unterwegs sind. Man munkelt, dass sie Zuwachs bekommen. Von Wendy hat schon länger keiner mehr etwas gehört.

«Wir denken, dass du erst einmal ein paar Tage hier bleiben kannst», wendet sich Ronan mir zu. «Die Justice hat gerade vermutlich genug damit zu tun, unterzutauchen, statt dich durch das ganze Land zu verfolgen. Jeremy und ich werden trotzdem noch bis morgen Früh hier bleiben. Wir werden uns dann erstmal wieder zurück ziehen. Wir sind ganz in der Nähe von Parondon und jederzeit schnell hier drüben, sobald du Hilfe brauchst.»

«Is' also wichtig, dass du dein Handy immer an hast», brummt Jeremy. Er hat die Arme vor der Brust verschränkt und schaut mich finster an. Es ist nicht zu verkennen, dass er etwas ungeduldig wird mit mir. Irgendwie kann ich es sogar verstehen. An seiner Stelle hätte ich persönlich wohl schon längst aufgegeben, mir hinterher zu rennen und sich um mich zu sorgen. Vielleicht sollte ich ihm doch mal irgendwie danke sagen. Bevor ich ihn auch noch verliere. Der letzte wahren Freund, der mir noch geblieben ist. Bis jetzt.

Ich nicke also, statt wie üblich zu protestieren oder alle zu ignorieren und schlürfe etwas vom Kaffee. Ich nehme sogar freiwillig etwas von den Met-Broten, die auf der Tischmitte stehen und kaue lustlos darauf herum.

Die anderen beobachten mich schweigend, bis MovE und Morty sich verabschieden und anschließend aufbrechen. Dieses Mal verabschiede ich mich auch. Den Rest habe ich in den vergangenen Tagen einfach jedes Mal wortlos gehen lassen.

Danach verziehe ich mich jedoch gleich auf das Zimmer, das mir zum Schlafen eingeteilt wurde. Das einzige Schlafzimmer hier, um genau zu sein. Jeremy und Ronan nehmen mit der Couch vorlieb.

Bis die Nacht einbricht, liege ich im Bett, schlafe und starre abwechselnd die Wand an. Bis ich Hunger bekomme. Ganz leise, damit mich niemand hört, schleiche ich durch das Wohnzimmer, in dem die Männer schlafen, in die Küche und mache mir zwei Schinkenbrote. Damit in der Hand, schleiche ich mich genauso leise zurück und krieche wieder ins Bett. Nur kurz darauf klopft es leise an der Tür und ich schaue mit vollem Mund hinüber, als die Tür sich öffnet. Es ist Jeremy und er hat einen Stoffbeutel bei sich. Er kommt zu mir und setzt sich an den Stuhl der neben meinem Bett steht.

«Ich hab dir was mitgebracht», sagt er ruhig. Von seiner Grimmigkeit am Tag ist nichts mehr zu hören oder zu sehen. Er greift in den Beutel und zieht ein orangenes Knäuel heraus. Mir fallen fast die Krümel aus dem Mund, als er es entfaltet und ein nagelneues Heldendress zum Vorschein kommt. Cora hatte es in Auftrag gegeben. Das hatte ich vollkommen vergessen. Einfach verdrängt.

Es ist orange, aber nicht ganz so knallig wie mein Latexanzug damals. Außerdem ist es matt und ich vermute mal, dass es - wie alle anderen auch - wasserdicht ist. An den Füßen sind schwarze Sohlen eingearbeitet, sodass man keine Schuhe dazu braucht.

Am Rücken ist fein säuberlich eine schwarze Halterung eingenäht. Für meinen Bo. Und ich entdecke sogar eine kleine Tasche mit Reißverschluss an der linken Seite. Mein Handy würde genau hinein passen. Und vielleicht noch der Haustürschlüssel. Der Anzug hört am Halskragen auf und dort ist eine schwarze Maske fest gebunden. Sie sieht genauso aus wie meine Alte. Und dann entdecke ich ein kleines Detail an der Brust. Mit filigranen Linien, ist dort ein kleiner, schiefer Pimmel aufgemalt. In der gleichen Form wie das Tattoo auf meiner Brust.

Schwermütig schlucke ich das Brot-Schinken-Gemisch aus meinem Mund herunter und starre das Dress an. Irgendwann klappe ich den Mund wieder zu und schließe die Augen.

«Pack es weg», sage ich schwach. Es sollte bestimmt klingen, aber das gelingt mir nicht.

«Ich dachte, du würdest es vielleicht noch haben wollen. Cora hat ganz detailliert angegeben, wie es aussehen soll.» Er hebt einen Mundwinkel. «Als ich es das erste Mal gesehen habe, musste ich ein bisschen grinsen. Du warst dieser sogenannte *Kürbisdepp* damals, der den Chef der Parondon Bank schikaniert hat, oder?»

Ich schweige. Jeremy steht auf, holt einen Kleiderbügel aus dem Schrank und hängt das Dress daran auf. Den Bügel hängt er außen an die Schranktür, sodass ich es vom Bett aus sehen kann.

«Ich weiß, du hast gerade einen großen Verlust hinter dir und eine furchtbar schreckliche Zeit aus Welkenhein, aber vergiss dabei bitte trotzdem niemals, wer du bist.»

Jer klingt ernst und etwas rauer als sein Gesichtsausdruck gerade vermuten lässt. Er kommt wieder auf mich zu und sieht auf mich hinunter. Wie ich schlaff im Bett sitze. Den Blick auf meine Bettdecke geheftet. Ein ganzes und ein angebissenes Schinkenbrot in meinen Händen. «Jasper White. Ein Mann, dem zwar vieles am Arsch vorbei geht, der aber für seine Freunde und Familie kämpft.» Er wird etwas lauter. Bestimmender. «Der sich für sie einsetzt und zeigt, was sie ihnen bedeuten. Ob sie noch da oder von uns gegangen sind. Cora wäre furchtbar enttäuscht, wenn sie wüsste, wie sehr du dich gehen lässt. Das weiß ich. Und du weißt das auch.»

Sein Finger tippt hart gegen meine Brust und ich erkenne die Enttäuschung in seinen Augen. Die Enttäuschung von mir.

«Mann, Jas! Komm raus aus deiner Höhle. Du kannst ja trauern, aber werde wieder Jasper White. Jasper, der voller Kampfgeist steckt. Der trainiert bis zum Umfallen und sich auch einfach mal in einem orangenen Dress lächerlich macht, wenn er dafür seine Lieben rächen kann.» Er schweigt einen Moment und sieht zum Anzug hinüber. «Komm zurück zu uns.»

Dann lässt er den Kopf sinken und geht ohne ein weiteres Wort zur Tür hinaus.

Ich starre auf den neuen Anzug am Schrank und höre, wie die Tür hinter meinem Freunde zu fällt. Der Appetit ist mir wieder vergangen, aber ich stopfe die Brote trotzdem in mich hinein. Auch wenn es eine gefühlte Ewigkeit dauert.

Jeremys Worte hallen immer wieder durch meinen Kopf und ich weiß nicht, ob ich dem nachgeben oder es weiterhin einfach ignorieren soll. In diesem Zwiespalt schlafe ich irgendwann ein. Und weil ich meine Tabletten heute vergessen habe, jagt mich ein Alptraum nach dem anderen.

Joe. Mein Vater. Der Gnom. Welkenhein. Cora.

Kapitel 17

Ich weiß nicht, woran genau es liegt. An Jeremys Worten, an meinen Träumen oder an dem orangenen Dress, das Cora für mich in Auftrag gegeben hat. Aber als ich an diesem Morgen erwache, fühle ich mich anders als die vergangen Tage. Oder waren es schon Wochen?

Ich bin nicht mehr leer, deprimiert und will in Selbstmitleid versinken. Nein. Heute bin ich motiviert. Voller Tatendrang. Und das Wichtigste: Ich fühle wieder etwas. Und zwar Wut.

Ich will etwas tun. Etwas tun gegen diese Arschlöcher der Justice. Gegen Wendy und die Freaks von Welkenhein. Für Cora. Für Jeremy. Und für die Gammas, die so geduldig mit und so freundlich zu mir waren, obwohl keiner von ihnen gemusst hätte.

Ich bin als erstes wach und zaubere aus dem vorhandenen Essen Omelettes. Ich koche Kaffee, schneide Brot und decke den Tisch. Vom Krach, den ich dabei veranstalte, wachen auch schon ganz bald Jer und Ronan auf. Zwar wirken sie deutlich erstaunt von meinem Handeln, sagen aber alle beide nichts dazu. Sie bedanken sich lediglich, als sie sich zum Essen an den Tisch setzen. Dann gibt es Smalltalk.

Schönes Wetter heute. Pollen fliegen wieder herum. Termin beim Frauenarzt wegen des Babys. Aber kein Wort zu meiner

Motivation heute. Vielleicht haben sie die Befürchtung, sie könne ganz schnell wieder einbrechen, wenn sie mich darauf ansprechen.

Nach dem Frühstück wasche ich alles per Hand ab. Habe ich nie in meinem Leben zuvor getan, aber ich brauche etwas, um mich zu beschäftigen. Als die Männer dann aufbrechen wollen, begleite ich sie sogar zum Auto.

Ich nicke Ronan zu und bedanke mich bei ihm für seine Hilfe als er ins Auto steigt. Jeremy halte ich davon ab. Ich ziehe ihn zu mir ran, zu einer kräftigen Männerumarmung. Ich sehe wie er grinst, bevor sein Gesicht aus meinem Blickfeld verschwindet. Mein Kumpel tätschelt mir den Rücken.

«Danke, mann. Du hattest Recht», murmle ich an seinem Ohr. «Aber einen letzten Gefallen müsstest du mir noch tun.» Wir lösen uns und er schaut mich mit fragendem Ausdruck an. «Machst du mir einen Termin beim Wechsler?»

Jeremy beginnt breit zu grinsen und nickt. «Na, darauf kannste aber einen lassen!»

Ich erwidere sein Grinsen noch etwas unsicher und nicke ihm dankend zu. Dann steigt auch er ein und ich schaue zu, wie sie die Einfahrt verlassen.

Zuerst gehe ich ausgiebig duschen. Den Dreck der letzten Tage auswaschen. Frisch wie selten, betrete ich anschließend das Schlafzimmer und entdecke meinen Bo, der am Schrank lehnt. Neben dem neuen Dress. Jeremy muss ihn irgendwann vorhin dort hingestellt haben.

Der Anblick entlockt mir ein kurzes Schmunzeln. Mit dem Handtuch um die Hüften gehe ich darauf zu und nehme ihn in die Hand. Ist lange her, dass ich ihn benutzt habe. Lange, dass ich mit ihm trainiert habe.

Ich lasse ihn durch meine Hände gleiten, mache ein paar Hiebe und drehe ihn anschließend elegant in meiner Hand und schwinge ihn einmal um meinen Körper herum. Es fühlt sich gut an. Richtig. Ich schließe die Augen und mache ein wenig so weiter. Sehe meinen Trainer Allen vor meinem inneren Auge, wie er meine Technik betrachtet und mich nickend lobt, aber auch verbessert.

«Etwas eingerostet, aber immer noch sehr gut, Jasper», sagt er zu mir. Innerlich grinse ich stolz. Dann öffne ich meine Augen wieder und starre auf den orangenen Einteiler vor mir.

Kopfschüttelnd öffne ich den Kleiderschrank und hänge ihn hinein. Nein. Jetzt ziehe ich ihn nicht an. Das muss ich mir erst wieder verdienen.

Ich gehe zur Reisetasche, hole mir frische Unterwäsche und Klamotten heraus. Dann schnappe ich mir den Bo und gehe auf die Terrasse. Sie liegt auf der Südseite des Hauses. Mit dem Rücken zum Dorf. Wenn nicht gerade jemand beschließt ans Ende dieses Dorfes zu spazieren und den Feldweg zur Einfahrt meines Cottages entlang zu wandern, dürfte mich hier niemand sehen. Als ich draußen stehe, schließe ich die Augen und atme tief ein und wieder aus. Eine Weile lang mache ich nichts anderes. Doch schließlich beginne ich, mich warm zu machen.

Dehnübungen, Liegestütze, Sit-Ups, Squats, Planks und immer so weiter. Bis ich schwitze und mich bereit fühle. Ich spüre schon jetzt, wie das Training etwas an mir zerrt, dabei habe ich noch gar nicht mit den Kampf- und Bo-Übungen begonnen. Ich habe zu lange nichts getan. Aber jetzt wird es Zeit. Zeit, mich zu bewegen und etwas zu tun. Zeit, das Training wieder aufzunehmen.

Zwei Stunden später liege ich keuchend auf der Couch. Im TV laufen Nachrichten, die mir nur erzählen, was ich eh schon durch die Gammas weiß.

Als die Nachrichten vorbei sind, schalte ich den Fernseher wieder ab und mache mir zwei Mikrowellen-Lasagnen. Ich habe während und nach Welkenhein zu sehr abgenommen. Ich muss mir in kürzester Zeit wieder so viel wie möglich anfressen, damit ich mehr Muskelmasse produzieren kann beim Training. Ich will kein dünner Schlacks sein, der einfach bei Seite oder in eine Mauer gefegt wird, wenn ich mich Coras Henkern entgegen stelle. Ich will fit sein. Wie vor der ganzen Misere. Deshalb trainiere ich die nächsten Tage wie wild. Jeden Tag kommt einer der Gammas oder Jeremy vorbei, um nach mir zu sehen. Wie vermutet taucht jedoch nie einer aus der Justice auf. Zu meinem Glück. Denn so bleibt mir mehr Zeit fürs Training.

Wenn Jeremy da ist, trainiert er gemeinsam mit mir. Er bringt Bratzen mit fürs Training, sogar einen kleinen Boxsack und natürlich Bandagen für die Hände. Ich will, dass er mir alles gibt, was er kann. Ohne diese Handschuhe. Wie früher.

Ich merke von Tag zu Tag, wie ich fitter und wieder lebendiger werde. Ich wandle all meine Wut und zwischendurch auf mich einstürzende Trauer in Energie um und prügle und trete auf alles ein, was ich finden kann. Kissen, Sessel, Stühle, Wände. Wenn er mit mir trainiert, dann auch auf Jeremy. Bis mir die Fingerknöchel und Zehen bluten.

Jeremy ist begeistert von meiner neuen Lebenskraft und unterstützt mich, wo er nur kann und immer, wenn Emma ihn zu mir kommen lässt.

Er wollte sogar Allen mitbringen wegen des Bo-Trainings. Aber auch wenn Jer ihm vertraut, wollte ich es nicht. Nicht, weil ich Jeremys Vertrauen in Frage stellte, sondern weil ich da niemanden mehr mit hinein ziehen wollte. Zu vielen Menschen ist das bisher passiert und zu viele Menschen mussten deshalb sterben.

Mittlerweile verstehe ich meinen Dad. Warum er seine Kräfte unterdrückt und nie benutzt hat. Es bringt einfach nur Ärger. Und meinem Ärger würde ich jetzt endgültig ein Ende setzen. Auch wenn das bedeuten sollte, dass ich mir ein Ende setzen werde. Das wird nun ganz allein mein Training und das Schicksal entscheiden.

Nach zehn Tagen ist es dann doch wieder soweit. Ich werde zur Vorsicht an den nächsten Ort gebracht. Nach Parondon.

«Wir werden dich dort unterbringen, wo man dich am wenigsten vermutet. In deiner Heimat. In der du gesucht wirst», hatte Morty gesagt, als er und MovE mich in zivil dorthin gebracht hatten. Ich trug einen Hoodie, die Kapuze tief ins Gesicht gezogen, damit mich keiner erkannte. Tatsächlich hatte auch niemand weiter auf mich geachtet. Es war mitten in der Nacht und stockdunkel draußen.

Sie brachten mich in das leerstehende Haus, in das ich vor einigen Monaten mit Cora geflüchtet bin. Als wir vor dem Security aus dem Klamottenladen geflohen sind. Sie konnten es nicht wissen. Deshalb machte ich ihnen keinen Vorwurf. Auch wenn es seltsam ist, in diesem alten Haus zu verweilen, verdrängte ich den Gedanken an die gemeinsamen Minuten mit Cora hier drin und knüpfte an meinem Training an. Irgendwann bin ich sogar soweit, mir von Jeremy das Video der Justice zeigen zu lassen, das sie als Drohung online gestellt haben. Auf YouTube wurde es gelöscht, genauso wie ihre Homepage gesperrt wurde. Aber es gibt User im Internet, die es auf diversen Seiten immer wieder hoch laden, wenn es erneut gesperrt wird.

Meine Kehle schnürt sich zu, als ich die Szenerie erneut betrachte. Von außen. Mit etwas Abstand. Aber das Gefühl von diesem Tag steigt wieder in mir auf. Nur weil Jeremy da ist, der mich besänftigt, breche ich nicht zusammen. Ich gebe mir auch große Mühe. Schließlich wollte ich es sehen. Und es gibt mir außerdem neuen Ansporn, weiter zu machen und daran festzuhalten.

Kapitel 18

«Hey», begrüßt mich Jeremy eines nachts. Ich sitze bereits fertig angezogen in meiner kaputten Unterkunft und erwarte ihn. Die Kapuze meines Hoodies sitzt tief in meinem Gesicht. Meine Hände habe ich in den Taschen vergraben.

Draußen ist es schon dunkel und auch Jeremy tritt mir mit Kapuze im Gesicht entgegen. Ich erkenne ihn sofort an seinem Gang und er nimmt außerdem seine Kopfbedeckung ab, als er näher kommt.

«Hast du das Geld?», frage ich ihn. Er nickt und reicht mir einen Umschlag.

«Hab extra gestern abgehoben, als ich mit Emma auf 'nem Ausflug in St. Hamlin war. Falls jemand deine Abzüge überprüft.»

«Guter Junge», grinse ich. Jer verpasst mir dafür einen Fausthieb auf den Oberarm.

«Ich bin nicht dein Hund», mahnt er, grinst dann aber ebenfalls.

Vor ein paar Tagen habe ich Jeremy in meine alte Bude geschickt und ihm verraten, wo sich der Ersatzschlüssel befindet. Nach Jers Aussage sieht meine Bude tip top aus. Als sei nie etwas vorgefallen und ich nur mal kurz unterwegs.

Vielleicht hatte Cora dort nach meinem Verschwinden für Ordnung gesorgt.

«Wie läuft es jetzt ab?», informiere ich mich nochmal.

Als mein Kumpel mir den Termin mitteilte, an dem ich den Wechsler treffen soll, wurde mir doch etwas mulmig. Paranoid durch die Justice, war ich mir mit einem mal nicht mehr sicher, ob das so eine gute Idee sein sollte. Sich einfach mit jemanden zu treffen, den man nicht kennt und der noch dazu Kräfte hat. Wer sagt mir, dass das nicht ein Hinterhalt werden und er mich der Justice ausliefern würde?

Aber die Gammas konnten schließlich - entweder aus eigener oder zuverlässiger Quelle berichten - dass der Wechsler keinerlei Interesse an irgendeiner Vereinigung von Gentägern hegt. Hat er nie, wird er nie. Er ist lediglich an seinen Geschäften interessiert und hält sich fein aus all diesen Angelegenheiten raus. Also ein Neutraler.

Was wir allerdings niemandem gesagt haben, ist die Tatsache, dass wir uns nicht im Geheimversteck des Wechslers treffen. Falls jemand davon Wind bekommen und dort auf uns warten sollte. Denn sein Geheimversteck ist mittlerweile gar nicht mehr so geheim.

Mit etwas Aufpreis konnte Jeremy ihn stattdessen dazu bringen, sich mit uns an einem von Jeremy auserwählten Ort zu treffen. Und zwar dem Fight Club in dem wir beide trainieren. Als Trainer hat er selbstverständlich einen Schüssel.

Wir brechen also auf. Laufen durch Seitengassen, Hinterhöfe und kleine Parks, damit uns keiner richtig sehen kann. Da es mitten unter der Woche ist, ist sowieso kaum einer nachts unterwegs. Aber irgendwie bilde ich mir ein, dass hier dennoch weniger los ist als gewöhnlich.

«Das liegt an der Justice», raunt Jeremy mir als Erklärung zu, als ich meine Vermutung ausspreche. «Seit die unterwegs sind, trauen sich die Leute kaum noch raus. Vor allem nicht nach Anbruch der Dunkelheit. Bisher kann einfach niemand etwas gegen sie ausrichten. Keiner traut sich. Nicht einmal die Polizei.»

«Vor allem nicht die Polizei», korrigiere ich ihn brummend. «Und die Gammas?», hake ich nach.

«Rüsten sich auf und machen sich auf einen Kampf gefasst.»

«Und?»

Er zuckt mit den Schultern. «Es gibt noch keinen Masterplan. Sie wollen möglichst wenig Verluste. Am liebsten natürlich gar keine. Aber da die Justice so skrupellos geworden ist...»

Er beendet den Satz nicht. Ich kann mir auch so denken, was er sagen will. Wir biegen um eine Ecke und sind schließlich da. Am Fight Club. Ein paar Meter entfernt an einer

Hauswand lehnt ein Typ und raucht. Ohja. Eine Kippe könnte ich jetzt auch vertragen.

«Ist er das?», flüstere ich. Jeremy nickt und geht direkt auf die Tür zu, neben der der Typ lehnt.

«Sicher?», flüstere ich nochmal. Jer nickt wieder und macht ein Handzeichen, welches der Kerl erwidert.

Als wir näher kommen, erkenne ich, dass er genau wie wir einen Hoodie trägt und die Kapuze tief ins Gesicht gezogen hat.

Ohne Worte schließt Jer die Tür auf und ich gehe hinein. Kurz darauf folgen die Beiden. Drinnen schieben wir alle unsere Kapuzen runter und ich lehne mich gegen den Empfangstresen. Der Wechsler schiebt seine Ärmel hoch und zum Vorschein kommen vernarbte Arme. Meine Augenbrauen wandern ein Stück nach oben und als ich in sein Gesicht schaue, sehe ich, dass er mich beobachtet.

«Nebenwirkungen», erklärt er knapp und zuckt kurz mit seinen Mundwinkeln. Sein Gesicht sieht jünger aus als erwartet. Ein Drei-Tage-Bart zieht sich um seinen Mund und sein Kinn entlang. Seine Augen sind stechend grün, sobald ein Lichtschein durchs Fenster darauf trifft. Es sieht fast schon unnatürlich aus.

«Jay Black?», hakt der Wechsler nach. Einen kurzen Moment bin ich irritiert, dann nicke ich jedoch schmunzelnd. «Du siehst dem gesuchten Jasper White verflucht ähnlich», bemerkt er nüchtern und sein Blick tastet mich komplett ab. Mein Schmunzeln verschwindet augenblicklich wieder und ich verkrampfe mich etwas. Auch Jeremy neben mir wirkt etwas unruhig.

«Kommt runter.» Der Wechsler grinst minimal. «Mich juckt das echt 'n Scheiß. Wir machen unseren Deal und dann sehen wir uns nie wieder. So lange ich meine Kohle kriege, ist mir total egal wer du bist und ob die Leute nach dir suchen oder nicht.» Als er merkt, dass wir uns nicht entspannen, legt er die Hand ans Herz und schaut uns ernst an. «Ehrenwort, Leute. Außerdem hättet ihr euch darum schon viel eher Gedanken machen können.» Er zwinkert uns zu und weil er irgendwie recht hat, entspannen wir uns halbwegs. Allerdings streift mein Blick schnell durch den dunklen Raum und über die Straße vor dem Fenster. Es ist jedoch niemand zu sehen, der mich gleich schnappen könnte.

«Also, habt ihr die 9.000 Piepen?»

Ich schiebe meine Hand in die Tasche des Hoodies und ziehe den dicken Umschlag hervor, den mir Jeremy vorhin übergeben hat. Es schmerzt ein bisschen, 9.000 PD einfach so heraus zu geben, auch wenn ich dank dem Erbe meines Vaters noch immer Puffer habe. Das Gefühl, so viel Geld zu besitzen, ist noch immer ein merkwürdiges, da ich früher immer alles zusammen kratzen musste. Und selbst seit dem

Antritt meiner Erbschaft ist es für mich nie normal geworden viel Geld zu besitzen.

Der Wechsler nimmt den Umschlag entgegen und zählt das Geld nach. Kurz habe ich Angst, dass er einfach schnell mit dem Geld abhaut, bevor er mir die Kraft übergeben kann. Aber dann steckt er den Umschlag weg und nickt.

«Okay, stimmt alles. Also dann mal los. Ich hoffe, du hast die letzten Stunden nichts gegessen?»

Irritiert sehe ich ihn an. «Ähm, nein. Also… nicht in den letzten dreien zumindest.»

«Hm. Na gut, das sollte reichen.»

«Wieso?»

«Viele müssen sich danach übergeben, deshalb ist es besser, direkt davor nicht gegessen zu haben. Hab ich vergessen, dir auszurichten, sorry dafür.»

Stirnrunzelnd winke ich ab. «Wird schon schief gehen.»

«Einmal her kommen bitte.» Er winkt mich zu sich und ich befolge seine Aufforderung. «Ich brauche deine Schläfen. Das kann jetzt gleich ein wenig weh tun oder Kopfschmerzen hinterlassen. Im schlimmsten Fall eine Migräne.»

Oh man, eh. Was mach ich hier eigentlich? Und warum sagt er mir das alles erst jetzt?

«Aber die Kraft funktioniert dann auch, ja?», hake ich sicherheitshalber nochmal nach.

Er grinst kurz. «Keine Sorge, das hat bisher immer funktioniert. Die Teleportation war's, richtig?» Ich nicke. «Okay.» Er atmet tief ein und wieder aus, dann schließt er die Augen und legt jeweils seinen Zeige- und Mittelfinger auf meine Schläfen.

Zunächst spüre ich nichts. Aber dann wird der Druck seiner Finger stärker und stärker bis es weh tut. Es fühlt sich an, als würde er damit irgendetwas in meinen Kopf hinein schießen, das mir die Sinne vernebelt. Ich kann keinen klaren Gedanken mehr fassen, ein unangenehmes Kribbeln geht von meinem Kopf hinunter in die Brust und rauscht einmal durch den ganzen Körper. Es verursacht nicht nur in meinem Kopf ein Durcheinander, sondern auch in meinem Magen und mir wird mit einem mal ganz schwindelig und mulmig zumute. Mit seinen Vorwarnungen hat er anscheinend nicht übertrieben.

Als er seine Finger wieder von meinen Schläfen löst, schnappe ich nach Luft. Es ist, als wäre ich die ganze Zeit atemlos gewesen und soeben wieder aus einem Wasserbecken heraus gezogen worden. Das Kribbeln legt sich auf einen Schlag, was bleibt sind das mulmige Gefühl in der Magengegend und der Schwindel. Sowie der Druck auf meinen Schläfen. Vorsichtig reibe ich diese und blicke etwas gerädert zu Jeremy auf. Dieser starrt mich mit großen Augen und offenem Mund an. Leicht panisch packe ich mir ans Gesicht.

«Ist was mit mir passiert? Bin ich deformiert?»

Wer wusste schon, ob der Wechsler mir nicht doch eine der Nebenwirkungen vorenthalten hatte. Jeremy schüttelt jedoch den Kopf und ich lasse meine Hand wieder sinken.

«Du… krass, dein Kopf hat aus allen Poren und Öffnungen rot geleuchtet. Als wärst du ein Kürbiskopf!»

«Das ist nicht weiter gefährlich», erklärt der Wechsler gleich ganz gelassen. «Das ist ganz normal, wenn das Gen sich wieder in deine DNA einfügt.»

Ich muss daran denken, wie der Gnom mir meine Kraft damals wie einen roten Schleier aus dem Mund gesaugt hat und nicke etwas. Mir bleibt nicht viel anderes übrig, als ihm dahingehend zu vertrauen.

«Na dann teste mal, ob alles wieder läuft.» Er schaut mich gespannt an und verschränkt die Arme vor der Brust. Dabei fällt mein Blick wieder auf seine frei gelegten Arme und verstehe in etwa, was Jeremy gemeint hatte. Wie es aussieht, hat das Gen nicht nur meinen Kopf leuchten lassen, sondern auch die Arme und Hände des Wechslers. Und die glühen im Gegensatz zu meinem Kopf noch leicht rot nach. Wie die erlöschende Glut einer Zigarette.

Ich schließe meinen Mund wieder, von dem ich gerade bemerke, dass er offen steht. Dann schaue ich zu Jer zurück.

«Mach nur. Teleportiere am besten gleich zurück. Ich komme dann nochmal rum bei dir. Bring dir 'n paar Schmerztabletten», fügt er schmunzelnd hinzu.

Ich ziehe einen Mundwinkel hoch und nicke. Dann blicke ich wieder zum Wechsler und reiche ihm die Hand.

«Danke, mann.»

Er schlägt ein und nickt mir zu.

«Nicht dafür. Hast ja für bezahlt.»

Dann konzentriere ich mich auf mein neues zu Hause und das altbekannte Schwarz umgibt mich, ehe ich plötzlich woanders wieder auftauche. Nackt. In meiner Penthousewohnung.

Kapitel 19

Mein erster Weg führt aufs Klo, wo ich mich augenblicklich übergebe. Mehr Galle als irgendetwas anderes, da ich fast nichts mehr im Magen habe. Die Kräfteübergabe und die gleich darauf folgende Teleportation haben meinem Körper anscheinend nicht so gut getan.

Nachdem ich mir den Mund ausgespült habe, springe ich allerdings erstmal in die Luft und recke dabei die Faust hoch. Es hat funktioniert. Es hat tatsächlich funktioniert! Yes!

Was allerdings nicht geplant war, sind meine Nacktheit und die Tatsache, dass ich in meiner Wohnung, statt des leeren Hauses gelandet bin. Ich habe wohl unterbewusst zu sehr an mein richtiges zu Hause gedacht und zu wenig Übung. Kein Wunder. Nachdem mein Gen zwei Jahre lang deaktiviert war. Oder war es sogar fort? Das würde vielleicht erklären, warum man es in Welkenhein nicht geschafft hat, es wieder in Kraft zu setzen.

Ich laufe zum Telefon und zögere kurz aus Angst überwacht zu werden, bevor ich Jers Nummer wähle, um um ihm mitzuteilen, wo ich gelandet bin. Er sagt, er macht sich gleich auf den Weg.

In der Zeit durchstreife ich meine Wohnung. Wie mein Kumpel gesagt hat, sieht alles tip top aufgeräumt und sauber aus. Sogar die Blutflecken sind weg, die meine Nase verursacht hat, nachdem einer der Bullen mir die Tür dagegen geknallt hatte.

Ein ganzer Stapel Zeitungen ist fein säuberlich im Flur aufgebaut, genauso wie sämtliche Post, die in den vergangenen Monaten für mich angekommen ist. Ironischerweise erzählt mir die oberste Zeitung auf dem Stapel, dass Karen - meine biologische Mutter - ein Kind mit ihrem neuen Opern-Heini erwartet. Na viel Spaß in ihrem Alter.

Ich frage mich, ob die Polizei das hier alles aufgeräumt hat nach ihrer Durchsuchung. Oder ob vielleicht sogar Cora mal da gewesen ist. Das würde die Ordnung hier erklären.

Da ich in dem alten Gebäude in der City keine Dusche hatte, ist das gleich mein nächster Weg, nachdem ich abgecheckt habe, ob noch alles vorhanden ist. Aber es sieht so aus, als hätte weder Siran etwas mitgehen lassen noch die Polizei irgendwelche Beweismittel gesichert.

Nach der Dusche hole ich mir frische Kleidung aus dem Schrank. Frische, dunkelgraue Shorts und ein beigefarbenes Shirt mit der schwarzen Aufschrift *fuck you you fucking fuck*.

Ich hol mir eine Flasche Wasser aus der Küche, die ich zur Hälfte leere und haue mich auf die Couch. Mein Blick bleibt automatisch an dem Foto meines Dads und mir hängen, das auf dem Regal über dem Fernseher steht. Noch immer. Doch dann zieht etwas kleines Orangenes meine Aufmerksamkeit auf sich. Microman. Die kleine Tonfigur, die Cora selbst gemacht und mir zu Weihnachten geschenkt hat. Sofort habe ich wieder einen Kloß im Hals und schließe die Augen.

Meine Kopfschmerzen werden stärker, je mehr Zeit vergeht. Doch wenigstens ist die Übelkeit mit dem Kotzen zurückgegangen.

Ich schrecke hoch, als es plötzlich klingelt und gehe zur Gegensprechanlage. Obwohl ich eigentlich wissen müsste, dass es Jeremy ist. Ich zögere eine Weile, bevor es erneut klingelt und ich schließlich den Buzzer drücke.

Eine Minute später steht er grinsend in meiner Wohnung und überreicht mir meinen Bo sowie einen Beutel mit meinen Klamotten, meinem Wegwerfhandy, dem orangenen Anzug und dem restlichen Kram aus dem zerfallenen Haus. Außerdem ist eine neue Schachtel Kippen drin. Ich zünde mir sofort eine an und danke meinem Freund. Den Bo lehne ich an die Wand im Wohnzimmer.

«Hat ja fast geklappt, was?», schmunzelt er und schnorrt sich eine Kippe von mir. Ich nicke.

«Aye. Fast. Muss wohl wieder ein bisschen üben, bis ich's wieder richtig drauf hab.»

«Brauchst du Hilfe dabei? Jemanden, der dir die Klamotten hinterher trägt?» Ich schüttle den Kopf.

«Krieg ich schon hin. Muss ja nur etwas auffrischen.»

Jeremy kramt eine Packung Paracetamol aus seiner Hosentasche und überreicht sie mir.

«Geht's?», hakt er nach. Ich nicke.

«Geht. Hab gekotzt und jetzt brummt mein Schädel.»

«Dann lass ich dich jetzt am besten allein, hm? Dass du dich auskurieren kannst. Bleibst du hier? In der Wohnung?»

«Hier wird mich keiner vermuten, solange ich nicht die Musik bis auf Anschlag drehe, oder?»

«Haste wohl Recht. Ich verrat's auch keinem. Also ich meine auch keinem der Gammas. Erst wenn du Hilfe brauchen solltest, die ich allein nicht mehr stemmen kann. Okay?»

Ich nicke und klopfe ihm auf die Schulter, während ich einen tiefen Zug von meiner Kippe nehme. «Danke, man. Bist `n echter Freund. Hab ich dir schon mal gesagt, dass ich dich liebe?»

Jeremys Mundwinkel kräuseln sich.

«Nein. Ich wusste es zwar auch so, aber schön, es mal aus deinem Mund zu hören.»

Ich schmunzle und nehme meine Hand wieder von seiner riesigen Schulter.

«Grüß Emma, ja?»

Er nickt und macht sich dann wieder auf den Weg.

Am nächsten Tag schlafe ich richtig lange aus. Hole mir ganz viel Schlaf. Denn das erste Mal seit Wochen haben mein Körper und ich das Gefühl, nicht ständig auf der Hut sein zu müssen.

Als ich gegen eins aufstehe, stelle ich fest, dass ich kaum noch etwas zu Essen habe. Die Reste aus dem Beutel, den Jer mir mitgebracht hat, reichen gerade noch für heute und ein Frühstück für morgen. Ich werde ihn wohl fragen müssen, ob er wieder für mich einkaufen gehen kann.

Nach meinem Frühstück beginne ich wieder mit dem Training. Zunächst meine alltägliche Trainingseinheit. Am Abend geht es dann ans Teleportieren. Ich beschränke mich für den Anfang wieder auf meine Wohnung. Erst nur mit Klamotten, dann wieder mit immer schwerer werdenden Gegenständen. Ich habe ein paar Anlaufschwierigkeiten, da ich es aber schon einmal perfekt beherrscht habe und weiß, worauf ich achten muss, lerne ich dieses Mal weitaus schneller als damals.

Am nächsten Morgen geht es gleich weiter. Erst normale Trainingseinheiten. Und als ich gerade zum Teleportieren übergehen will, höre ich plötzlich einen Schlüssel im Schloss. Sofort springe ich auf, renne ins Schlafzimmer und verstecke mich unter dem Bett. Mein Herz rast und ich bin ganz und gar aufmerksam.

Jeremy hat mir meinen Schlüssel zurück gegeben, deshalb konnte er es nicht sein. Hat jemand in meiner Abwesenheit den Zweitschlüssel entwendet? Verdammt. Ich hätte am Schlüsselhaken nachsehen sollen. Ich habe alles gecheckt, nur das nicht!

Schritte bewegen sich in meine Richtung, laufen aber an der offenen Zimmertür vorbei. Ich erkenne schwarze Damenschuhe. Wendy? Aber sie wird gesucht! Sie würde doch hier nicht einfach hinein spazieren? Oder versteckt sie sich etwa in meiner Wohnung? Fuck.

Die Frau fängt an zu summen und ich halte die Luft an, als sie das Schlafzimmer betritt. Ich kenne das Lied, kann es aber gerade genauso wenig zu ordnen wie die Stimme. Auch die kommt mir nämlich bekannt vor.

Ich muss versuchen, ungesehen zu bleiben oder diese Person ohne großen Lärm aus meiner Wohnung zu entfernen. Der Bo steht allerdings im Wohnzimmer. Scheiße. Wenn die Person vorher schon hier war, dann wird der Bo mich verraten.

Ich überlege krampfhaft, was ich machen könnte, während die Person das Zimmer wieder verlässt. Leise krieche ich unter dem Bett hervor und prüfe, ob im Flur die Luft rein ist. Das Summen kommt jetzt aus dem Badezimmer. Die Gunst nutze ich, um katzenhaft ins Wohnzimmer zu springen, wo ich mir den Bo schnappe. Leise positioniere ich mich an der Tür und warte, dass die Frau zurück kommt. Etwas rumpelt im Flur, aber sie summt unbeirrt weiter. Dann lasse ich den Bo wieder sinken. Mir geht ein Licht auf. Mit hochgezogenen Augenbrauen linse ich um die Ecke, um meinen Verdacht zu überprüfen und tatsächlich.

«Chloe», murmle ich. Chloe schreckt sichtlich zusammen, schnappt nach Luft und packt sich ans Herz. Dann dreht sie sich um. Völlig entgeistert starrt sie mich an. Ich kann richtig sehen, wie es in ihr rattert. Ihr Augen werden langsam größer, ihre Mundwinkel wandern nach oben und dann stürmt sie auf mich zu, um mir um den Hals zu fallen. Ich lasse den Bo zu Boden gleiten, schließe meine Arme um sie und drücke sie so fest ich kann an mich.

Eine ganze Weile lang stehen wir so da, ohne etwas zu sagen. Doch irgendwann lasse ich sie wieder los und als ich sie ansehe, hat sie ganz feuchte Augen. Sie wischt sich die Tränen weg und scheuert mir eine.

«Was hast du nur getan?», flüstert sie Kopfschüttelnd und umarmt mich gleich wieder. Ich bin etwas verwirrt.

«Es… tut mir leid?», versuche ich es. Sie lacht leise und löst sich wieder von mir.

«Ich bin ganz durcheinander», seufzt sie und fasst sich immer wieder an die feuchten Wangen und Augen. «Du warst einfach weg. Und dann kamen diese Vorwürfe gegen dich und auf einmal war dein Gesicht überall in Parondon und du wirst gesucht! Was machst du hier?»

Ich geleite Chloe zur Couch und beginne dort, ihr die ganze Geschichte zu erzählen. Von ganz von vorne beim Gnom, damit sie meine Intentionen für meine Verbrechen eventuell nachvollziehen kann. Ich lasse nur die Details in Welkenhein aus. Auf Coras Todesumstand gehe ich auch nicht näher ein. Aber das muss ich auch nicht. Auch ihr ist das Video nicht entgangen, als es in den Nachrichten zu Teilen gezeigt wurde. Auch wenn sie den Fernseher ausgemacht hat, bevor es zu Ende war.

Wieder drückt sie mich, lässt mich dieses Mal allerdings eher los.

«Ich heiße nicht gut, was du da getan hast. Aber ich kenne dich und deinen Vater schon sehr lange und ich weiß, was ihr für Menschen seid. Dass ihr keine kaltblütigen Mörder seid. Und ich kenne auch eure Familiengeschichte.» So wahnsinnig lange ist sie schon bei uns «Du hast vielleicht nicht unbedingt das Richtige getan, als du das Striplokal mit lebenden Insassen angezündet hast, aber ich weiß, dass es für dich das einzig Richtige war. Ich mache dir keine Vorwürfe. Keine… starken zumindest», fügt sie mit einem kleinen, verschmitzten Lächeln hinzu.

«Das tut gut zu hören», antworte ich lächelnd.

«Und du versteckst dich jetzt hier?», fragt sie schließlich besorgt. Ich nicke.

Wir unterhalten uns noch ein wenig und ich sage ihr, dass sie heute nicht putzen braucht. Es ist ja noch alles in einwandfreiem, sauberen Zustand. Dafür schicke ich sie aber für mich einkaufen. Sie solle allerdings nie zu viel mitbringen, damit es nicht sofort auffällt und man vermutet, dass ich wieder hier bin.

Keine Stunde später kommt sie mit prall gefüllten Taschen zurück. Soviel also dazu. Aber so voll war mein Kühlschrank schon lange nicht mehr. Danach lässt sie mich erstmal wieder allein.

Kapitel 20

Kaum dass sie weg ist, trainiere ich weiter. Teleportation.

Es dauert nur wenige Tage, bis ich alles wieder genauso beherrsche wie vor zwei Jahren. Zumindest in meiner Wohnung. Daher wird es jetzt Zeit, es auch draußen auszuprobieren. Etwas nervös öffne ich meinen Kleiderschrank, in dem fein säuberlich der neue orangene Anzug mit Maske an einem Kleiderbügel hängt.

Wenige Minuten später bin ich wieder ein knall orangenes Kondom. Nur irgendwie eleganter. Und ein bisschen würdevoller. Ich fahre mit der Hand über den dünnen, weichen Stoff und über das Pimmelsymbol. Ich muss ein wenig schmunzeln.

«Gute Arbeit, Cora», murmle ich meinem Spiegelbild zu, auch wenn Cora es nicht persönlich angefertigt hat.

Ich stecke mein Handy und den Schlüssel in die eingearbeitete Tasche. Danach landet der Bo in meiner Halterung. Es fühlt sich gut und vertraut an. Von mehreren Seiten betrachte ich mich im Spiegel und lache kurz auf. Nie im Leben hätte ich gedacht, dass ich überhaupt nochmal in so ein Dress schlüpfen würde. Und dann auch noch in ein orangenes. Hätte mir das jemand vor ein paar Monaten erzählt, ich hätte ihn lächelnd abgewunken und für verrückt erklärt.

Zum Schluss binde ich meine Maske über die Augen. Dabei merke ich, dass sie doch nicht ganz genauso wie die Alte ist. Auch sie ist dieses Mal viel geschmeidiger und sogar etwas größer. Sie bedeckt meine komplette Nase und geht fast bis zum Haaransatz. Und statt zwei Bändern an der Seite, die man hinten zu schnürt, kann ich es jetzt mit einem breiten Gummiband am Hinterkopf befestigen. Das Einzige was mich jetzt noch verraten könnte ist meine Frisur. Meine Locken sind auf jedem Fahndungsplakat zu sehen. Deshalb gele ich sie mir widerwillig glatt zurück. Bah. Sehe ich schmierig damit aus. Aber ich betrachte mich als ausgehfertig und wage meinen ersten Teleportierversuch hier heraus.

Kurz darauf tauche ich genau dort auf, wo ich auftauchen wollte. Auf einem Fenstersims des abgesperrten Wolkenkratzers der Parondon Bank. Es ist schon dunkel draußen, aber man erkennt trotzdem problemlos, dass die Aufräumarbeiten beendet sind und die Aufbauarbeiten wieder begonnen haben. Ich taste meinen Körper ab und stelle stolz grinsend fest, dass alles noch vorhanden ist. Anzug, Bo, Handy, Schlüssel. Die letzteren dieses Mal sogar in der dafür vorgesehenen Tasche.

Von oben blicke ich auf die Straße hinab. Nur zwei Menschen haben sich heraus getraut und stehen an einer

Bushaltestelle. Sie wirken nervös, weil sie sich immer wieder umsehen und beim leisesten Geräusch zusammenzucken. Ein ekelhaftes Gefühl durchzuckt mich. Wie kann man als angebliche Kämpfer der Gerechtigkeit, eine Stadt nur so in Angst und Schrecken versetzen? Und vor allem: Menschen bewusst verletzen und töten? Aus der Lust heraus? Das ist paradox.

Es schüttelt mich am ganzen Körper und ich teleportiere an den Fuß des Gebäudes. Der Bürgersteig hat Schäden genommen und ist an manchen besonders tiefen Kerben sogar ebenfalls abgesperrt.

Der Bus nähert sich und sammelt die zwei Wartenden ein. Nun bin ich allein auf der Straße. Sofort beginne ich, fröhlich von Straßenseite zu Straßenseite zu teleportieren, hinauf auf Feuerleitern, auf Mülltonnen, in Fenstersimse der Bank und auf Dächer. Von dort aus schließlich weiter durch die gesamte Innenstadt. Immer sicher verborgen im Dunkeln, in Tonnen oder auf Dächern, damit mich die wenigen Anwesenden auf der Straße nicht entdecken.

Überall finde ich immer wieder Schäden vor. Kaputte Mauern und Hauswände. Aufgebrochene Bürgersteige. Riesige Pflanzen die einfach so aus dem Bürgersteig ragen oder sich um Laternen und Häuser winden. Gegenstände die in Fassaden stecken. Umgeknickte Straßenschilder.

Am Rand des Stadtzentrums ist ein wenig mehr lebendige Action. Ich lege mich flach aufs Dach und robbe zum Rand, um vorsichtig hinunter zu sehen.

Zwei maskierte Personen mischen gerade ein paar junge Männer auf. Einer der Maskierten ist vermutlich eine Frau. Wenn ich die Wölbung an der Brust richtig interpretiere als Titten.

Sie lässt eine riesengroße, dicke Schlingpflanze aus dem Boden wachsen, die einen der jungen Männer in ihrer Mitte einschließt. Eine Pflanze, so wie ich sie eben in manchen Teilen der Stadt gesehen habe. Dann erst entdecke ich eine weitere Schlingpflanze, die schon einen anderen Mann umschlungen hat. Ein paar Meter über dem Boden. Der Mann windet sich nicht. Vielleicht hat er schon aufgegeben. Oder ist ohnmächtig.

Ich blicke wieder hinunter auf den Boden. Dort dreht sich gerade die andere maskierte Person um. Ich mache große Augen, als ich meine, sie zu erkennen. Mrs Bubbles. Und das andere ist eindeutig Blooming. Ich bin vollkommen überrascht, denn irgendwie hätte ich diese beiden gar nicht als Justice-Mitglieder eingeschätzt.

Ein Mann vor ihr geht zu Boden und windet sich. Ich kann nicht erkennen, was genau mit ihm passiert. Da aber Mrs Bubbles lachend über ihm steht und ihn berührt, kann ich grob erahnen was ihm widerfährt. Mein Gesicht hat sich völlig fassungslos verzogen. Verstehe ich das gerade richtig, dass Mrs Bubbles Blasen im… Blut blubbern lassen kann? Wow. Das stelle ich mir wirklich, wirklich unangenehm vor.

Da ich hier oben zwar Stimmen, aber keine Worte verstehe, teleportiere ich mich ein paar Etagen tiefer auf den Absatz der Feuerleiter. Ich drücke mich an die Wand und schiele am Geländer vorbei hinunter.

«Ich sehe es doch ein! Ich werde es nie wieder tun! Ich schwöre!», presst der sich windende Kerl am Boden hervor. «Es tut mir Leid!»

«Und warum sollte ich dir das glauben?», schnauft Blooming verächtlich.

«Bitte!», fleht er nur und zieht immer wieder scharf Luft ein. Der Kerl, der eben erst von der Schlingpflanze ergriffen wurde, zappelt in seinem Käfig hin und her.

«Wir schwören es, wirklich! Wir tun es nie, nie wieder, wenn ihr uns jetzt gehen lasst!»
Blooming und Mrs Bubbles werfen sich Blicke zu und diskutieren leise etwas, was ich nicht verstehen kann.

Ich schaue wieder auf. Jetzt bin ich fast auf der Höhe des regungslosen Kerls. Sein Gesicht ist schon lila. Fuck. Die Pflanze scheint viel zu sehr zuzudrücken. Der Kerl erstickt noch! Als ich wieder runter sehe, bleibe ich an dem anderen Kerl in der Pflanze hängen. Durch seine Hippsterbrille hindurch, starrt er mich mit geöffnetem Mund an. Bevor er mich verraten kann, lege ich meinen Finger lautlos an meine Lippen und werfe ihm einen eindringlichen Blick zu.

«Okay», sagt Mrs Bubbles schließlich und lenkt die Aufmerksamkeit des Kerls wieder von mir ab. Ich hoffe inständig, dass er mich nicht aus Versehen verrät. Oder gar absichtlich.

Jetzt jedenfalls muss ich helfen. Nicht nur, weil einer von ihnen am Ersticken ist, sondern auch, weil der andere mich gesehen hat. Und jetzt einfach abhauen... früher hätte ich das vielleicht getan. Aber seitdem hat sich so einiges in meinem Leben geändert. Der Kerl am Boden sackt schlaff zusammen, als Mrs Bubbles ihre Hand runter nimmt.

«Wir werden euch wohl vertrauen müssen. Aber ihr wollt uns nicht enttäuschen, glaubt mir», sagt Mrs Bubbles streng.

«Denn wenn wir euch nochmal erwischen, wie ihr eine wehrlose Frau bestehlen wollt-», fährt Blooming fort.

«- oder auch irgendetwas anderes -», unterbricht Mrs Bubbles.

«- dann werden wir euch nicht so glimpflich davon kommen lassen. Dann wird euer Freund da oben nicht nur lila im Gesicht.» Ich weiche schnell zurück und halte die Luft an, als Blooming hinauf schaut. «Dann lasse ich auch seine Innereien verderben.»

Die zwei Frauen lachen und klatschen sich ab. Dann verschwinden sie, ohne die zwei armen Männer aus den Schlingpflanzen zu befreien.

Ein wenig erinnert mich die Situation an mich vor zwei Jahren. Als ich Wendall, Rudy und Löckchen eine Abreibung verpasst habe. Jetzt, wo ich diese Situation von außen betrachte, denke ich ernsthaft darüber nach, ob das damals scheiße von mir war. Aber dann schüttle ich den Kopf. Selbst wenn die Drei versucht haben einer Frau eine Handtasche zu klauen, ist das immer noch nicht zu vergleichen mit den Menschen, denen ich es heimgezahlt habe. Ich bin nicht wie die Leute von der Justice! Oder?

Ich warte ab bis die Zwei weit genug weg sind, dann teleportiere ich umgehend auf den fetten Stamm der höheren Schlingpflanze. Er ist so breit, dass ich locker drauf stehen kann, ohne Angst haben zu müssen, dass er abbricht.

Mit aller Kraft stemme ich mich gegen den Stängel und versuche, den Typen daraus zu befreien. Von Nahem sieht sein Gesicht noch viel schlimmer aus.

«Wer bist du?», fragt der andere Kerl, der ebenfalls in einer Pflanze steckt.

«Micro… man», schnaufe ich unter Anstrengung hervor. «Ich helf euch hier raus und dann bin ich weg», erkläre ich.

«Hey Kurt», ruft er hinunter zu dem Kerl auf dem Boden. «Hilf ihm!»

Ohne Widerworte macht Kurt sich daran, die Pflanze hinauf zu klettern. Ich lasse kurz los, teleportiere hinunter und packe Kurt einfach auf Risiko. Ich habe noch nie einen Menschen mit mir mit teleportiert und gerade erst wieder mit dem Üben angefangen, aber irgendwann muss ich es ja mal probieren. Und es funktioniert tatsächlich.

Kurz darauf sind wir beide wieder auf meiner Ausgangsposition. Vollkommen heile. Allerdings hat der Transport einen kleinen Nebeneffekt. Kurt dreht sich um und kotzt auf die Straße hinab.

«Alter», murmelt er völlig gerädert.

«Hilfst du mir jetzt? Sonst stirbt dein Freund!»

«Ian!» Er scheint wieder bei Sinnen zu sein und gemeinsam ziehen wir seinen Kumpel Ian aus der Schlingpflanze hinaus. Während ich mit diesem zu Boden teleportiere, klettert Kurt hinunter zu seinem anderen Kumpel.

Auf dem Boden beginne ich mit einer Wiederbelebungsmaßnahme und tatsächlich erwacht Ian hustend und keuchend und schließlich kotzend. Ich lasse ihn sich übergeben und helfe Kurt bei der nächsten Befreiung und schließlich stehen wir alle vier wieder auf dem Boden. Ian ist mittlerweile in Sitzposition gegangen und sein Gesicht ist rot statt lila.

«Bringt ihn ins Krankenhaus», fordere ich die Drei auf. Sie nicken einstimmig. Dann frage ich: «Habt ihr wirklich eine

wehrlose Frau überfallen?» Ich hebe meine Augenbrauen. «Is'
nich' cool. Wirklich nicht.»

Alle drei nicken. «Wir haben sie einfach bloß ein bisschen
angequatscht, weil wir Kippen wollten. Ich schwöre!»

«Das hoffe ich für euch. Denn mit der Justice ist nicht zu
spaßen.»

Dann teleportiere ich mich fort.

Kapitel 21

Eine weitere Woche ist vergangen. Ich fühle mich fit wie lange nicht mehr und bin wieder ein absoluter Teleportations-Profi. Cora wäre stolz auf mich.

Chloe war zwei Mal da. Um zu sehen, ob es mir gut geht, ob sie mir noch etwas mitbringen kann. An diesem Abend gönne ich mir mal eine Pause, eine Schachtel Kippen und ein paar Bier. Ich haue mich vor den Fernseher und lasse mich per Streaming von Game of Thrones berieseln, da die Wiederholung im Fernsehen schon lange vorbei ist.

Vielleicht bringt mir das ein bisschen Inspiration für meinen Kampf gegen diesen Oxy. Und seinen Kumpel, dem… wie hieß er doch gleich? Ach genau. Der Wanderer. Und Wendy.

Ohja. Das wird gut.

Mein Wegwerfhandy liegt neben mir und piept. Mein altes Handy liegt hier in meiner Wohnung. Auf dem Nachttisch. Der Akku ist alle. Ich habe es seit dem Tag meiner Ankunft hier nicht mehr eingeschaltet.

Rauchend greife ich nach dem Ersatzhandy und werfe halbherzig einen Blick darauf. Ist eine Nachricht von Jeremy. Ich solle unbedingt den Fernseher einschalten. Hm. Ungern. Es ist gerade so interessant und ich will Jeoffrey verrecken sehen. Aber Jer würde mir das nicht schreiben, wenn es nicht wichtig wäre. Also halte ich den Stream an und schalte auf den TV um.

Gerade will ich Jeremy zurückschreiben und nach dem Sender fragen, da fällt mir fast die Kippe aus dem Mund. Ich zappe weiter, aber überall ist dasselbe zu sehen. Auf jedem Sender wurde das Programm unterbrochen. Mit einem weißen Bild, dass die schwarze Aufschrift *JUSTICE* trägt.

Erst jetzt nehme ich wahr, dass jemand im Hintergrund redet und stelle mein Gehirn auf zuhören ein.

«... *es wird also Zeit, dass wir die Fronten klären, liebe Gammas. Denn es kann hier nur ein Team geben, das für Gerechtigkeit sorgt. Und zwar für harte Gerechtigkeit. Die, die diese Stadt und diese Welt verdient. Das werden wir ausfechten. Und jetzt hört uns ganz genau zu.*» Ich habe diese Stimme schon mal gehört. Sie gehört einem Mann, nicht Wendy. Allerdings bekomme ich aktuell kein Gesicht dazu vor Augen. «*Morgen Abend um 18Uhr erwartet die Justice euch auf dem großen Marktplatz. Wir werden kämpfen, bis die Letzten fallen oder eine Partei aufgibt. Gewinnt ihr...*», er lacht, als wäre diese Vorstellung unmöglich, «*...werden sich unsere Überlebenden euch anschließen oder ihre wahre Berufung nach Gerechtigkeit aufgeben. Gewinnen wir, dann werden sich eure Überlebenden, wenn es denn welche geben sollte, uns anschließen oder besser für immer diese Stadt verlassen. Und wehe nicht, dann Gnade euch Gott.*» Man kann heraus hören, wie er grinst. *«Taucht ihr nicht auf, haben wir automatisch gewonnen. Und euch da draußen, die ihr Zivilisten und Staatsdiener seid, gebe ich den guten Ratschlag, zu Hause zu bleiben. Denn wie ihr wisst, nimmt die Justice Kollateralschäden problemlos in Kauf. Morgen 18Uhr auf dem Marktplatz, Gammas. Wir sehen uns… zum letzten Mal.»* Der Kerl lacht auf. *«Oh und bevor ich es vergesse. Jasper White, wir wissen, dass du zu Hause bist.»*

Dann flackert das Bild, das Störbild wird eingeblendet und plötzlich läuft wieder normales Fernsehprogramm. Als wäre nichts gewesen.

Wooow. Fuck! Meine Finger werden ganz heiß und ich fluche laut. Ich hab völlig meine Kippe vergessen. Asche und Glut sind mir auf die Finger gerieselt. Fuck ist das heiß!

Fassungslos starre ich auf den Fernseher, auf dem irgendeine gefakte Ermittlungssendung läuft und ziehe mir den Aschenbecher heran.

Scheiße. Jetzt wollen sie es aber wirklich wissen. Was mich aber noch viel mehr beunruhigt, ist die Tatsache, dass ihr Fährtenleser die Zeit gefunden hat, mich aufzuspüren. Als mir das bewusst wird, wandert mein Blick zur Tür, die in den Flur führt. Ich hab mich in letzter Zeit viel zu sicher gefühlt. Mich nur auf mein Training konzentriert und meine Vorsicht vernachlässigt. Was ist, wenn sie in diesem Moment vor meiner Tür stehen? Oder erwarten sie, dass ich morgen dabei sein werde und werden sich mich dann vorknöpfen? Wenigstens wäre ich dann nicht alleine gegen alle! Insofern die Gammas der Aufforderung nachkommen.

Mein Handy klingelt. Dieses Mal ist es ein Anruf. Ronan.

«Jasper?»

«Aye.»

«Warum hast du uns nicht gesagt, wo du bist? Wenn etwas passiert wäre!» Er klingt ernsthaft besorgt. Dann wird er aber ernster. «Pack deine Sachen und komm in die Abandon Street 378.» Mein Körper schüttelt sich ungewollt, als er diese Nummer hört. Meine *Name*, den sie mir in Welkenhein verpasst haben. «Dort ist unser neues Hauptquartier. Ich erwarte dich in zehn Minuten vor der Tür. Nimm alles mit, was du brauchst. Wirklich brauchst, keinen Schnickschnack. Wir haben soeben eine Gamma Sondersitzung einberufen und du wirst dabei sein.» Ich widerspreche nicht. Nach all dem, was die Gammas in den letzten Wochen für mich getan haben, ist es selbstverständlich, dass ich sie in dieser Situation unterstütze. Und natürlich springt auch etwas für mich dabei heraus. Meine ganz persönliche Rache.

Kapitel 22

Acht Minuten später bin ich mit Sack und Pack an der genannten Adresse. Zumindest mit allem, was ich in meiner Hektik einpacken konnte. Etwas zum Abendessen, eine Schachtel Kippen, eine Wechselunterhose, ein Sixpack Bier, mein orangenes Dress inklusive Bo, Schlüssel und das Wegwerfhandy. Ich wollte mir noch wenigstens ein paar Wechselklamotten einpacken oder eine Nachricht für Chloe hinterlassen, aber genau in dem Moment hatte es vor der Tür gepoltert. Jemand rief meinen Namen. Es waren mindestens zwei Personen. Ich hab also meine Tasche gepackt und bin fort teleportiert. Genau in dem Moment, als die Tür aufgebrochen wurde und zwei maskierte Kerle hinein kamen. Wer es war, konnte ich nicht mehr erkennen.

Kaum dass ich in der Abandon Street stehe, zücke ich mein Handy und schreibe Chloe eine Nachricht. Dass sie auf keinen Fall zurück in meine Wohnung kommen soll, bis ich ihr nicht höchstpersönlich Entwarnung gebe. Und dass es mir gut geht.
Ich stecke das Handy in meine Arschtasche und tausche es gegen die Kippen. So lange wie ich hier auf Ronan warte, kann ich auch noch eine paffen.

Die Straße ist dunkel und komplett verlassen. Dennoch halte ich achtsam Ausschau. Kurz darauf kommt auch schon Ronan auf die Straße und führt mich durch eine Tür in ein Firmengebäude hinein. Es wundert mich ein bisschen, dass die Gammas ihren neuen Hauptsitz in ein modernes, 15-stöckiges Firmengebäude verlegt haben, aber ich folge ihm wortlos. Durch ein paar Gänge, hinein in einen Fahrstuhl, der bis ins letzte Stockwerk hinauf fährt. Als wir aussteigen, gehen wir zu einer der Türen im Flur, die Ronan aufschließt. Dahinter erinnert mich alles stark an das alte Hauptquartier. Hellblau gestrichene Wände, ein Sofa und Tische. Doch der Raum ist viel größer als der alte Aufenthaltsraum und statt der griechischen Buchstaben, steht jetzt nur noch *Gamma* auf der Wand. Anscheinend haben sie sich mehr oder weniger umbenannt. Kreativ.

Auf dem Sofa und den den Stühlen sitzen bereits einige Mitglieder. Ein paar von ihnen kenne ich durch meine Flucht quer durchs Land. Andere hingegen habe ich noch nie gesehen. Weder live noch im Fernsehen oder der Zeitung.

Etwas zögerlich hebe ich die Hand zum Gruß und ein paar Erwidern diesen durch ein Nicken oder ein gemurmeltes Hallo. Die Atmosphäre ist ziemlich angespannt. Das merkt man sofort. Aber wem wäre es zu verdenken. Nach dieser Ansage.

Innerhalb der nächsten viertel Stunde trudeln immer mehr Leute ein. Außer Ronan kommt noch Morty mit einem eigenen

Schlüssel herein. Der Rest muss klopfen und ein Passwort nennen. Jedes Mitglied hat sein ganz eigenes Passwort. Sogar Jeremy, der als Letzter eintrifft, hat eins bekommen.

Als endlich alle da sind, stellt Ronan sich in die Mitte und bittet um unsere Aufmerksamkeit.

«Ich denke, dass die Aufforderung deutlich war, die heute Abend über sämtliche Kanäle lief.» Hier und da ein Nicken. «Ich weiß, dass die meisten von euch hier sind, weil sie eben nicht kämpfen wollen, sondern friedlich helfen. Deshalb ist das hier für den ein oder anderen vielleicht eine schwierige Ausgangssituation. Manche von euch haben Familien, alle einen Job, Freunde. Ein Leben. Und wir alle wissen, wenn wir morgen da raus gehen sollten, um der Justice Einhalt zu gebieten und die Stadt zurück zu gewinnen, sowie das Vertrauen der Nicht-Genträger und die rechtliche Ordnung, ist es nicht auszuschließen, dass der ein oder andere sein Leben lassen wird.» Er dreht sich langsam im Kreis und sieht jeden einzelnen an. Ein paar rücken zusammen, sodass wir kein unförmiger Sitzkreis mehr sind, sondern ein mindestens genauso unförmiges U. «Ich bin nicht FireWire, ich zwinge hier niemanden zu irgendetwas und ich werde niemandem Vorwürfe für seine Entscheidung machen. Deshalb stelle ich es euch hier und jetzt frei, das Meeting zu verlassen, wenn ihr nicht bereit seid, all diese Opfer zu geben.»

Ich bewundere ihn dafür, dass er es in Anbetracht der Situation hinbekommt mit solch einer Wärme in der Stimme zu sprechen. Aber er hat sowieso schon immer dieses Beruhigende darin gehabt, seit ich ihn kenne. Mit einer seichten Geste deutet er auf die Tür. Zunächst tut sich gar nichts. Ein paar schauen sich schweigend an. Der Rest schaut betreten zu Boden. Es ist eindeutig, dass einige hier gehen wollen, sich aber niemand traut, den ersten Schritt zu machen.

Dann erhebt sich Jeremy.

«Ich... bin kein vollwertiges Gamma Mitglied, da ich auch kein Genträger bin, aber ich würde euch sofort helfen, wenn da nicht meine Frau wäre und unser Baby, dass wir in naher Zukunft erwarten.»

Er braucht sich nicht weiter erklären. Ich verstehe ihn sofort und hätte ihm eh von der Teilnahme abgeraten. Allein schon weil er der Einzige ohne Fähigkeiten ist. Und mein letzter Freund, den ich nicht auch noch verlieren will. Alle anderen scheinen auch zu verstehen, denn niemand wirkt verächtlich, sauer oder wendet etwas dagegen ein.

Ronan lächelt Jeremy zu. «Vollkommen verständlich. Und für mich bist du ein vollwertiges Gamma Mitglied.»

Jeremy lächelt etwas verlegen, was man nur selten bei ihm sieht. Und was außerdem furchtbar kontrovers aussieht bei seinem Atzen-Körper. «Danke Ronan, bedeutet mir echt viel», sagt er lächelnd. «Ich würde aber gern bleiben und bei der Strategie-Besprechung helfen, wenn das in Ordnung geht.»

Ronan nickt. «Aber natürlich!»

Lächelnd lässt sich Jer wieder auf seinen Stuhl sinken. Im gleichen Moment stehen zwei auf, die ich nicht kenne. Wie sich herausstellt ein Geschwisterpaar, das noch zwei jüngere Geschwister und eine pflegebedürftige Mutter hat. Sie verlassen die Runde, wünschen uns aber viel Erfolg. Außerdem erhebt sich auch die alte Soul. Die, die bei der Auswahl der neuen Gamma Anwärter mitgeholfen hat, da sie spüren kann, ob jemand lügt. Mit ihr hatte ich sowieso nicht gerechnet. Sie ist viel zu alt für so einen Kampf. Es folgen immer mehr Leute. Waren wir zu Beginn der Runde vielleicht zwanzig Personen, so sind jetzt nur noch acht Kämpfer übrig geblieben.

Der superstarke Ronan, der unter den Zivilisten übrigens als der *Barbar* bekannt ist.

Freezer, der für zwanzig Sekunden Personen oder sich bewegende Gegenstände einfrieren kann.

Stopper, der für zehn Sekunden die Zeit in seinem Umkreis von einem Meter anhalten kann.

MovE, der telekinetische Fähigkeiten besitzt.

Burn, die mit bloßen Berührungen Brandwunden erzeugen und Dinge erhitzen kann.

Morty aka TechRick, der sämtlicher Technik mächtig ist, sie jeder Zeit lahm legen oder aktivieren kann, auch wenn sie kaputt ist.

FlyPie, die fliegen kann. Und ich, der Teleporter.

Ronan schluckt, als er sich umschaut und das Resultat erblickt, sagt aber nichts. Skeptisch sehe ich ebenfalls in die Runde. Ich will die Fähigkeiten meiner Mitkämpfer nicht anzweifeln, aber ich bin mir nicht sicher, ob wir von der Masse her etwas ausrichten können. Sollte die Justice nur zwei oder drei Leute mehr haben, wird es schwierig für uns. Denn sie wären nicht nur mehr, sondern sind auch skrupellos. Bei uns sind das vermutlich die Wenigsten.

«Noch jemand, der gehen möchte?» Man hört Ronan die Unsicherheit ein wenig an. Da sich aber niemand mehr erhebt, lächelt er wieder ein wenig und nickt. «In Ordnung. Dann beginnen wir jetzt mit der Planung.»

Kapitel 23

Zugegeben. Ich bin nicht nur rachsüchtig und kribbelig am nächsten Tag. Sondern auch sehr, sehr nervös. Es ist ein merkwürdiges Gefühl, genau zu wissen, wann es los geht und dass man höchstwahrscheinlich drauf gehen wird. Beziehungsweise könnte.

Bei meinem letzten großen Kampf ging alles so schnell, dass ich gar keine richtige Zeit hatte, mich darauf einzustellen und Pläne zu schmieden. Ich hatte es zwar geahnt. Aber das ging damals dann doch eher Schlag auf Schlag. Dieses Mal habe ich einen Tag. Einen Ort. Und eine Uhrzeit. Und je näher diese Uhrzeit rückt, desto nervöser werde ich.

Die Nacht habe ich im Hauptquartier verbracht. Hat mich gewundert, dass uns dort niemand aufgespürt hat. Dass die Gammas generell nie von diesem Fährtenleser aufgespürt wurden. Vielleicht war das Interesse bis dato einfach nicht groß genug. Oder sie fanden es nicht *gerecht*, sie hinterrücks zu überfallen. Ich durchschaue die Einstellung der Justice noch immer nicht so recht.

Der Plan, den wir gestern Abend geschmiedet haben, ist wahrlich kein Masterplan und vielleicht verdient er das Wort nicht einmal. Aber wir haben uns immerhin Mühe gegeben und stürzen uns nicht völlig wild und blind in etwas hinein.

Morty hat sich bereit erklärt, uns kleine Kommunikations-Chips zu besorgen und umzubasteln, damit wir während des Kampfes ständig miteinander in Verbindung stehen.

Und gerade in diesem Moment sitzen wir in diesem riesigen Bürokomplex und basteln Wasserbomben. Ja, richtig. Wasserbomben. Die sind für FlyPie. Sie wird unsere Gegner von oben mit Wasserbomben traktieren, in der Hoffnung, dass sie jemanden so durchnässt oder im Gesicht trifft, dass dessen Gen deaktiviert wird. Zwar sind diese wasserdichten Anzüge für uns wahnsinnig praktisch, allerdings besitzt die Justice dieselben. Dadurch werden sie genauso schwer nass zu machen sein wie wir.

Außerdem haben wir jetzt eine grobe Übersicht, wer unser Gegner sein werden. Ihre Vereinigung ist - anders als erwartet - viel kleiner als die Gammas, denn nicht ganz so viele sind vollkommen übergeschnappt. Da wir uns aber so dezimiert haben, sind wir beinahe gleich große Parteien. Der Wahnsinn, dass es so wenig Personen geschafft haben, die Stadt in Angst und Schrecken zu versetzen.

Zu den Justice gehören aktuell zehn Mitglieder. Zumindest zu denen, die uns bekannt sind. Allem voran Wendy aka FireWire mit ihren Feuerbällen.

Zu ihr übergewandert ist Vater Morgana, der für wenige Sekunden statische Trugbilder erzeugen kann. Klingt im ersten Moment nicht so gefährlich. Als ich allerdings erzähle, wie er Cora im Kampf damit beeinflusst hat, ihr schreckliche Bilder von mir zu zeigen, sind die anderen etwas demotiviert. Gegen ihn bleibt uns nicht viel anderes übrig, als diese Erscheinungen so gut es geht zu ignorieren und uns klar zu machen, dass sie nicht echt sind.

Außerdem mit dabei ist Blooming. Von ihr wissen mittlerweile alle, was sie kann und dass ihr Lieblingsangriff die riesigen Schlingpflanzen sind, die mittlerweile einen Teil der Stadt zieren.

Dann noch ein Kerl namens Doc B. Ich habe bereits von ihm gehört. Irgendwann vor Monaten mal im Fernsehen. Beim Meeting haben sie mir erzählt, dass er tatsächlich Zeitreisen kann. Allerdings nur sehr eingeschränkt. Er kann nur wenige Sekunden in der Zeit vor oder zurück reisen. Hauptsächlich nutze er die Kraft aber, um sich damit so etwas wie zu teleportieren. Einmal habe er eine Frau aus einem brennenden Haus retten wollen, da sei er soweit wie er konnte gereist, sodass er im Haus war, bevor ein brennender Balken der Frau den Weg nach draußen versperrte. Und im nächsten Moment war er wieder im Hier und Jetzt und hat die Frau heile raus gebracht.

Ein weiterer Gegner war mir ein bereits Bekannter. Der Wanderer. Ich erfahre, dass er nicht durch alle Wände hindurch kann. Wasserwände, wie beispielsweise die in den Heldenarenen, Metall oder Marmor halten ihn auf. Ich vermute, dass ihn diese neuartigen Wasser-Kunststoff-Wände ebenfalls abhalten würden. Da wir jedoch auf dem Marktplatz kämpfen werden, wird generell nicht viel mit durch die Wände gehen möglich sein. Ich füge dem Wissen der anderen hinzu, dass er mittlerweile außerdem Leute mit durch die Wände nehmen kann, wenn er sie berührt oder eben auch darin stecken lassen kann, wenn er sie darin loslässt.

Ich erfahre von einem weiteren Kerl, den ich noch nicht kenne. Er nennt sich Switcher. Er ist Gestaltenwandler und kann die Optik eines anderen Menschen annehmen, indem er sie berührt. Und der Angefasste erhält sein Aussehen. Obwohl das im ersten Moment nicht kampffähig klingt, ist mir diese Fähigkeit unheimlich. Denn wenn er seine Optik mit einem aus meinem Team tauscht, dann werden wir ganz leicht zum Angriffsziel unserer eigenen Mannschaft.

Die Nächste kenne ich jedoch wieder. Mrs Bubbles. Ich erzähle von meiner Beobachtung neulich und dass ich vermute, dass sie mittlerweile auch Blutblasen in den Adern erzeugen kann.

Eine weitere Frau ist dabei. Mrs Possible nennt sie sich. Von ihr habe ich mal gehört. Durch Wendy.

Sie besitzt ein adaptives Muskelgedächtnis dank ihres Gens und beherrscht dadurch sämtliche Kampfsportarten und Moves, die sie je irgendwo gesehen hat.

Dann natürlich den Fährtenleser. Von dem hat jedoch keiner einer Ahnung, welche Kampfskills er sich angeeignet hat. Denn mit seiner Superkraft wird er bei so einem Battle nicht weit kommen.

Und zuletzt Oxy. Der ist den meisten neu. Viele haben ihn noch nicht gesehen. Er war vorher nicht bei den Gammas. Daher kläre ich meine Kameraden über seine Fähigkeit auf, jemandem die Sauerstoffzufuhr zu verwehren mit einer einzigen Handbewegung. Er ist also höchst gefährlich für uns alle und wir müssen gegenseitig Acht auf uns geben. Allerdings erlege ich auch gleich Anspruch auf ihn.

«Ich weiß, dass dies ein Kampf auf Leben und Tod wird, aber vielleicht schaffen wir es ja, dass wir so wenig wie möglich... umbringen. Wenn ihr irgendeine Gelegenheit seht, in der es möglich ist, unsere Gegner lediglich ausknocken zu lassen, dann nutzt sie. Versucht einen Mord zu vermeiden, es sei denn, es bleibt euch keine andere Möglichkeit mehr.» Kurz schweigt er, dann fügt er etwas leiser hinzu: «Schließlich werde sie auch nicht zögern, euch umzubringen, wenn sie können.»

Morty sieht uns alle an. Allem voran mich.

«Von mir aus. Aber Oxy werde ich definitiv höchstpersönlich umlegen.»

Das wird meine Rache für Cora. Ich werde mich nach dieser ganzen Sache so oder so vor Gericht verantworten müssen, wenn alles wieder seine geregelte Ordnung hat. Und da ich eh schon als gesuchter Mörder und Brandstifter auf der Liste der Bullen stehe, macht der eine Mord mehr oder weniger auch nichts mehr aus. Und sollte die Justice gewinnen… dann ist sowieso alles egal.

Ich lege gerade die letzte Wasserbombe in den Rucksack, den FlyPie auf der Brust tragen wird.

«Pass bloß auf, dass du nicht selbst nass wird. Wäre unschön, wenn du einfach so auf den Boden klatschst.» So wie mein Großvater.

FlyPie nickt mir zu und betrachtet mich. «Und du willst wirklich mitmachen? Bist du denn fit genug? Nach all dem-»

Ich unterbreche sie. «Ich bin fit. Ich werde mitkommen.» Mein Ton verrät, dass ich meine Meinung auch nicht ändern werde, daher sagt sie vermutlich auch nichts mehr dazu. Stattdessen nickt sie.

Die Tür wird aufgeschlossen und Morty tritt ein. Bereits im Dress. Irgendwie treffen sich immer alle nur in ihren Anzügen. Ich scheine der Einzige zu sein, bei dem man definitiv beide Identitäten kennt. Gen-Identität und privat. Morty legt vorsichtig einen kleinen Beutel auf einem Tisch ab und öffnet ihn.

«Ich hab hier alles», meint er und zieht kleine Plastiktüten heraus, von dem er jedem eine in die Hand drückt. «Die kleinen Knöpfe steckt ihr euch ins Ohr, die müssten bei jedem Halten. Und die anderen klebt ihr euch entweder an eure Masken, zumindest bei denen von euch, bei denen die Masken bis zum Mund gehen. Der Rest…» Er mustert Freezer mit seiner Skimaske. «Hm. Ich bin mir gerade unsicher, ob sie gut genug an der Haut haften bleiben. Probiert es also lieber am Hals eurer Anzüge. Dann müsst ihr eben etwas lauter sprechen. Zum Benutzen der Mikros müsst ihr einfach auf diesen kleinen Knopf hier drücken.» Er deutet auf einen winzigen, weißen Knopf auf den schwarzen Mikros. Hören könnt ihr allerdings jeder Zeit. Durch einen Chip sind alle miteinander vernetzt. Das heißt, wir reden mit jedem von uns und hören auch jeden.»

Während die anderen sich schon ihre Vernetzungstechnik anlegen, schlüpfe ich in mein Dress. Danach stecke auch ich mir Mikro und Ohrknopf an und teste gemeinsam mit den anderen, ob alles funktioniert. Es ist bereits 17 Uhr. Der Countdown läuft und beim Blick auf die Uhr kribbelt es wieder in meiner Magengegend.

Geplant ist, dass wir eine Viertelstunde vor Kampfbeginn hier los machen. Der Marktplatz ist nicht weit entfernt. Nur eine Parallelstraße weiter.

Draußen ist es grau und wenn man es nicht wüsste, würde man nicht vermuten, dass fast Sommeranfang ist. Die Straßen unten sind komplett leer. Keine Fußgänger. Keine fahrenden Autos. Auch keine öffentlichen Verkehrsmittel. Wie es aussieht, haben sich heute tatsächlich alle Bürger Parondons verbarrikadiert.

Im Hintergrund läuft schon die ganze Zeit das Radio. Damit wir sofort Bescheid wissen, wenn irgendetwas passieren sollte. Falls die Justice Planänderungen vornimmt. Doch bisher dudelt nur Musik und zwei Moderatoren verbreiten gedrückte Stimmung und schlechte Witze, mit denen sie vermutlich sich selbst Mut machen wollen.

Kurz bevor wir endlich aufbrechen wollen, klopft es schließlich an der Tür. Angespannt bis zum geht nicht mehr, schielen wir allesamt hinüber. Es könnte ein Gamma sein, der sich kurzfristig doch noch umentschieden hat. Genauso gut könnte dort jetzt aber auch die Justice stehen und uns vorzeitig überraschen. Morty bewegt sich als Erster und lehnt sich an die Tür.

«Wer da?», fragt er etwas barsch.

«Eine Verbündete», höre ich dumpf durch die Tür hallen.

«Passwort?»

«Ruby.»

Er dreht sich zu uns um und schaut fragend. Ruby war das Passwort für das alte Hauptquartier. Ein paar von uns gehen in Angriffsposition. Ich schließe mich an. Dann nickt Ronan Morty zu. Dieser öffnet die Tür und uns allen fallen beinahe die Augen aus dem Kopf. Dort steht Wendy in voller Kampfmontur.

Kapitel 24

«Parley?» Sie klingt etwas unsicher. Stirnrunzelnd und finster blicke ich sie an, ohne meine Kampfbereitschaft dabei aufzugeben. Am liebsten würde ich sofort auf sie los stürzen. Aber Jeremy, der das zu ahnen scheint, hält mich an der Schulter fest.

Ronan seufzt und erklärt. «Piratencodex. Fluch der Karibik-Fan.»

«Schuldig», sagt FireWire nickend und lächelt ganz zaghaft. Wie unpassend das auf ihrem Gesicht aussieht. Die Hände immer noch erhoben, beginnt sie zu erklären: «Ich möchte auf eurer Seite kämpfen.»

Ich lache sarkastisch schnaubend auf. «Und das sollen wir jetzt einfach so hinnehmen und dich mit offenen Armen empfangen, ja? Also ich weiß ja nicht, wie es bei den anderen aussieht, aber mein Vertrauen hast du längst verspielt.»

Freezer und MovE laufen an Wendy vorbei und checken vorsichtig den Flur nach ungebetenen Gästen ab.

«Ich bin allein!» Man sieht, dass Wendy sich bemüht, ihre Genervtheit zurück zu halten.

«Woher weißt du, wo unser neues Hauptquartier ist?», will Burn wissen.

«Sie haben doch den Fährtenleser», erkläre ich. Wendy schaut mich kurz an, dann nickt sie.

«Genau. Wir wissen schon lange wo ihr seid.» Sie klingt schon wieder ein wenig selbstgefällig und ich schiebe Jers Hand weg, die mich in dem Moment fester packt. «Wir hatten nur nie richtigen Grund, euch anzugreifen. Oder die Zeit. Jetzt, wo wir alle auf der Blacklist stehen.» Sie grinst etwas schief und irgendetwas furchtbar Unsympathisches liegt darin.

«Woher sollen wir wissen, dass das hier keine Falle ist, um Zeit für irgendeinen hinterfotzigen Plan zu schinden?», frage ich Zähneknirschend. «Oder dass uns gleich deine Truppe überfallen wird?»

«Ich… ihr müsst mir einfach vertrauen.»

Ich lache auf. Ein paar schließen sich mir an. Jeremy hinter mir grummelt wütend etwas vor sich hin.

«Wir müssen `nen Scheiß», brumme ich.

«Beweise es uns. dass deine Absichten ehrlich sind. Und erzähle uns, weshalb», fordert Ronan sie mit seinem ruhigen Gemüt auf. Ich frage mich, ob er eigentlich auch mal ausrasten kann. Wendy lässt die Hände sinken, aber als Morty aus vermutlichem Misstrauen danach packen will, nimmt sie sie sofort wieder hoch. Freezer und MovE kommen zurück und geben Entwarnung. Morty zieht Wendy ruppig in den Raum und verriegelt die Tür wieder.

«Sie verstoßen gegen meine Prinzipien.»

Ich schnaube wieder. Ihre Prinzipien. Na klar. Nach dem, was sie alles angerichtet hat. «Ich weiß, dass ich... zu teilweise unmenschlichen Maßnahmen gegriffen habe. Ich stehe auch noch dahinter, dass ich der Forschung ganz zu Recht brutale Verbrecher bereitgestellt habe.» Ich will schon auf sie los preschen, da hält Jeremy mich wieder mit aller Kraft fest. Wendy wirft mir kurz einen Blick zu, dann sieht sie wieder zu den anderen in die Runde. «Aber ich wollte nie, dass Menschen sterben. Natürlich, Kollateralschäden kommen vor, aber einige Justice Mitglieder haben begonnen, Menschen wahllos anzugreifen und sogar umzubringen.» Bei diesen Worten sieht sie wieder kurz zu mir hinüber. Wenn ich ihr nicht misstrauen würde, könnte man meinen, es läge so etwas wie Bedauern in ihrem Blick. «Das war nie in meinem Sinne und es gab viele Diskussionen innerhalb meiner Gruppe. Ich....» Ihr Stimme wird ganz leise. «Ich habe sie nicht mehr im Griff. Der Mord an Cora geschah gegen meinen Willen. Das war nicht der Auftrag.»

Ich bemerke, dass mein Puls angestiegen ist und meine Zähne so fest aufeinander gebissen habe, dass mein Kiefer jetzt zu schmerzen beginnt. «Sie sollten euch nach Welkenhein zurück bringen. Das war der ganze Auftrag. Und sie haben ihn missachtet und dieses Video hochgestellt.» Jetzt klingt selbst sie ein wenig angewidert. «Ihr müsst mir glauben, bitte! Das kann so nicht weitergehen. Die Justice muss gestoppt werden! Wenn sie heute gewinnen, dann… dann war's das. Dann ist alles vorbei. Dann wird die Stadt noch tiefer versinken, als bisher schon und-» Sie bricht ab und schüttelt den Kopf. Ohne Erlaubnis lässt sie die Hände sinken und fährt sich damit durchs Gesicht und die Haare. Niemand sagt jedoch etwas, weil sie sie hat sinken lassen. Stattdessen starren wir sie alle stumm an. Jeder scheint zu grübeln, wie viel Wahrheitsgehalt in ihren Worten steckt und ob man ihr wirklich trauen kann.

Ronan ergreift wieder das Wort. «Beweise es uns, Wendy.»

«Ich weiß nicht wie!»

«Gib mir deine Uhr?»

«Was?», fragt sie völlig entsetzt. Ich hingegen bin eher ziemlich verwirrt und starre Ronan an, als hätte er nicht alle Tassen im Schrank. Wendy scheint mit sich zu ringen, das zeigt ihr Gesichtsausdruck.

«Was sollen wir mit ihrer bekackten Uhr?», frage ich schließlich, was sich wahrscheinlich gerade alle hier drinnen fragen.

«Diese Uhr ist die original Armbanduhr die Michael J. Fox 1985 als Marty McFly im ersten Teil von *Zurück in die Zukunft* getragen hat. Die ist ein Vermögen wert. Und für Wendy als extremes Fangirl noch viel mehr."

Wie um das zu bestätigen, nickt Wendy langsam und mit gequältem Gesichtsausdruck.

«Du bekommst sie zurück, wenn der Kampf vorbei ist. Wenn du dann noch leben und uns nicht verraten haben solltest. Das ist jetzt deine Chance uns zu beweisen, dass du es ernst meinst.»

Für mich klingt dieser spontane Plan nicht ganz ausgereift. Es scheint allerdings der einzige Versuch zu einem Beweis zu sein, den wir gerade haben. Denn viel Zeit bleibt und nicht mehr. In fünf Minuten ist Aufbruch.

Tatsächlich nimmt FireWire nach einigem Zögern die Armbanduhr schließlich ab, die sie sich über ihr Dress ans Handgelenk gezogen hat und überreicht sie mit zusammen gebissenen Zähnen an Ronan. Dieser legt sie ein verschließbares Schubfach und reicht mir den Schlüssel.

«Wieso ich?», entfährt es mir völlig überrascht.

«Du bist der Einzige, der eine verschließbare Tasche an seinem Dress hat.»

«Oh.» Ich blicke auf die Tasche hinunter, in der ich bereits Schlüssel und Handy verstaut habe. Ich werde beides nicht brauchen und könnte es auch hier liegen lassen. Aber ich fühle mich unabhängiger, wenn ich es jederzeit zur Verfügung habe. Kurz wehre ich mich ein bisschen, dann verstaue ich den Schlüssel. Wendy lässt mich dabei keine Sekunde aus den Augen.

«Wenn wir gewinnen», setzt Ronan an. «Dann stellst du dich der Polizei und wirst für deine Taten büßen.» Sie starrt ihn unbewegt an. Dann geht ihr Blick zu mir.

«In Ordnung. Aber nur, wenn er es auch tut.»
Alle Blicke wandern zu mir.

«Dagegen gibt es nichts einzuwenden, oder?», fragt Ronan. Ich atme tief ein und wieder aus. Dann nicke ich schließlich. In dem Moment streckt Wendy ihre Hand aus und schaut Ronan ernst an.

«Gut. Dann auf einen gemeinsamen Sieg.»
Ronan ergreift nickend ihre Hand und damit besiegeln sie ihren Pakt. Ich hoffe, dass ein Handschlag heute noch immer so viel wert ist, dass man ihn nicht bricht.

Wir checken nochmal ab, ob alle da und bereit sind. Wendy erhält als Einzige kein Kommunikationssystem. Morty hatte sie vorher genau abgezählt, daher ist für sie nichts mehr übrig. Außerdem haben wir Wendy über die eventuellen, uns unbekannte Justice-Mitglieder ausgefragt. Wie es aussieht kennen wir bereits alle und sie vermutet, dass der Fährtenleser nicht mit kämpfen wird. Dann ist es soweit. Unser Marsch zum Markt beginnt. Nacheinander verlassen wir den hellblauen Raum. Jeremy verabschiedet sich innig von mir, wünscht uns alles erdenklich Gute und ich verspreche ihm, mich sofort zu melden, wenn der Kampf vorbei ist und ich… noch lebe.

Bevor ich nach ihm den Raum verlasse, legt mir Wendy von hinten die Hand auf die Schulter. Wir sind die Letzten im Raum. Finster blicke ich sie an.

«Es tut mir Leid, Jasper. Das mit Cora. Das hätte nie, nie passieren dürfen.»

Erstaunlicherweise klingt sie vollkommen aufrichtig. Eine ganze Weile lang sehen wir uns stumm in die Augen. Ihre Worte sind vielleicht nett, wenn sie ernst gemeint sind, ändern aber nichts an der Tatsache, dass Cora gestorben ist. Wendy war dennoch der Auslöser. Ohne sie wäre das alles nie passiert.

Wortlos und und unsaft fege ich ihre Hand von meiner Schulter und drehe mich um, um den anderen zu folgen.

Kapitel 25

Der Markt ist wie leer gefegt. Kein Mensch, kein Auto, kein Marktstand. Die Geschäfte sind geschlossen. Der Himmel noch immer grau. Es weht ein leichter Frühsommerwind. Ich komme mir vor wie einer postapokalyptischen Szenerie.

Auf der linken Seite des Marktplatzes stehen wir. Die Seite, von der aus man im Handumdrehen im Park ist. Noch sind wir die Einzigen. Allerdings sind es auch noch zwei Minuten bis 18 Uhr. Die Luft ist zum Zerreißen gespannt und würde jetzt eine Stecknadel auf den Boden fallen, würde mindestens die Hälfte von uns erschrocken zusammenzucken. Jetzt fehlt nur noch ein Steppenläufer, der einsam über den Platz fegt.

Die Uhr schlägt sechs. Und pünktlich auf die Sekunde kommen sie plötzlich von überall her. Aus den Seitengassen betritt einer nach dem anderen den Ort des Geschehens und stellt sich uns gegenüber auf. Blooming lässt sich von einer ihrer Pflanzen von einem Dach hinunter bringen und diese anschließend verpuffen. Ein Kerl im Laborkittel, Doc B., reist vermutlich vorwärts durch die Zeit und teleportiert sich dadurch von einem Supermarktflachdach auf den gepflasterten Boden.

Nach meinem Geschmack tragen die von der Justice etwas dick auf. Aber mich fragt ja keiner. Sobald alle angekommen sind, laufen sie geschlossen und langsam auf uns zu. Die meisten Gesichter ziert ein Grinsen oder Entschlossenheit. Oxy bedenkt FireWire mit einem abwertenden Blick und spuckt auf den Boden, als sie circa zehn Meter vor uns stehen bleiben.

«Sieh an», sagt er gedehnt. «Wen haben wir denn da? Die kleine Verräterin FireWire. Läuft es einmal nicht nach deiner Nase, bildest du einfach deine eigene Gruppierung oder schließt dich den Feinden an.» Neben ihm rümpft Blooming die Nase. «Du wirst schon noch sehen, was dich deine Untreue kosten wird.»

Oxy wendet sich von ihr ab und betrachtet jeden von uns nacheinander. Als er bei mir ankommt, zucken seine Mundwinkel zu einem widerlichen Grinsen. Bei Ronan bleibt er schließlich hängen.

«Na dann, auf einen unfairen Kampf. Ladies and Gentleman», sagt er gefährlich grinsend und geht in Position. «Lasst die letzten Heldenspiele beginnen.»

Als wäre das der Anpfiff gewesen, rasen auf einmal alle acht Justice-Leute auf uns zu. Durch Wendy sind wir jetzt in der Überzahl. Mit ein paar Sekunden Verzögerung setzen auch wir zum Kampf an und sprinten auf unsere Angreifer los. Ich brülle dabei laut zum Angriff.

Mein erstes Ziel ist dieser Doc B. Einfach weil er mir genau gegenüber steht und irgendwie jeder den angreift, der gerade auf ihn zu gerannt kommt. Tja. Pech für einen der Justice, denn irgendwer von denen bekommt zwei von uns ab. Wenn Wendy uns nicht doch noch verrät. Ich traue ihr immer noch nicht.

Kurz bevor ich bei Doc B. ankomme, ziehe ich meinen Bo aus der Halterung, portiere mich hinter ihn und drehe mich noch in der Landung zu ihm um, um ihm eine zu verpassen. Das sitzt. Er ist so überrascht von dieser Aktion, dass es ihn glatt umhaut, als mein Stöckchen ihn ins Kreuz trifft. Haben die etwa nicht recherchiert? Kopfschüttelnd hole ich aus und drücke ihn mit meinem Bo gleich wieder zu Boden, als er aufstehen will.

«Du hast verkackt», raune ich ihm zu und drücke etwas stärker. Tja. Doch da reist er in der Zeit und steht plötzlich hinter mir. Dumm von mir. Als hätte ich nicht recherchiert. Im nächsten Moment ist er im Vorteil und hat mich im Schwitzkasten. Und zwar so fest, dass ich mich nicht befreien kann. Mit Mühe drehe ich den Bo in meinen Händen und ramme ihn ihm auf gut Glück irgendwo rein. Egal, wo ich getroffen habe, es hat gesessen. Denn er lässt stöhnend los, sodass ich mich kurz wieder sammeln und umdrehen kann.

Neben mir fliegt gerade FlyPie mit vollem Karacho vorbei. An ihrer Hand hat sie Switcher und reißt ihn mit sich in die

Höhe. Ich grinse, wirbele meinen Bo umher und teleportiere mich wieder fort. Ich lande auf dem Flachdach des Supermarktes und blicke auf das Kampfgeschehen hinunter. Es hat Blooming erwischt. Sie darf sich mit zwei Gammas herum prügeln. Dafür schlägt sie sich allerdings wirklich gut. Gerade sehe ich wieder zu Doc B., da ist er auch schon verschwunden. Gefasst sehe ich mich um und behalte Recht mit meiner Vermutung. Er ist zu mir herauf gekommen. Grinsend sieht er mich an und plötzlich stehen zwei von ihm vor mir.

«What the fuck?»

«Da guckst du, was?» Und schon taucht ein weiterer auf und noch einer und noch einer. Plötzlich bin ich umzingelt von neun Doc B.'s und gehe in Kampfposition. Ich wusste nicht, dass er sich selbst so oft, in die gleiche Zeit befördern kann. Wie fies!

Ich schreie laut auf und hole aus, um einmal einen Rundumschlag zu machen. Ich treffe fast alle. Die ersten drei Docs verpuffen jedoch wieder, bevor ich sie treffen kann. Vermutlich, weil seine Reisezeit abgelaufen ist. Hat er sowas überhaupt? Stirnrunzelnd stehe ich da, weil ich mir diese Frage stelle und kassiere einen Schlag in den Nacken. Ouch.

Verdammt miese Kraft, die er da hat. Er kann sich quasi teleportieren und vervielfältigen. Ich reibe mir den Kopf und teleportiere wieder hinter ihn. Mein Fuß trifft ihn in der

Magengegend, bevor er wieder reisen kann. Ich muss so oft wie möglich zuschlagen, bevor er seine Kraft anwenden kann. Ich muss ihn am besten so schnell wie möglich ausschalten. Auch wenn wir eigentlich ausgemacht hatten, die Justice möglichst nur auszuknocken.

Noch immer auf dem Dach stehend, schmiede ich einen sehr spontanen Plan. Doc B. dreht sich gerade Nacken reibend zu mir um, da blitzteleportiere ich so oft um ihn herum, bis er die Orientierung verliert, wo ich gerade bin. Schließlich bleibe ich hinter ihm stehen und verpasse ihm einen großen Stups mit meinem Bo. Er steht dicht genug am Rand des Daches, um ins Taumeln zu geraten. Ich sehe, wie seine Arme rudernd durch die Luft fliegen, er nach seinem Gleichgewicht sucht. Aber die Schwerkraft gewinnt und es zieht ihn hinunter zu Boden. Der Sicherheit halber schaue ich ihm hinterher, um mich zu vergewissern, dass er nicht irgendwie doch noch schnell eine kleine Zeitreise unternimmt. Aber die fünf Meter Tiefe gepaart mit seinem Reaktionsvermögen scheinen nicht auszureichen, um so schnell zu schalten. Mit einem dumpfen Geräusch landet er rücklings auf dem gepflasterten Marktplatz. Gleich darauf ergießt sich eine Blutlache um seinen Kopf herum. Schnell drehe ich mich weg und schüttle mich. Wieder mal ein merkwürdiges Gefühl, wirklich für den Tod eines anderen verantwortlich zu sein. Dieses Mal trifft es mich aber nicht ganz so hart wie beim Gnom. Vielleicht weil ich ihm dieses Mal keinen Bo ins Auge gerammt habe. Ich weiß es nicht.

Schnell verschaffe ich mir einen Überblick über die aktuelle Kampfsituation. Außer Doc B. sind alle noch quicklebendig und voll im Kampfeinsatz. Hier und da ragen dicke und dünne Schlingpflanzen aus dem Pflasterstein hervor. Eine davon brennt. Blooming und Wendy leisten sich gerade einen erbitterten Kampf.

Immer wieder weichen die Kämpfenden am Boden erfolgreich den Wasserbomben von FlyPie aus.

Oxy kämpft gerade gegen den Stopper. Dieser ist bisher schnell genug, die Zeit jedes Mal anzuhalten, wenn Oxy ihm gerade die Luft abdrücken will. Schnell wie ein Blitz nutzt er die gestoppte Zeit, um ihm jedes Mal eine zu versetzen und ich muss grinsen. Ab und zu erwischt er beim Zeit Stoppen auch andere Kämpfende, die in seinen Radius geraten.

Dann entdecke ich Burn, die es gerade mit Mrs Possible zu tun hat. Sieht übel aus. Mrs Possible attackiert Burn am laufenden Band und diese kommt gar nicht nah genug ran, um ihre Kräfte anzuwenden. Sieht so aus, als könnte ich dort helfen.

Ich greife fest um meinen Bo und teleportiere mich zu den beiden. Direkt hinter Mrs Possible. Von dort aus stoße ich ihr den Bo in den Rücken, wie die Wärter in Welkenhein mir ihren

Schlagstock hinein gerammt haben. Nur härter. Sie fällt ächzend auf die Knie und schnaubt wütend.

«Zwei gegen einen ist unfair!», ruft sie und rappelt sich wieder auf.

«Achso?», frage ich gespielt überrascht. Dann winke ich ab. «Ich denke, damit wirst du zurecht kommen.» Und der Plan hat funktioniert. Meine Anwesenheit hat sie so sehr abgelenkt, dass sie Burn für kurze Zeit aus den Augen gelassen hat. Diese nutzt das aus und packt die Frau an den Hüften. Mrs Possible schreit schmerzvoll auf und ich ziehe scharf die Luft ein, als ich sehe, dass ihr Anzug an der Stelle verkohlt ist und sich rote Brandwunden auf ihrer nackten Haut bilden. Es reicht widerlich nach verbrannter Haut. Gerade bin ich ein bisschen froh, dass Burn auf unserer Seite steht.

Das Adrenalin unserer Gegnerin scheint gerade so sehr zu pumpen, dass diese den Schmerz einfach übergeht und irgendeine krasse Technik an Burn auslebt. Kein Plan welcher Kampfsport das ist, aber kurz darauf fliegt Burn nach einem Kick durch die Luft und landet zwei Meter weiter ziemlich unsanft auf dem Boden.

Ich übernehme also wieder und bearbeite unsere Feindin mit meinem Bo. Klingt jetzt sexuell angehauchter, als es ist. Mein Stöckchen bohrt sich in ihre frischen Brandwunden hinein und obwohl sie unerbittlich dabei schreit, tritt sie mir den Bo mit aller Kraft aus der Hand. Fuck. Schnell teleportiere ich fort, bevor sie mich mit ihren wilden, wahllosen Attacken treffen kann und hole mir meine Waffe zurück.

Mrs Possible wedelt herum und sprintet auf mich zu. Sie springt in die Luft, hebt ihren Fuß, um mir einen Kick zu verpassen und gerade noch rechtzeitig, dematerialisiere ich mich. Als ich wieder auftauche, sehe ich, wie sie elegant wieder auf beiden Füßen landet. Direkt neben Burn, die wieder aufgestanden und zurück gekommen ist. Diese packt sich jetzt Mrs Possibles Füße, der zunächst wieder der Stoff des Anzugs wegbrennt und schließlich auch ihre nackten Füße versengt. Sie schreit erneut höllisch auf und ich reiße mich zusammen, um diesen widerlichen Schmerzensschrei zu ignorieren. So viel zu: So wenig wie möglich selbst Hand anlegen bei Verletzungen. Aber es ist einfach unumgänglich.

Während ich mich kurz in den Kampfbann zwischen zwei hübschen Frauen reißen lasse, werde ich plötzlich voll von hinten weg gefegt. Ein Körper reißt mich mit sich zu Boden und ein paar Meter neben mir zerschellt platschend ein Wasserbombe. Zum Glück reichen die Spritzer nicht bis zu mir.

«Sorry!», höre ich MovE rufen. Mrs Bubbles hievt sich gerade wieder hoch und drückt mir dabei ihre Hand voll ins Gesicht, was meinen Kopf in einem unsaften Winkel zu Boden drückt. Oh, fuck. Wenn ich Pech hab, wird das eine schöne Nackenverspannung. Was wieder was Gutes hätte. Denn wenn ich später eine Nackenverspannung bekomme, bedeutet das, dass ich noch lebe. Kurz blicke ich zu meinen beiden Seiten. Links Burn gegen Mrs Possible. Rechts MovE gegen Mrs Bubbles.

Mal ganz ehrlich, wer hat sich eigentlich den Rotz mit diesen Mrs ausgedacht? Das ist doch vollkommen bescheuert. Verständnislos schüttle ich den Kopf, teleportiere mich zurück auf das Supermarktdach und drücke den Knopf an meinem Minimikro.

«MovE, Burn, hört ihr mich?» Ich schaue zu den beiden hinunter, die voll eingebunden sind. Zumindest MovE findet kurz die Möglichkeit, sich zurück zu melden. Mrs Possible kann sich kaum noch bewegen, weil ihre Füß völlig verbrannt sind. Immer wieder höre ich ihr Schmerzensjammern.

«Okay, ich gehe jetzt einfach davon aus, dass ihr beide mich hören könnt. Passt auf, ihr steht gerade in einer Linie. Lasst die beiden Mrs sich möglichst gegenseitig ausknocken. MovE, du schleuderst deine Mrs einfach mit voller Kraft gegen die Mrs von Burn. Ich geb dir Bescheid, wenn es soweit ist. Burn, wenn ich das Go gebe, dann sprintest du so schnell es geht weg, damit es dich nicht erwischt. Klar? Das hat mehr Power.»

Ich warte keine Antwort ab. Ich sehe, dass die beiden gerade keine Hand frei haben. Kurz drehe ich mich um, um mich zu vergewissern, dass mich niemand hier oben aufgesucht hat, dann wende ich mich wieder meiner Aufgabe zu.

Mrs Possible versucht gerade irgendwie unter Schmerzen aufzustehen. Mrs Bubbles versucht an MovE heran zu kommen, um vermutlich sein Blut zum Kochen zu bringen. Ich warte bis die Possible so gut es geht wieder steht, dann gebe ich das Startzeichen. Burn rennt augenblicklich weg und MovE macht, was ich befohlen habe. Bubbles fliegt in hoher Geschwindigkeit auf Possible zu, die davon gar nichts mitbekommt und ehe eine von beiden auch nur die Chance bekommt zu reagieren, krachen sie mit den Köpfen gegeneinander. Das mit den Köpfen war so nicht geplant, ist aber ein netter Zufall für uns. Denn ausgeknockt sind alle beide jetzt auf jeden Fall. Wenn sie nicht sogar eine Gehirnerschütterung davon tragen.

«Wohoo!», brüllt Burn in meinem Ohr. «Geilo, das war großartig! Danke, Jas- Microman.»

Ich höre aus ihrer Stimme heraus, dass sie grinst. Dann sehen beide zu mir hoch, zeigen mir einen Daumen nach oben und stürzen sich wieder ins Getümmel.

Vor mir versperrt sich die Sicht. Eine fette Schlingpflanze wächst mir in den Weg und gleich darauf kommt auch Blooming zum Vorschein, die von der Pflanze aus auf das Dach springt.

«Ach, dachten wir also, wir können uns verstecken, ja?»

«Wir? Also mit dir versteck' ich mich ganz sicher nicht», antworte ich verächtlich. Blooming erhebt die Hand und eine weitere, nicht ganz so fette Pflanze, sprießt aus der Decke des Supermarktes empor und befördert mich in die Luft. Ehe diese mich fester packen kann, teleportiere ich heraus und lande wieder auf dem Dach. Das erinnert mich an die Metallmasse des Gnoms, in der ich damals feststeckte. Und dank dessen weiß ich, dass ich aus so einer erdrückenden Gefangenschaft nur schwer wieder heraus komme.

«Überraschung», lächle ich sie an, als sie mich anstarrt. «Also wirklich. Wollt ihr mir echt alle sagen, dass ihr nicht wisst, dass ich meine Kräfte zurück habe?» Ich schüttle meinen Kopf. «Tz, tz, tz. Ich bin enttäuscht. Ich dachte ihr macht eure Hausaufgaben besser, wenn ihr uns schon großkotzig heraus fordert.»

Blooming scheint nicht sonderlich schlagfertig zu sein. Wieder einmal reagiert sie nicht verbal, sondern hetzt mir eine ihrer Schlingpflanzen auf den Hals. Ich springe von einem sprießendem Stängel zum Nächsten und entweiche somit knapp einem Würgeversuch dieser.

«Kannst du eigentlich nur das? Die Blümchen damals in der Talkshow waren doch so hübsch», spotte ich. Und prompt beweist sie mir das Gegenteil und lässt eine riesige Venusfliegenfalle wachsen. Völlig überrumpelt blicke ich das Riesenteil an. Sie ist genauso groß wie ich, was irgendwie erschreckend ist. Etwas schubst mich von hinten direkt auf sie zu, sodass ich das Maul der Fliegenfalle berühre. Ihr Mund schnappt auf und will nach mir haschen, da greife ich aus reflexartiger Panik nach meinem Bo und schlage ihr gerade noch rechtzeitig mit voller Wucht den Kopf ab. Dieser rollt das Dach hinunter auf den Marktplatz. Kopf und Körper der Venusfliegenfalle schrumpfen wieder in sich zusammen, bis sie schließlich verpufft sind und Blooming kommt dahinter zum Vorschein, die mich herausfordernd angrinst. Ich teleportiere mich umgehend über sie und lasse mich auf sie hinunter fallen, den Bo nach unten gerichtet. Überrascht weicht sie gerade noch so aus und stolpert dabei über ihre eigenen Schlingpflanzen. Als ich gerade zur Landung ansetze, rollt sie den Stängel ihrer Pflanze entlang einmal komplett nach unten zu Boden. Es sieht holprig und schmerzhaft aus, aber durch ihre Pflanze landet sie weitaus sanfter als Doc B. zuvor und überlebt den Sturz. Gerade will ich zu ihr hinunter, da ertönt eine Stimme in meinem Ohr.

«Freezer braucht Hilfe!»

Schnell werfe ich einen Blick auf das Schlachtfeld, das mittlerweile wahrhaftig aussieht wie ein Schlachtfeld. Noch mehr Pflanzen sprießen mittlerweile überall hervor, eine Laterne wurde umgeknickt, ein Mülleimer rollt über den Platz und entleert seinen Inhalt. Blumenkübel liegen auf dem Boden, deren Erde um sie herum verteilt ist. Und ich entdecke ein erstes Opfer der Gammas. MovE liegt leblos am Boden. Unbeachtet. Sein Kopf ist merkwürdig verdreht. Ohne mich auszukennen, tippe ich auf Genickbruch.

Ich beiße die Zähne fest zusammen und halte mit klopfendem Herzen Ausschau nach Freezer. Dabei fliegt ein paar Meter vor meiner Nase FlyPie an mir vorbei. Ihr Wasserbombenvorrat scheint beinahe aufgebraucht. Leider ist dieser Idee bisher nicht viel Erfolg entsprungen. Niemand musste bisher seine Kräfte einbüßen. Verdammt.

Ich suche weiter nach Freezer. Kaum entdeckt, stecke ich den Bo zurück in seine Halterung und teleportiere mich auch schon zu ihm. Oxy hat ihn voll im Griff und Freezers Gesicht hat schon rote Töne angenommen. Ich teleportiere mich auf Oxys Schultern. Das bringt ihn aus dem Gleichgewicht, er taumelt ein wenig umher und als er schnallt, was gerade passiert ist, versucht er, mich von sich runter zu schmeißen. Was ihm leider auch gelingt. Ich rolle mich gerade noch ab, bevor ich mir irgendetwas brechen kann.

Sofort springe ich wieder auf die Beine, um Oxy entgegen zu treten. Laut brüllend hole ich aus, so sehr ich kann und ziele auf seinen Kopf. Was dann passiert, lässt mich jedoch für einen Moment komplett aussetzen. Alles geschieht wie in Zeitlupe.

Ich, ein paar Zentimeter über dem Boden. Voll in Angriffspose. Den Bo bis zum Anschlag ausgeholt und gerade zum Schlag angesetzt. Vor mir Oxy, der mich provokant angrinst. Im gleichen Moment wie ich kommt von der Seite ein anderer Kerl auf Oxy zugeflogen. Ich kenne ihn nicht. Habe ihn nur vorhin in den Reihen der Justice gesehen, bevor es losging. Während ich in gefühlter Zeitlupe auf Oxy zu rase, gehe ich im Kopf durch, wer der Kerl sein könnte. Und übrig bleibt Switcher. Mein Bo ist kurz vor Oxys Kopf. Gleich habe ich mein Ziel erreicht. Gleich ist seine Birne nur noch Matsch. Und dann kommt die Erkenntnis. Switcher, der sich auf Oxy stürzt. Auf seinen eigenen Kollegen? Entweder noch ein spontaner Seitenwechsler… oder einer von uns.

Obwohl ich mir Mühe gebe, kommen die Befehle aus meinem Gehirn nicht mehr rechtzeitig in meinen Armen an. Oxy tritt grinsend zur Seite und der, der aussieht wie Switcher, fliegt mir voll in die Schussbahn. Statt Oxys Kopf, trifft die Wucht meines Schlages den Kopf von Switcher. Im gleichen Moment, in dem dieser zu Boden geht und ein knackendes Geräusch - wie durch einen Verzerrungsfilter - an meine Ohren dringt, sehe ich jemanden hinter dem falschen Körper. Freezer. Er grinst mich an und winkt. Der Schwung meines Bos reißt mich ein paar Meter mit und ich stolpere fast über ihn drüber. Freezers grinsendes Gesicht verwandelt sich in das von Switcher und der Switcher, den ich gerade erwischt habe, verwandelt sich am Boden zurück in Freezer, aus dessen Ohr Blut zu rinnen beginnt.

Kapitel 26

Bevor ich noch irgendetwas denken kann, gehe ich in die Knie und übergebe mich. Nach all dem, was ich schon gesehen und erlebt habe, sollte man meinen, ich wäre abgehärtet. Aber das hier stülpt mir den Magen um. Ich habe Freezer umgebracht. Freezer...

Ich kotze mir die Seele aus dem Leib und kaum, dass ich fertig bin, bleibt mir die Luft weg. Oxy. Grinsend hat er sich vor mir aufgestellt.

«Wie schön. Jetzt kann ich ja mein Werk endlich vollenden. Nachdem du noch einen deiner kleinen Freunde brutal ermordet hast. Ich würde sagen, den Tod hast du mehr als nur verdient, nicht wahr?» Seine Augen glitzern irre und ich packe mir an die Kehle. Ich will etwas sagen, doch es kommt nur ein Röcheln heraus. Jeder Versuch mich fort zu teleportieren, zerrt nur noch mehr an meiner Energie. Es fühlt sich an als würden meine Augen langsam hervor treten und mein Hals wird ganz taub. Da sacke ich mit einem Mal erschöpft zu Boden und kriege wieder Luft. So hastig ich kann sauge ich den Sauerstoff um mich herum auf wie Nikotin und huste.

Als ich aufblicke, sehe ich FireWire, die Oxys Umhang in Brand gesteckt hat. Dieser ist hektisch damit beschäftigt, sich aus dem Umhang zu befreien, während FireWire mir die Hand reicht. Weil ich gerade zu schwach bin, selbst sofort auf die Beine zu kommen - und nur deswegen! - greife ich danach und lasse mir von ihr hoch helfen. Kaum dass ich stehe, lässt sie sofort los. Knapp nickt sie mir zu, dann eilt sie Ronan zur Hilfe, der gerade vom Wanderer in die Hausmauer des Supermarktes verfrachtet wird.

Während Oxy noch mit dem brennenden Umhang kämpft, teleportiere ich auf einen Balkon der Häuser am Markt und regeneriere mich kurz. Mein Hals brennt und mein Nacken beginnt tatsächlich jetzt schon, weh zu tun. Hinter der Fensterscheibe der Balkontür entdecke ich eine Frau, die mich mit vor Schreck geweiteten Augen anstarrt. Ich mache ihr ein Zeichen, dass sie vor mir nichts zu befürchten hat. Ob sie es versteht, weiß ich nicht, aber immerhin rennt sie weg. Irgendwo tiefer hinein in ihre Wohnung.

Freezer ist tot, wird mir gerade erst richtig bewusst. Verdammt. Irgendwie hab ich diesen Kerl tatsächlich so lieb gewonnen, dass mir sein Tod verdammt nahe geht. Viel, viel näher als der von MovE. Ich ohrfeige mich selbst und befehle mir, mich zusammen zu reißen. Der Kampf ist noch nicht beendet und Oxy noch nicht bestraft. Ich kann die Gammas jetzt nicht im Stich lassen.

Ich wende mich wieder dem Kampfgeschehen zu. Tatsächlich hat sie die Zahl der Kämpfenden schon um einiges dezimiert. Die beiden Mrs liegen noch immer bewusstlos am Boden, die Blutlache um Doc B.'s Kopf ist größer geworden. Etwas Blut ist bis zum Gulli gelaufen und tropft dort hinein.

MovE und Freezer liegen beide leblos, nicht weit voneinander entfernt, auf dem Boden. Ein paar Meter weiter entdecke ich dann auch Switcher, der wie auch immer unter einen paar Ziegelsteinen vergraben liegt. Überall um ihn herum liegt Blut.

Und auch Burn hat es erwischt. Sie hängt schlaff in der Luft in einer von Bloomings Schlingpflanzen. Ihr Gesicht und der Hals sind ganz lila. Wie das des Typen neulich. Und wie Coras.

Der Stopper wird gerade von Vater Morgana mit Trugbildern bombardiert. Völlig wahl- und sinnlose Bilder, die auf ihn einprasseln. Ein statisches Ufo, Frankensteins Monster, eine Panzerfaust. Vermutlich kennt er nichts, womit er dem Stopper persönlich eine negative Emotion verschaffen kann. Deshalb versucht er es mit Ablenkung.

Ich suche die Gegend nach Oxy ab. Morty gegen den Wanderer. Wendy gegen Blooming. Ronan gegen Oxy. Da ist er ja. Dann landet FlyPie neben mir.

«Meine Wasserbomben sind aus», teilt sie mir mit.

«Hat nicht so geklappt der Plan, was?», murmle ich missmutig.

«Ich habe nur Switchers Gen lahm legen können. Mit der letzten Wasserbombe eben! Es ist wirklich furchtbar schwer, jemanden zu treffen. Es sind einfach ständig alle in Bewegung und immer ist ein Gamma zu gefährlich nah in Schussweite. Ich will ja niemanden von uns treffen.» Seufzend schüttelt sie den Kopf. «Ich komme mir so nutzlos vor.»

«Musst du nicht. Du hast dir alle Mühe gegeben. Und immerhin hast du einen erwischt!» Sie hebt einen Mundwinkel, sieht aber dennoch geknickt aus. «Weißt du, was du machen kannst?»

Fragend schaut sie mich an.

«Wenn du stark genug bist, könntest du dann die leblosen Gammas aus der Schlacht fliegen?»

Sie blickt vom Balkon hinunter zu den Opfern. Von der Seite sehe ich, wie sie arbeitet. Innerlich und äußerlich. Ihr ganzes Gesicht ist angespannt. Nervös kaut sie auf ihrer Unterlippe herum und ihre Augen werden feucht. Dann nickt sie sachte. «Ich geb mein Bestes.» Dann fliegt sie davon und holt sich zuerst Burns Leiche, mit der sie ein wenig zu kämpfen haben wird, bevor sie sie befreien kann. Gerade will ich mich auch wieder ins Getümmel stürzen, um zu helfen, da donnert es lauthals und ich zucke zusammen, weil es so laut ist. Beinahe direkt über meinem Kopf. Wie konnte das kommen? Braut sich ein Gewitter direkt über uns zusammen? Habe ich das vorher einfach überhört?

Ich blicke gen Himmel und sofort landet ein Tropfen direkt neben meinem Auge auf der Maske. Fuck... Nein! Perfekt! Ich beginne zu grinsen und reibe mir schalkhaft die Hände. Sofort drücke ich den Knopf meines Mikros.

«Leute, es beginnt zu regnen», sage ich langsam und voller Vorfreude. «Und wisst ihr was das heißt? Ich - will - sie - alle - nackig - seh'n!» Im letzten Satz betone ich jedes Wort einzeln.

Einen Moment lang herrscht absolutes Schweigen. Dann ertönte eine verwirrte Stimme in meinem Ohr. «Hä?»

«Damit sie nass werden, mann!» Ich rolle mit den Augen.

«Aaaachso haha!» Jetzt lacht die Stimme. Es ist die des Stoppers. Normalerweise hätte ich so etwas von Freezer erwartet. Aber der würde nun nie wieder lachen.

«Und schützt eure Gesichter! Lasst uns nochmal alles geben, bevor auch wir komplett durchnässt sind», ruft Morty in meinem Ohr.

Es donnert erneut und ich bekomme zwei weitere Tropfen ab. Dieses Mal auf der Schulter. Ein Blick auf das Geschehen auf den Marktplatz sagt mir, dass Stopper sich auch sogleich ans Werk macht. Er stellt sich zwischen Oxy und Vater Morgana, die dicht genug beieinander stehen, dass sie in den Radius des Stoppers fallen. Er hält kurz die Zeit an und Stopper und Ronan reagieren sofort, rennen auf ihre zwei Feinde zu und schälen sie, so gut es in der kurzen Zeit klappt, aus ihren Anzügen. Ich teleportiere mich dazu, warte bis

Stopper die Zwei erneut angehalten hat und teleportiere mit ihm zu Wendy und Blooming sowie Morty und dem Wanderer. Wieder treffen mich vereinzelte Regentropfen.

«Jetzt nochmal!», rufe ich. Gesagt, getan. Beide Frauen stehen still und ich mache mich dran, Bloomings Reißverschluss am Rücken zu öffnen und ihr den Anzug bis zur Hüfte zu ziehen, ehe die Zeit bei ihr weiter läuft. Stopper macht dasselbe mit dem Wanderer.

«Die trägt ja gar keinen BH unter ihrem Anzug», stellt Stopper überrascht fest. Ich grinse.

«Ja, zu unserem Leidwesen. Wenn die Brüste wenigstens hübsch wären.»

Unsere Gegner sind so verdattert über ihre plötzliche Entblößung, dass sie kurzzeitig fassungslos da stehen. Und mit einem Schlag setzt ein richtig heftiger Regen ein. Es schüttet aus Kübeln. So stark, dass selbst unsere Anzüge das nicht lange durchhalten werden. Das habe ich nicht bedacht. Nein, anders. Ich habe einfach nicht mit solch einem Starkregen gerechnet.

«Mist!», flucht Wendy.

«Weiter kämpfen!», rufe ich. «Ihr habt nicht umsonst Nahkampf trainiert, oder?»

Es dauert keine fünf Sekunden, da geht der Kampf weiter. Wendy wieder gegen die halbnackte Blooming. Morty und

Ronan gegen Oxy und den Wanderer. Stopper gegen Vater Morgana.

Mit einem Mal klatscht es direkt vor meiner Nase und Vater Morgana wird zu Boden gerissen. Von FlyPie. Erneut breitet sich eine Blutlache auf dem Boden auf, bevor ich richtig begreifen kann, was gerade passiert ist. FlyPie ist klitschnass und aus ihrem Schädel läuft ein kleines Blutrinnsal. Fuck! Sie scheint es nicht rechtzeitig aus dem Regen geschafft haben, bevor ihre Kräfte ausgesetzt haben. Scheiße! Und ich wollte sie schon loben, dass sie auch endlich jemanden umgehauen hat. Ich atme tief ein und wieder aus.

«FlyPie!», brüllt Ronan erschrocken und kassiert prompt einen Kinnhaken von Oxy.

Ich stürze auf diesen zu, ziehe meinen Bo und ramme ihn ihm in die Eier. Er brüllt laut auf vor Schmerz und Zorn und hält sich den Sack. Gehässig grinsend sehe ich ihn an.

«Na komm, Oxy», rufe ich. «Lass die Gammas in Ruhe und widme dich ganz und gar mir. Lass mich meine Rache an dir nehmen.»

Unter Schmerzen lacht er auf, was etwas bizarr klingt. «Wenn du jetzt bereit bist zu sterben, dann lass es uns hinter uns bringen.»

Wir gehen in Position, als warteten wir darauf, dass uns jemand ein Startsignal gibt. Und tatsächlich ertönt eine Art Signal. Ich kann es erst nicht richtig zu ordnen, weil der Regen um mich herum so laut prasselt und ein neuer Donnerschlag die Luft erfüllt. Aber dann sehe ich Blaulicht. Blaulicht?

Oxy scheint mindestens genauso verdattert zu sein wie ich. Da rücken tatsächlich Polizeiwagen an. Ganze Horden. Oooh nein! Das lasse ich mir jetzt nicht nehmen. Ich habe einen der Menschen vor mir, die mein Leben zerstört haben und habe die Chance, ihn dafür bluten zu lassen. Das lasse ich mir jetzt nicht von der Polizei kaputt machen. Die ganz nebenbei bemerkt so wirkt, als hätte sie nur auf Regen gewartet, um endlich aufzuschlagen. Clevere Bastarde!

Ich wende mich wieder Oxy zu, der sich noch immer den Sack hält und zu den Bullen rüber schaut.

«Nimm das, du Wichser!», rufe ich und renne auf ihn zu. Ich versuche zu teleportieren, aber der Anzug ist mittlerweile durch und ich klitschnass. Dann eben auf herkömmliche Art und Weise. So habe ich den Gnom ja auch besiegt.

Oxy weicht mir stolpernd aus und nimmt eine Hand von den Eiern, um mir eine zu verpassen, aber ich bin schon weg und hole erneut aus. Ich wirbele den Bo einmal um mich herum wie Donatello von den Turtles, um ihn mit dieser kleinen Show-Einlage abzulenken. Dann reiße ich den Bo vor mir so hoch, dass ich ihm damit einen ordentlichen Kinnhaken versetze. Jetzt, wo er seine Kraft nicht einsetzen kann, wirkt er beinahe lachhaft schwach. Er taumelt rücklings und fällt schließlich zu Boden.

Die Sirene ist lauter geworden und dröhnt in meinen Ohren neben all dem anderen Krach.

Ich stelle mich mit einem Fuß auf Oxy, um seinen Körper zu Boden zu drücken und schaue wutentbrannt auf ihn hinab. Um zusätzlich Kraft auf ihn auszuüben, drückt ich sein Kinn mit dem Stock auf den Boden.

Die entstehenden Pfützen reflektieren überall das Blaulicht der Polizei. Hinter mir dringt dumpfes Gebrüll durch all den Krach um mich herum. Aber ich blende es aus. Das Regenwasser läuft mir über das Gesicht. In die Augen, in den Mund. Meine gegelten Haare sind längst in nassen Strähnen hervor gerutscht und hängen platt an meinem Kopf herunter. Die werden sich sofort stark kräuseln, sobald sie wieder trocken sind. Das weiß ich schon jetzt.

«Du», fauche ich und spucke dabei unbeabsichtigt. «Du hast mir das Einzige geraubt, was mir im Leben noch wichtig war.»

«Und du hast es verdient!», faucht er zurück. Unter meinem Fuß spüre ich wie er versucht seinen Körper hoch zu drücken, aber ich lege mehr Gewicht hinein.

«Weißt du, was ich mit Leuten mache, die mir meine Lebensenergie rauben?» Er antwortet nicht. «Ich glaube ihr nennt es… *Kollateralschaden*.»

Ich reiße den Bo von seinem Kinn, hole stark aus und bin dabei, meine Tat zu wiederholen und ihm den Bo ins Auge durch den Kopf zu rammen. Doch wie ich so da stehe, den Bo erhoben, die plötzliche Furcht ins Oxys Gesicht erhaschend, kann ich einfach nicht. Ich kann nicht zu schlagen.

Ich will, obwohl ich mir einst geschworen habe, niemals wieder zu töten, aber irgendetwas hindert mich daran. Vielleicht ist es dieser Schwur. Das Gefühl, das sich danach in einem breit macht. Einen zermürbt und in Alpträume stürzt.

Wir starren uns gegenseitig in die Augen. Meine Brust hebt und senkt sich stark vor Adrenalin und das Regenwasser in meinen Augen lässt meine Sicht verschwimmen. Und dann, ehe ich es mir anders überlege und doch zu schlagen kann, packt jemand meine erhobene Hand. Der Bo wird mir aus der Hand gerissen und meine Arme unsanft auf den Rücken gedrückt. Dann zwingt mich jemand in die Knie und legt mir Handschellen an. Aus den Augenwinkeln nehme ich wahr, wie auch Oxy festgenommen wird. Von einem Mann mit einer Schutzweste so dick wie ein Regalbrett. Darauf steht SEK.

Wow. Das Spezialeinsatzkommando beendet also unseren großen Fight um die Stadt. Oder die Welt. Wie unspektakulär ist das denn bitte?

Kapitel 27

Ganz allein sitze ich einer kleinen, kahlen Zelle des Parondoner Gefängnis. Man hat uns alle hier her gebracht. Alle, die überlebt haben. Die beiden Mrs wurden ins Krankenhaus gebracht.

Wie sich herausstellte, war nicht nur das SEK da. Sogar die Kommando Spezialkräfte waren anwesend. Gemeinsam sind sie mit insgesamt zehn Wagen und rund vierzig bewaffneten Personen angerückt. Natürlich erst, nachdem es regnete und wir alle ganz normale Menschen waren. Früher hätte ich vielleicht behauptet, dass es feige von ihnen war. Jetzt muss ich eigentlich zugeben, dass es clever war. So hatten sie wenigstens eine faire Chance. Ich weiß wirklich nicht, ob ihre Waffen alleine etwas gegen uns alle hätte ausrichten können. Und außerdem hätte das schlecht für die Gammas ausgehen können, wenn sie vielleicht noch angefangen hätten, gegen das SEK und die KSK zu kämpfen.

Und jetzt sitze ich im Schneidersitz auf meiner kleinen, harten Bank, lehne den Kopf an die Wand. Ergeben warte ich auf mein Schicksal. Ein Schicksal, mit dem ich mich mehr oder weniger schon abgefunden habe und das ich tausend Mal lieber entgegen nehme als den Aufenthalt in Welkenhein. Außerdem weiß ich nicht, was ich draußen noch soll. Alles, was mir etwas bedeutet hat, ist fort. Und meine Schauspielkarriere kann ich jetzt auch vergessen. Die einzigen, um die es mir Leid tut, sie nicht mehr regelmäßig sehen zu können, sind Jer und seine Emma. Und ich finde es schade, ihr Kleines nicht kennen lernen zu können. Vermutlich komme ich erst wieder hier raus, wenn das Baby schon ein Teenager oder sogar außer Haus ist. Nur weil ich selbst keine Kinder will, bedeutet das ja nicht gleich, dass ich Kinder im Allgemeinen nicht leiden kann.

«Jasper Black», höre ich plötzlich eine mir vertraute Stimme sagen. Aber ich sehe niemanden, außer dem bewaffneten Wärter vor meiner Zelle. Ich fasse mir ans Ohr, aber eigentlich haben sie unser Kommunikationssystem entfernt bevor wir eingebuchtet worden.

Die Gammas wurden gemeinsam in eine der Ausnüchterungszellen gebracht. Die Justice und ich kamen direkt ins richtige Gefängnis. Oxy und der Wanderer bekamen eine extra Zelle, da ihnen Dank ihres Videos Mord vorgeworfen werden konnte. Die restlichen Justice-Mitglieder kamen gemeinsam in eine Zelle, weil sie bisher als nicht ganz so gefährlich eingestuft wurden. Das weiß ich, weil wir alle im Gänsemarsch hier rein geführt wurden und ich der letzte war, der eine Einzelzelle bekam. Jeder von uns hat seinen eigenen Wärter bekommen. Ich wette in ihren Waffen befindet sich Wasser.

Vor den Gitterstäben meiner Zelle wurde ganz provisorisch eine Wasserwand erzeugt. Eine Art Rohr geht einmal oben entlang, von links nach rechts. Man muss Löcher rein gemacht haben, denn es tropft in halbwegs regelmäßigen Abständen Wasser hinunter. Unten ist ein Auffangbehälter und eine Pumpe, die das Wasser zurück in das Rohr hinauf befördert. Nicht, dass ich vorgehabt hätte, mich irgendwie hier raus zu befreien. Aber da herrscht wohl mangelndes Vertrauen von Seiten der Polizei. Verständlicherweise.

Ein wenig erinnert mich diese Konstruktion an die, aus dem Keller in Welkenhein. Nur sehr, sehr sporadisch.

Vor meinen Gitterstäben kommt eine wohlgeformte, rothaarige Frau in Sicht. Meine Mundwinkel zucken unwillkürlich, als ich Willow erkenne. Ihr Haar ist etwas kürzer als vor einigen Monaten, ansonsten sieht sie genauso hübsch aus. Sie trägt ein dunkelgraues Business-Kleid, dass jede ihre Rundungen perfekt betont.

Etwas klimpert kurz und gleich darauf taucht ein Polizist neben ihr auf, der die Zelle mit einem Schlüssel eines riesigen Schlüsselbunds aufschließt. Ich werde sofort in Handschellen gelegt und mit Willow gemeinsam in einen kleinen, fast leeren Raum gebracht. Nur zwei Stühle sind dort. Links und rechts von einem Tisch aufgestellt.

Wir setzen uns und nach einem kurzen Nicken von Willows Seite verschwindet der Polizist nach draußen. Willow faltet ihre Hände auf dem Tisch und schaut mich ernst an. Da sie ewig nichts sagt, ergreife ich das Wort. «Du bist jetzt also meine Anwältin?»

Sie nickt knapp. «Richtig erkannt. Da hast du dir ja ganz schön was geleistet. Ich dachte ich höre nicht richtig, als deine Geschichte ans Licht kam. Ich hab mich furchtbar geekelt, bei dem Gedanken, dass ich dich anziehend fand.» Sie klingt ziemlich ernst und kalt. Ihre quirlige Art hat mir dann doch weitaus besser gefallen. «Direkt danach kam Ms Mosswill zu mir.» Mir fallen fast die Augen aus dem Kopf.

«Cora war bei dir?»

Sie nickt wieder knapp. «Sie hat mir die ganze Geschichte erzählt, von Anfang an. Wie es zu den Vorwürfen kam und wie es wirklich war und hat mich gebeten, deinen Prozess zu übernehmen. Ich habe lange darüber nachgedacht. Zumindest so lange wie ich dachte, dass mir Zeit bis zum Prozess bleibt. Mir war nicht ganz wohl bei der Sache, aber als Rechtsanwältin habe ich selten die sympathischsten Fälle. Und weil mich deiner irgendwie interessiert hat - nach ihrer Geschichte - habe ich schließlich zugestimmt.»

«Es sollte keine-»

«- Gerichtsverhandlung geben. Das weiß ich mittlerweile. Das erklärt, weshalb ich ständig vertröstet und schließlich abgelehnt wurde. Nachdem die ganze Sache mit der Justice los ging, habe ich eine andere Sichtweise entwickelt. Im

Bezug auf deine Geschichte.» Ihre Gesichtszüge werden endlich etwas weicher und ihre gefalteten Hände legen sich flach auf den Tisch. «Ich glaube ich verstehe jetzt halbwegs warum du das tun musstest. Du hast deinen eigenen kleinen Krieg geführt und im Krieg ist leider Gottes alles erlaubt, wie man so schön sagt.» Jetzt lächelt sie ein wenig, auch wenn es etwas steif aussieht. «Deshalb und weil ich gehört habe, was dir in deiner letzten Haft widerfahren ist, bin ich der Meinung, dass du deine Strafe nicht ganz so hart verdienst, wie sich dich vermutlich erwarten wird. Und das ist der Grund, weshalb ich mich erneut als deine Anwältin gemeldet habe. Direkt nachdem ich von der Verhaftung erfahren habe. Ich kann dich nicht komplett ungestraft raushauen, aber ich werde mein Bestes geben, dir eine möglichst geringe Strafe zukommen zu lassen.»

Ich bin etwas baff. Klar, genau für solche Fälle wollte ich sie mir immer warm halten. Aber dass es tatsächlich so kommen würde und vor allem, dass Cora dafür verantwortlich sein würde, habe ich nie im Leben kommen sehen.

Ich beiße die Zähne wieder fest aufeinander. Cora ist viel zu gut für mich gewesen. Immer schon.

«Danke.»

«Danke nicht mir, sondern deiner Freundin.» Wir schweigen einen Moment lang. Dann sieht sie mich wieder an. «Wir werden die Wahrheitsschiene fahren vor Gericht. Du weißt ja sicher, dass du dich eh nicht entziehen kannst. Es gibt Beweisvideos.» Ich nicke zerknirscht. «Deshalb wirst du alles gestehen. Erzähl die volle Wahrheit, von Anfang an. Jetzt, wo die Leute am eigenen Leib erfahren haben und ihnen in Erinnerung gerufen wurde, wie negativ manche Genträger agieren können, wird sie das bei der Entscheidung deiner Strafe gegebenenfalls beeinflussen. Den Rest überlässt du mir. In Ordnung?» Wieder einmal nicke ich. «Oh und… aber kein Wort über uns beide, verstanden? Das gehört nicht in den Gerichtssaal und könnte die Entscheidung wieder negativ beeinflussen. Außerdem ist das keine gute Werbung für mich.» Meine Mundwinkel zucken kurz und sie lächelt ebenfalls ein wenig. «Gut, dann werde ich jetzt alles vorbereiten und wir sehen uns einen Tag vor dem Gerichtstermin wieder, um nochmal alles durchzugehen.» Sie erhebt sich und knallt dabei mit dem Knie gegen den Tisch. «Au!», flucht sie und reibt es sich schief grinsend.

«Da ist sie wieder. Die gute, tollpatschige Willow», grinse ich. «Ist mir viel sympathischer als die strenge, böse.»

Sie knufft mir in den Oberarm und lacht leise. Dann öffnet sie die Tür und verabschiedet sich.

«Willow?» Sie dreht sich noch einmal herum. «Wie müsste meine Strafe denn ausfallen?»

Sie zögert einen Moment, ehe sie antwortet. «Vermutlich 15 bis 20 Jahre Haft.» Ich atme tief ein und aus. Dann geht sie weiter und der Wärter bringt mich zurück in meine Zelle.

Kapitel 28

Die Tage bis zum Prozess vergehen nur langsam. Aber angenehmer. Ich glaube nach Welkenhein ist beinahe jeder Knast ein Paradies. Es gibt anständig zu Essen, ich darf aufs Klo gehen, wenn ich mal muss und richtig duschen. Mit warmen Wasser. Niemand misshandelt mich oder droht mir. Bloß ein paar brummige Wärter, die manchmal dumme Sprüche lassen, im Grunde aber harmlos erscheinen.

Doch dann ist es soweit. Meine Gerichtsverhandlung beginnt. Dafür bringt mir Jeremy extra meinen einzigen Anzug von zu Hause mit bei einem seiner Besuche. Jedes Mal teilt er mir aktuelle Stände mit. Dass Parondon langsam zurück zur alten Ordnung findet und die Polizei und der Bürgermeister sich in aller Öffentlichkeit für alles Geschehene entschuldigt haben. Dass man in anderen Metropolen jetzt streng durchgreift, damit dasselbe bei ihnen nicht auch passiert. Es wurde begonnen, die Stadt wieder aufzubauen und die Gammas wurden freigesprochen, da sie sich nichts zu Schulden haben kommen lassen, außer des zerstörten Marktes beim Endkampf. Sie haben lediglich eine Art Wiedergutmachungsstrafe erhalten, in dem sie beim Wiederaufbau der Stadt helfen müssen.

Die Justice-Mitglieder hingegen müssen sich alle einzeln vor Gericht erklären. So wie ich nachher.
Auch Wendy.

Als ich den Gerichtssaal betrete, ist der bereits voll. Eigentlich dachte ich, das läuft in ganz kleiner Versammlung ab. Die Leute vom Gericht und ich. Aber anscheinend interessiert mein Fall mehr Menschen als erwartet. Die meisten kenne ich nicht. Aber hin und wieder entdecke ich doch ein bekanntes Gesicht. Jeremy und Emma natürlich. Chloe. Morty, Ronan. Alle Gammas, die es noch gibt. Sogar die, die am Ende nicht mitkämpfen konnten. Außerdem sogar Siran und den ein oder anderen Kollegen aus dem Fight Club. Und ganz zum Schluss entdecke ich Abigail. Coras Mum.

Ich bin ein wenig geflasht über so viel Präsenz. Und ich bin mir nicht ganz sicher, ob das ein gutes oder schlechtes Zeichen ist. Wollen sie sich alle daran laben, wie ich verurteilt werde? Oder hoffen sie mit mir auf ein so mildes Urteil wie möglich?

Als ich mich setze, fällt mein Blick kurz auf die ganzen Zuschauer. Und da entdecke ich noch ein bekanntes Gesicht. Karen. Mit dem Ansatz eines Babybauchs und schmalen Lippen sitzt sie unter den mir fremden Menschen. Neben ihr sitzt ein großer, hagerer Kerl. Vermutlich ihr neuer Mann, dieser... ich hab den Namen schon wieder vergessen.

Irgendwas Französisches. Karens und mein Blick treffen sich und sie verzieht keine Miene. Schaut mich einfach nur an. Schnell wende ich den Blick von ihr ab und versuche nicht daran zu denken, weshalb sie hier sein könnte.

Das Gefühl auf der Anklagebank zu sitzen ist ein unbeschreiblich unangenehmes Gefühl. Man wird von allen Seiten angestarrt und kann nur ahnen, was all diese Menschen von einem halten.

Mit einem mal wird es ganz ruhig im Saal. Das Getuschel verstummt abrupt und Schritte lassen mich aufblicken. Das Gerichts-Team betritt den Raum und nimmt seine Plätze ein.

Unter meinem Tisch spüre ich Willows Hand, die mein Knie kurz drückt. Ich vermute mal, dass das irgendwie aufmunternd sein soll.

Die Verhandlung wird eröffnet und dann geht erst einmal alles recht schnell und einfach. Die Staatsanwaltschaft trägt mir meine Anklage vor und dann steht es mir zu, mich dazu zu äußern oder zu schweigen. Wie mit Willow abgemacht, rolle ich die ganze Geschichte von vorne auf. Angefangen beim Gnom. Während ich von ihm erzähle, breitet Willow irgendwelche Unterlagen vor dem Richterkollegium aus und wirft zwischendurch kurz sämtliche Anklagepunkte des Gnoms in den Raum. Um zu verdeutlichen, welch eine Gefahr er für alle dargestellt hat. Dann erzähle ich weiter, wie ich meine

Kräfte bekam, der Gnom zuerst meiner Familie drohte und dann durch ihn und seine Untergebenen erst Joe und dann mein Vater ums Leben kamen. Auch dazu wirft meine Anwältin wieder Hinweise ein und gibt kurz die bisherigen Stände der Untersuchungen beider Todesfälle frei.

Danach berichte ich davon, dass alles in Ordnung war und ich ein friedliches Leben gelebt habe, bis die ganze Superheldensache los ging. Dass ich mich davon fern halten und nichts mehr damit zu tun haben wollte. Dann aber von Wendy hinein gerissen wurde, in dem sie mich verraten hat. Und dann erzähle ich zum ersten mal detailliert von meinen Erfahrungen in Welkenhein. Von jeder einzelnen Foltermethode. Ich beschreibe Personen und nenne Namen, die mir noch einfallen, aber leider nie komplett sind. Ich berichte davon, wie ich ungewollt in die Heldenspiele geschickt wurde und dass alle Teilnehmer Insassen des Hochsicherheitsgefängnisses waren, die dazu gezwungen wurde. Dann berichte ich, wie sie uns gedroht und was sie mit mir nach meiner Niederlage angestellt haben.

Während ich von meiner Zeit in Welkenhein berichte, gehen immer mal wieder Geräusche durch den Raum. Murmeln, erschrockene Laute. Als ich Jeremys Blick streife, sieht er völlig entsetzt aus. Ich berichte von unserer Flucht, ohne dabei die Helfenden zu nennen. Ich möchte nicht, dass irgendjemand meinetwegen doch nochmal in Schwierigkeiten gerät. Als ich beim Mord an Cora ankomme, versagt meine Stimme einen Moment. Aber kulanterweise hetzt mich niemand, sodass ich stockend meinen Bericht fortsetze. Ich meine, jemanden unter den Zuschauern leise schluchzen zu hören.

Weiter geht es mit meiner Erzählung über meine Flucht, wie mich die Folter und Coras Tod in einen Schlund gerissen haben und ich schließlich doch zurück ins Leben fand. Und dann komme ich auch schon am Schluss an. Der große Endkampf, bei dem ich beinahe noch Oxy getötet, dann aber doch gezögert habe und schließlich verhaftet wurde. Das mit Doc lasse ich aus, aber von Freezers Heldentat, mich zu retten, berichte ich. Falls seine Eltern im Saal sitzen. Damit sie wissen, was für ein guter Junge er war.

Willow erhebt sich, bedankt sich bei mir und ruft Zeugen auf. Jeremy, der erzählen soll, was ich privat für ein Mensch bin und wie er mich in der Zeit nach der Sache mit dem Gnom erlebt hat. Ronan, der damals beim Kampf dabei war und bestätigt, dass zumindest der Gnom im Kampf um Leben und Tod durch meine Hand gefallen ist und dass es in seinen Augen Notwehr war. Sogar Karen, die distanziert und kühl, aber ehrlich berichtet, was sie vom Gnom wusste und erstaunlicherweise sogar die Worte hervor bringt, ich sei ein guter Junge gewesen. Und zum Schluss kommt Wendy.

Das überrascht mich ein wenig, denn mit ihr habe ich nicht gerechnet und ich befürchte, dass sie mich wieder voll hinein reiten wird. Aber zu meiner Verwunderung sagt sie für mich aus. Sie bestätigt Ronans Aussage zum Mord am Gnom und dass seine und die Beseitigung seiner Anhängerin zum Gemeinwohl beigetragen hat, auch wenn es nicht das ist, was sie in erster Linie als Gerechtigkeit betrachte. Was weitere Aussagen zu ihrer Gerechtigkeits-Ansicht betrifft, hält sie sich jedoch bedeckt. Vermutlich hat sie begriffen, dass ihre Ansicht verquer ist. Außerdem steht ihr eine eigene Gerichtsverhandlung bevor, in der sie all das noch ausgiebig erzählen kann. Hier geht es um mich und meine Taten. Nicht um ihre und ihre Auffassung von Gerechtigkeit.

Sie erklärt wie der Mord an Cora sie zur Besinnung gebracht hat und sie daher auf unsere Seite gewechselt ist, wo sie von mir überzeugt wurde, sich zu stellen. Das stimmt zwar so nicht ganz und ich weiß nicht genau, warum sie das erzählt, aber immerhin ist es eine positive Aussage für mich. Und ganz am Ende entschuldigt sie sich sogar für alle Unannehmlichkeiten, die sie den Menschen bereitet hat. Dann sieht sie mich an und fügt hinzu: «Die ich dir bereitet habe.» Anscheinend hat sie tatsächlich eine Einsicht gehabt. Verzeihen werde ich ihr jedoch niemals.

Sie wird aus dem Zeugenstand entlassen und bekommt einen kleinen Schlüssel in die Hand, den ich zuvor Willow übergeben habe. Der Schlüssel zu dem Fach, in dem ihre ach so wertvolle original *Zurück in die Zukunft* Uhr liegt.

Willow verkündet, dass dies zunächst alles von ihrer Seite wäre und auch der Richter und die Staatsanwaltschaft haben keine weiteren Fragen mehr. Meine Anwältin positioniert sich schließlich vor dem Richterpult und und beginnt ihr Schlussplädoyer.

«Sehr geehrtes hohes Gericht, ich fasse kurz zusammen. Mein Mandant bekennt sich rundum schuldig. Er hat zugegeben, alle ihm vorgeworfenen Taten begangen zu haben. Vorsätzlicher, vierfacher Mord, Heimtücke im Falle der Brandstiftung eines öffentlichen Gebäudes sowie Flucht aus seiner Gefangenschaft. Damit ist er unumstritten seiner Höchststrafe von zwanzig Jahren auszusetzen.»

Mir bleibt die Luft kurz weg. Sie soll mich verteidigen, nicht hinein reiten! Na gut, na gut. Reiß dich zusammen, Jasper. Sie hat gesagt, sie tut ihr Bestmögliches. Ich versuche einfach, ihr zu vertrauen. Auch wenn das gerade richtig mies für mich klingt.

«Allerdings hat er die Umstände für seine Taten genauso detailliert wiedergeben, wie seine Schuld. Vielleicht erinnern sie sich, wie sich die Unterdrückung unter der Vereinigung der Justice angefühlt hat. Schließlich ist das noch gar nicht so lange her. Die Angst, die Unterlegenheit. Genau vor so etwas wollte Jasper White uns alle beschützen, als er die

Entscheidung seiner Taten traf. Ohne ihn wären wir wir vermutlich schon viel eher einer ähnlichen Gruppierung unterworfen worden. Schlimmer sogar! Zugegebenermaßen hätte er eine bessere und weniger fragwürdige Wahl treffen können, dies zu tun. Allerdings lässt sich dennoch sagen, dass er sowohl vor zwei Jahren als auch im Kampf vor wenigen Wochen zum positiven Ausgang beigetragen hat. Ich bitte Sie, dies in der Urteilsverkündung zu berücksichtigen. Weitergehend bitte ich Sie, ebenfalls zu berücksichtigen, dass mein Mandant bereits sehr für seine Taten büßen musste. Schrecklicher und qualvoller, als es ihm bestimmt war. Denn kein Mensch verdient eine Behandlung, wie sie den Insassen von Welkenhein wiederfahren ist. Jasper White hat große psychische und auch physische Schäden davon getragen, die er nach außen hin nur verbirgt. Ich plädiere daher auf psychologische Betreuung nach der Urteilsverkündung, sowie eine Strafmilderung auf null Jahre Haft.»

Ein Raunen geht durch die Reihen. Sogar ich blicke verwundert drein. Nur der Richter und sein Protokollant zucken nicht mal mit der Wimper. «Stattdessen soll er drei Jahre auf Bewährung bekommen, sowie eine mindestens einjährige, regelmäßige Sozialstundenableistung. Das wäre mein Vorschlag und damit beende ich mein Plädoyer. Vielen Dank.» Sie deutet eine kleine Verbeugung an und setzt sich wieder zu mir an den Tisch. Fassungslos starre ich sie an und sehe nur aus den Augenwinkeln, wie sie das Richterkollegium sich zur Beratung zurückzieht.

«Du bist ja wahnsinnig!» Meine Stimme klingt wie irgendetwas zwischen Lachen und Fassungslosigkeit. Sie lächelt nur und zwinkert mir zu. «Das klappt doch niemals!»

«Abwarten.»

Kaum, dass das Richterpodium wieder leer ist, geht wieder einen Raunen durch den Saal das immer lauter wird. Ich schaue hinüber zu Jeremy und Emma, die ebenfalls erstaunt aussehen, mir aber ihre gedrückten Daumen entgegen strecken, als sie sehen, dass ich zu ihnen blicke. Ich ziehe einen Mundwinkel hoch und seufze mit klopfendem Herzen.

«Passiert da heute noch was? Oder verkünden die das Urteil erst später?», frage ich Willow.

«Das kommt jetzt ganz drauf an, wie schnell sie sich einigen können. Bei mir allerdings gab's immer ziemlich schnell ein Urteil.»

Sie schmunzelt wieder geheimnisvoll und tatsächlich öffnet sich in dem Moment wieder die Tür und das Richterkollegium kommt zurück. Wieder herrscht augenblicklich angespanntes Schweigen.

«Sehr geehrte Frau Rechtsanwältin, sehr geehrte Mr White», beginnt der Richter und schiebt seine Brille kurz zurecht. «Mr Jasper White, wurde des dreifachen, vorsätzlichen Mordes und der Brandstiftung des Lokals *The*

Killer angeklagt und für schuldig befunden. Darauf stehen 20 Jahre Haftstrafe. Aufgrund der von seiner Rechtsanwältin, Ms Willow Miller, hervorgebrachten Argumentation auf eine Urteilsmilderung, sind wir zu einem Entschluss gekommen. Im Namen des Volkes, haben wir folgendes Urteil für den Angeklagten zu verkünden: Der Angeklagte, Jasper White, bekommt drei Jahre Bewährung. Er hat eine Geldstrafe von 5.000 PD an den Staat zu leisten, sowie die Mithilfe des Wiederaufbaus von Parondon. Dies gilt solange, bis der Staat die Hilfe als ausreichend bezeichnet. Des Weiteren wird der Angeklagte zu 14 Monaten Sozialarbeit, mit täglich vier zu leistenden Stunden, verurteilt, in einer vom Gericht vorgegebenen Einrichtung. Diese Information wird im Laufe der kommenden Woche verkündet, ab diesem Zeitpunkt beginnen die besagten 14 Monate. Außerdem erhält der Angeklagte, Jasper White, eine Fußfessel und Ausgangssperre. In der Zeit seiner Bewährung, darf er weder das Land, noch die Stadt verlassen. Die Fußfessel wird er in den kommenden zehn Monaten tragen. Die Ausgangssperre besteht in der Zeit zwischen 22 und acht Uhr. Sollte in irgendeiner Weise gegen die genannten Auflagen verstoßen werden, so muss der Angeklagte mindestens die Bewährungszeit im Gefängnis absitzen. Nach Ablauf der zehn monatigen Ausgangssperre, wird je nach Betragen entschieden, ob die Fußfessel verlängert oder abgenommen wird. Und zuletzt wird dem Angeklagten eine Therapie auferlegt. Ein Jahr lang, mindestens einmal wöchentlich. Das Gericht wird von der Einhaltung oder dem Verstoß dieser Auflage unterrichtet sowie von der Entwicklung des Angeklagten. Damit ist das Urteil verkündet und die Gerichtsverhandlung geschlossen. Vielen Dank, Frau Rechtsanwältin und Ihnen allen einen schönen Tag.»

Epilog

Tja. Jetzt kennt ihr meine ganze Geschichte. Das war es also.

Seit zwei Wochen leiste ich jetzt Sozialarbeit in einem Gemeindezentrum. Zusammen mit etlichen anderen muss ich jeden Tag für vier Stunden antanzen und im - Achtung! - orangenen Overall besprühte Hauswände schrubben, Müll in Parks einsammeln, alte Leute unterhalten und was unserem Sozialarbeiter noch so alles einfällt. Es lässt sich aushalten. Meine Mitverurteilten sind ein wenig merkwürdig, im Grunde aber ganz lustig. Das ist mehr, als ich mir je erträumt habe.

Ihr fragt euch sicher genauso wie ich, wie es dazu kommen konnte. Deshalb habe ich Willow sofort nach dem Urteil angesprochen. Was da los war und wie es sein kann, dass ich nicht in den Knast muss.

Mit einem verschmitzten Grinsen hat sie mir ihr Geheimnis ins Ohr geflüstert. Ganz nah hat sie sich heran gebeugt und gehaucht: «Erinnerst du dich daran, dass ich Genträgerin bin?» Das hatte ich in der tat vollkommen vergessen und ihre Kraft hatte sie mir ja eh nie verraten wollen. «Ich beherrsche die Gedankenmanipulation.» Ziemlich krasse Fähigkeit für ihren Job, oder?

Wir haben uns übrigens nochmal gesehen seitdem. Waren Pizza essen im Maria's. Und wir sind schon wieder für ein weiteres Mal verabredet. Sie meint, sie will mich und meine Entwicklung im Auge behalten.

Außerdem war ich jetzt schon zwei Mal beim Therapeuten. Weit gekommen sind wir nicht. Ganz klischeehaft will er anfangen, bei meiner Kindheit aufzurollen. Ein bisschen befürchte ich, dass wir nach dem verordneten Jahr gerade mal zum aktuellen Thema kommen. Aber hey, ich will ja nicht vorurteilen und vielleicht bringt es mir ja doch etwas. Denn beinahe jede Nacht plagen mich Alpträume und ich hoffe, zumindest diese mit seiner Hilfe fort zu schicken. Cora wäre froh.

Die Gerichtsverhandlungen für die anderen Justice-Mitglieder stehen übrigens alle noch an. Gerade mal die von Mrs Bubbles ist durch und obwohl jede Verhandlung anders ausfallen wird - ich hoffe auf das Schlimmste für Oxy - ist jetzt schon klar, welche gemeinsame Strafe alle auf jeden Fall erhalten werden. Das habe ich Willow vorgeschlagen, sie hat es abgesprochen und durchgebracht. Jeder von der Justice wird seine Kraft an den Wechsler abgeben müssen. Und weil das nur freiwillig möglich ist, wird Willow da ein klein wenig nachhelfen. Nur bei einem muss sie nicht nachhelfen. Bei mir. Ich habe sie freiwillig wieder abgegeben. Der Wechsler hat mir dafür sogar einen Anteil zurückgezahlt, weil er sie mir quasi abgekauft hat. Damit habe ich auch sofort meine Strafe an den Staat bezahlt. Warum ich die Kräfte freiwillig abgegeben habe, obwohl ich dieses Mal die Wahl hatte, muss ich denke ich mal nicht erklären. Oder?

«Hey Jas», grüßt mich Jeremy, als ich ihn am Nachmittag von Fight Club abhole. Gerade habe ich meine heutigen Sozialstunden abgeleistet. «Hab gute Nachrichten für dich», lächelt er und klopft mir auf die Schulter. «Hab mit'm Chef gesprochen. Wenn du möchtest, darfst du ab nächste Woche die Feierabendschicht nach deinen Sozialstunden übernehmen. Brauchst ja auch `ne Konstante in deinem Leben. Was wär' da besser als der Sport, huh? Und ein paar Kröten gibt's noch oben drauf.» Ich grinse und unterdrücke den Drang, ihm ganz unmännlich um den Hals zu fallen.

«Danke, mann. Bist `n echter Freund.» Jetzt ist er es, der meinem Drang nachgibt und zieht mich an sich.

«Na komm», sagt er, als er mich wieder loslässt. Emma kommt gerade um die Ecke gebogen. Ihr Bauch ist noch riesiger als vor ein paar Wochen vor Gericht. In wenigen Wochen ist schon der Geburtstermin und ich bin froh, das Baby von klein auf kennen lernen zu dürfen. Trotz meiner mehr oder weniger kriminellen Vergangenheit, wollen die beiden mich sogar zum Paten machen. Emma greift nach Jeremys Hand, dann gehen wir gemeinsam zum Auto. Ein großes Ereignis muss ich noch hinter mich bringen, bevor ich neu anfangen kann. Dazu habe ich heute wieder meinen Anzug an. Ein A4 Blatt mit einer handgeschriebenen Rede steckt in der Innentasche. Nur bezweifle ich, dass ich diese Rede werde vortragen können.

Zwanzig Minuten später betreten wir gemeinsam mit einer kleinen Schar in schwarz gekleideter Leute den Friedhof, auf dem auch Joe, mein Vater und Großvater begraben liegen.

Coras Eltern hatten die Beerdigung viel früher ansetzen wollen, aber durch den ganzen Trubel um die Justice hat sich alles verzögert. Zu meinem Glück. So kann ich auch daran teilnehmen. Ihre Mum war ein bisschen distanziert, als sie mich nach der Gerichtsverhandlung eingeladen hat. Aber als sie mich jetzt entdeckt, kommt sie schnurstracks auf mich zu und fällt mir um den Hals. Kaum dass ihr Kopf an meiner Schulter liegt, beginnt sie auch schon zu heulen. Ich lege meine Hand auf ihren Rücken und streichle diesen. Wir sagen alle beide nichts. Eine ganze Weile lang. Wir weinen einfach nur. Schließlich lösen wir uns wieder und sie nickt mir kurz zu, ehe sie sich die Augen trocknend zum Pfarrer läuft. Auch ich wische mir die Tränen soweit aus den Augen, dass ich zumindest wieder klar sehen kann.

Jeremy und Emma sind schon vorgegangen. Als ich wieder zu ihnen stoße, stehen auch die verbliebenen Gammas bei ihnen. Ein paar von ihnen, wie Ronan und Morty, klopfen mir wortlos auf die Schulter und lassen mich durch, damit ich ganz vorne stehe.

Der Anblick des Sargs schnürt mir die Kehle zu. Wie bei Joe und meinem Dad damals, steht ein Foto darauf. Von Cora. Ich lächle als ich das Foto sehe. Das hat Abigail gut herausgesucht. Es zeigt Cora genau so wie sie war.

Kein schnöseliges Foto in schicken Klamotten vom Fotografen. Sondern ein selbst geschossenes. Von mir. Es zeigt Cora im Sommer mit bauchfreiem Top auf einer Wiese. Sie schneidet eine Grimasse, bei der ihr Zungenpiercing hervor blitzt. Ihr blaues und ihr grünes Auge sind so stechend, weil die Sonne die Farben so stark hervorgehoben hat. Ihre langen blonden Haare fallen offen über ihre Schultern.

Ich erinnere mich noch ganz genau an diesen Tag, obwohl nichts Besonderes geschehen ist. Es war kurz nach der Sache mit dem Gnom. Wir waren auf keiner Party, haben nicht gekifft, gezockt oder irgendetwas besonderes unternommen. Wir waren einfach nur gemeinsam im Park, haben ein Zitroneneis gegessen und uns unterhalten und gelacht. Ein ganz normaler Tag. Als hätten wir ein ganz normales Leben gehabt.

Schon wieder steigen mir Tränen in die Augen. Unauffällig schiebt die alte Soul mir eine Packung Taschentücher zu und lächelt mich an. Ich putze sofort meine Nase und wende meinen Blick von diesem Foto ab. Obwohl es mir gefällt, versetzt es mir einen tiefen Stich mitten ins Herz.

Der Pfarrer tritt hinter den Sarg und beginnt mit seiner Rede. Von Coras ersten Jahren bis zu diesem. Er spricht von ihrer unbeschwerten Kindheit, der tiefen Freundschaft zu mir, nachdem sie mich Anfang der zehnten Klasse kennen gelernt hatte und ihrer Lebensfreude, die sie immer und überall versprüht hat. Wie ansteckend ihr Lächeln war und dass sie immer für das Richtige gekämpft hat.

Als er fertig ist, schaut er zu mir, denn ich habe bereits meine handgeschriebene Rede in der Hand. Allerdings sitzt der Kloß im Hals so tief, dass ich jetzt kein Wort heraus bekommen könnte. Ich versuche diesen Kloß herunter zu schlucken und trete etwas vor. Dank des Blicks des Pfarrers, schaut mich jetzt eh schon die Hälfte der Trauergäste an. Ich räuspere mich, und entfalte den Zettel.

«Cora», meint Stimme klingt furchtbar kratzig, sodass ich mich nochmal räuspere. «Cora war meine beste Freundin. Seit wir uns kennenlernten, stand… stand sie mir… jeden Tag zur Seite.»

Die Worte verschwimmen vor meinen Augen und klingen fürchterlich in meinen Ohren. Ich starre auf die unförmigen Buchstaben und lasse die Hand mit dem Brief schließlich sinken.

«Ich hab sie geliebt», sage ich schließlich mit leicht brüchiger Stimme, immer noch leicht kratzig. «Ich hab sie geliebt, wie man seine Freunde liebt und darüber hinaus. Sie... war die wundervollste Frau, die mir in meinem ganzen Leben begegnet ist. Und mir sind viele Frauen begegnet.» Ein paar Lachen verhalten, obwohl es kein Witz sein sollte. «Ihr Herz war... so rein. So gut. Viel zu gut. Sie hat mich in ihr Leben aufgenommen, obwohl sie wusste, dass sie jemanden Besseres hätte haben können. Und doch war sie immer da für mich, bedingungslos. Hat jeden Mist mitgemacht, der mir in den Sinn kam und... mich immer unterstützt. Cora hat so viel für mich getan... ihr wisst nicht wie viel.» Mein Hals schnürt sich wieder zu und mir geht alles durch den Kopf, was sie vor allem in den letzten Monaten für mich getan hat. «Mit ihrer positiven Art hat sie nicht nur mich beeindruckt, sondern... einfach alle... alle denen sie begeg-.. begegnet ist.» Tränen rollen mir unaufhaltsam die Wangen hinunter und der Kloß in meinem Hals wird wieder größer. «Sie... war ein Segen für uns... alle», beende ich schließlich abrupt, weil ich merke, dass mir die Stimme wegbleibt. Mein Herz verkrampft sich und meine Beine werden zu Pudding. Nur mit allergrößter Mühe schaffe ich es, aufrecht stehen zu bleiben. Jer legt mir von hinten beruhigend seine große Pranke auf den Rücken. Der Pfarrer ergreift wieder das Wort und ich bin ihm dankbar, denn dadurch lenkt er die Aufmerksamkeit von mir wieder ab.

Der Sarg wieder runter gelassen. Nach und nach geben alle Erde ins Grab. Ein paar Blumen. Als ich an der Reihe bin, werfe ich ein Foto von uns hinein und bleibe stehen. Stumm starre ich das Grab aus Tränen verschleierten Augen an und kann nicht mal im Kopf die richtigen Worte finden. Die letzten Worte an Cora. Stattdessen lege ich eine Hand aufs Herz und schwöre ihr, dass sie für immer in meinem Herzen bleiben wird. Dann verschwinde ich ungesehen aus der Versammlung am Grab, damit mir niemand sein Beileid bekunden kann. Das würde ich nicht ertragen. Stattdessen gehe ich zu einem alten Baum, der innen ein wenig hohl ist. Ich greife mit der Hand hinein und hole einen Beutel heraus, den ich gestern dort deponiert habe. Extra für heute. Niemand beachtet mich und selbst wenn, wäre es mir egal. Erst hole ich zwei leere Flaschen heraus, dann eine Packung mit Raketen. Diese stecke ich in die Flaschen und krame ein Feuerzeug heraus.

Am Grab stehen noch immer Menschen, die Abigail ihr Mitleid aussprechen und als Jeremy am Zug ist und ihm vermutlich auffällt, dass ich fehle, schaut er sich suchend um. Gleich darauf entdeckt er mich auch schon. Gerade als ich mein Feuerzeug an die Schnur halte, um die Raketen zu entzünden. Als er sieht was ich vor habe, beginnt er zu schmunzeln und und hebt die Hand unauffällig. Ich halte inne, weil er und Emma zu mir kommen. Jeremy nimmt mir das Feuerzeug aus der Hand und zwinkert.

«Ich mach das. Wir wollen doch nicht, dass du jetzt schon gegen deine Auflagen verstößt, in dem du illegal Feuerwerkskörper auf dem Friedhof zündest.»

Er macht sich daran die Rakete zu entzünden und ich setze mich mit angewinkelten Beinen auf die Wiese, um das gleich folgende Schauspiel zu betrachten. Und dann geht auch schon die erste Rakete hoch. Und die Zweite. Nacheinander feuert Jeremy alle ab und erzeugt damit ein kleines, buntes Feuerwerk, fast direkt über Coras Grab. Laut, bunt, wild und schön. Wie sie. Das hier ist mein letzter und ganz persönlicher Gruß an meine beste Freundin. Und ich weiß ganz genau, wie sehr ihr das gefallen hätte.

Danksagung

Ich danke allen Lesern, die bis hierher durchgehalten und hoffentlich gerne gelesen haben.

Außerdem meinem Mann, dass er mir wie jedes Mal die entscheidenden Denkanstöße gegeben hat, wenn ich mal wieder einen Hänger hatte. Genauso wie Sanny, die mir ebenfalls beim Brainstormen geholfen und jedes Abenteuer von Jasper miterlebt und ihre ehrliche Meinung dazu abgegeben hat.

Außerdem bin ich froh, all meine Geschichten zu Jasper - die mir in diesem einen Jahr durch den Kopf gingen - aufschreiben und veröffentlichen zu können. Ich hoffe, mir kommen keine neuen Ideen, denn hier sollte die Geschichte eigentlich zu Ende sein - wie bereits schon nach Band 1. :D

Wenn ihr fertig seid mit Lesen, dann schreibt mir doch einfach mal wie ihr es fandet. Was hat euch gefallen, was nicht? Gerne könnt ihr diese Meinungen und Eindrücke auch mit potentiellen neuen Lesern teilen, indem ihr eine Rezension bei amazon oder Thalia hinterlasst. Der Applaus eines Autors. Lieben Dank! Und wir lesen uns hoffentlich in anderen Geschichten wieder :)

Was für Augustus als ganz normaler Tag in einer ganz normalen Stadt beginnt, zerbricht schlagartig noch am gleichen Abend, denn alles steht auf einmal Kopf, als er vom plötzlichen Tod seiner Eltern erfährt. Nicht nur, dass er von heute auf morgen mit diesem schrecklichen Verlust klar kommen muss, obendrein bekommt er auch noch Besuch von kuriosen Gestalten, die merkwürdig gekleidet sind, erfährt, dass sein Vater nicht einfach nur ein gewöhnlicher Mensch war und muss bald sogar um sein eigenes Leben fürchten. Was hat es mit dem mysteriösen Notizbuch seines Vaters auf sich? Wer sind die Männer ohne Gesichter? Und was hat das geheimnisvolle Straßenmädchen Maya, die ihm trotz ihrer rotzigen Art irgendwie ans Herz wächst, mit all dem zu tun?

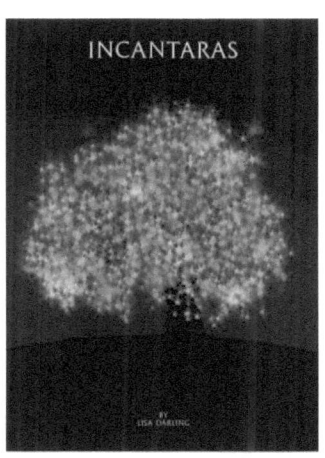

Die microman Trilogie – jetzt komplett veröffentlicht und online bei amazon, Thalia oder eurem Buchhandel erhältlich.

 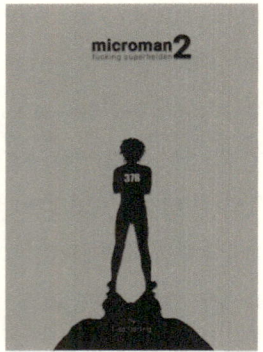